年度佳作

2017中国杂文年选

向继东 编选

南方出版传媒
花城出版社
中国·广州

图书在版编目（CIP）数据

2017中国杂文年选 / 向继东编选. -- 广州 : 花城出版社，2018.1
（花城年选系列）
ISBN 978-7-5360-8582-4

Ⅰ. ①2… Ⅱ. ①向… Ⅲ. ①杂文集－中国－当代 Ⅳ. ①I267.1

中国版本图书馆CIP数据核字(2017)第327614号

出 版 人：詹秀敏
责任编辑：欧阳蘅　蔡　安　李珊珊
技术编辑：薛伟民　凌春梅
封面设计：庄海萌

丛书篆刻：朱　涛
书名题字：陈以泰
封 面 图：南宋 佚名 胡笳十八拍图

书　　名　2017 中国杂文年选
　　　　　2017 ZHONGGUO ZAWEN NIANXUAN
出版发行　花城出版社
　　　　　（广州市环市东路水荫路 11 号）
经　　销　全国新华书店
印　　刷　广东新华印刷有限公司
　　　　　（广东省佛山市南海区盐步河东中心路 23 号）
开　　本　787 毫米 × 1092 毫米　16 开
印　　张　16.75　1 插页
字　　数　330,000 字
版　　次　2018 年 1 月第 1 版　2018 年 1 月第 1 次印刷
定　　价　50.00 元

如发现印装质量问题，请直接与印刷厂联系调换。
购书热线：020－37604658　37602954
花城出版社网站：http://www.fcph.com.cn

目录 contents

辑二

辑三

辑四

辑五

序

向继东

写作是一种存在方式，可以表达自己内心的渴求和坚守。

其实，生活无处不杂文。只要稍有一点对生活的热情，就会感到不吐不快，喷涌而来的就是杂文。

感谢杂文界的朋友们，不管是为长江版还是花城版编，十多年来都得到大家的鼎力支持，一直心存感激。在同样的环境下，我想把这个选本编得更有特色，更耐读一些。细心的朋友，也许发现我确实在努力着。譬如每年我总会发现一些新人，使选本每年都有新的血液在流动，有新的惊喜。这些新人，有的是新锐，有的已是大有文名的高手，只是本人目力所限，被遗漏了。比如首次入选本年选的周实先生，曾是二十年前的《书屋》杂志主编，我也曾以“方愚之”的化名客串参与。我知道周实先生写诗、写小说、写散文随笔，但我一直以为他骨子里是一位诗人，其实他还是一位杂文好手。还有作为名记者的马国川先生已名满天下，采访了一系列高端文化名人，出版了好几本畅销书，没想到他还是一位很用心的读书人，一位杂文家……

写，还是不写？其实是与个人兴趣相关的。就如茶余饭后的嗜好，各有所喜。知其不可为而为之，哪怕踽踽独行，说不定还有意外的收获。

每年编这样一个选本，总免不了要捣鼓一番。因篇幅所限等等原因，此选本难免会有遗珠之憾。值得安慰的是，即便这样，对检点一年来的杂文写作，也“蔚为大观”了。

马云在世界互联网大会上发言，说“未来三十年，我们要把机器变成人”。看来，人的存在本身，都成问题了。科技可以改变一切，杂文也会异化吗？我不知道。

是为序。

2017年12月，于羊城

辑一

琼瑶的“身后事”

刘效仁

知名作家、79岁的琼瑶日前公开写给儿及媳的信，透露近来看到《预约自己的美好告别》文章，有感而发想到身后事，认为万一到了该离开之际，希望不会因为后辈的不舍，而让自己的躯壳被勉强留住而受折磨。特别发出5点声明叮咛儿子，无论生什么重病，都不动大手术，不送加护病房，绝不能插鼻胃管，各种急救措施也不需要，只要让她没痛苦地死去就好。另外，火化后采花葬方式，不发讣文，不公祭，不开追悼会——一切从简（2017－03－13澎湃讯、《环球时报》）。

大卫在诗篇中写道，人的生命只有七十岁，若是强壮能活八十岁。尽管当代人对“琼瑶言情小说”见仁见智，可仍不能否认其作品的影响力及文学地位。虽说已届八十高龄，风采依然。甚至透露可安心计划她的下一部小说，还打算和孙女的插图合作，出一本关于“喵星人”的书。诚可谓“寿而尊”“寿而荣”。

不必讳言，“寿而病”“寿而辱”的老年人不在少数。生老病死，系自然法则。在琼瑶看来，生是偶然，死是必然。而人类老化正经过“健康→亚健康→失能”三个阶段。失能后的老人作为生命最后的阶段，虽然“一息尚存”，而大多数“生不如死”。根据数据显示，中国失能者平均卧床时间长达七年，欧陆国家则只有两周至一个月，形成了鲜明的对照。

其间，不只是医疗救助和社会服务资源的大量耗费，更重要的是许多失能老人或被切管、插“鼻胃管”，被各种管子五花大绑，早就失去了生命的尊严。用琼瑶的话说：“没有一个卧床老人，会愿意被囚禁在还会痛楚、还会折磨自己的躯壳里，慢慢地等待死亡来解救他！可是，他们已经不能言语，不能表达任何自我的意愿了！”

琼瑶认为自己没因战乱、意外、病痛等原因离开，一切都是上苍给的恩宠，“所以，从此以后，我会笑看死亡”。于是，在健康之时在尚能表达之际，公开自己的叮咛，支持安乐死，表示无论生什么重病，都不动大手术，不送加护病房，绝不能插鼻胃管，死后采用花葬，且让所有能看到信的人做见证，以便子女遵嘱而行。

“生时愿如火花，燃烧到生命最后一刻。死时愿如雪花，飘然落地，化为尘土！”这并非一个老人的任性，而是源于对生死观的郑重思考，源于是对生命尊严的可贵敬畏，同时亦是一个公民的权利表达。事实上，《病人自主权利法》将于2019年1月6日在台湾开始实施。病人可以自己决定如何死亡，不用再让医生和家属来决定，已成了法定权利。这也为琼瑶们的“尊严死”“安乐死”提供了法律保障。

放眼世界，不少国家已经让“安乐死”合法化，比如荷兰、比利时。中国是否应该将“安乐死”合法化提上议事日程？对于“安乐死”的立法，我国进行过多次尝试。1988年，中国妇产科学和儿科专业的泰斗严仁英和胡亚美最早在全国人大提出“安乐死”议案；1994年全国两会期间，广东32名代表联名提出“要求结合中国国情尽快制定‘安乐死’立法”议案；1996年，上海市人大代表再次提出相关议案，呼吁国家在上海首先进行“安乐死”立法尝试——然而时至今日，“安乐死”立法尚未有任何迹象。

“安乐死”一词源于希腊文，意思是“幸福”地死亡。“尊严死”“安乐死”说到底是以人为本、尊重生命，亦是公民的基本权利。让我们一起“珍惜生命，尊重死亡”，郑重考虑适时为“安乐死”立法。

（原载《宁波日报》2017年3月15日）

马尔科拉辞职了

刘吉同

前不久，阿根廷外长马尔科拉女士宣布辞职，理由颇为搞笑：丈夫目前居住在西班牙，“因工作原因长期与丈夫分居两地，她辞职后将前往西班牙陪伴丈夫”（新华网 2017. 5. 30）。

这理由实在太拿不到桌面上了。

其一，没有大局。外长是一国内阁之“首席部长”，在美利坚则被称为国务卿，承载着国家的形象，代表国家在国际大舞台上或折冲樽俎，斗智斗勇；或播撒友谊，广交朋友，从而使本国利益最大化。足见其使命之重要乃至神圣。然而“陪伴丈夫”云云，连“小局”都说不上。如此理由，只差让人笑掉大牙。

其二，境界太低。常言道国家利益高于一切，一个人能为国家做点事，尤其是做大事，无疑是一种巨大的幸福和光荣。然而，马尔科拉却因为夫妻团聚而辞去外交部长，放弃为国家做贡献的机会。

其三，有些庸俗。“苟利国家生死以，岂因祸福避趋之”，多少政治家、外交家，为了国家和民族利益，舍小家为大家，甚至不惜牺牲生命。相比之下，马尔科拉不是有些庸俗吗？

其四，不知珍惜。退一步讲，马尔科拉的做法也是太随意了，对自己的政治生命极不负责。她曾任联合国秘书长潘基文的办公室主任，还任过联合国粮农组织运营主管，曾在 80 多个国家指挥过人道主义救援活动。去年 5 月 20 日，阿根廷总统马克里，还郑重提名她竞选联合国秘书长，赞其“丰富的外交经验有助于应对联合国面临的各种挑战”。然而，这么一位优秀的外交大才，竟为了家庭而自毁大好前程。太可惜了，近乎让人不可思议。

当然，上之大都是些“高大上”的理由。不过，我还内藏着个“小人之心”：马尔科拉太愚蠢了。外长的待遇、地位和荣耀，以及能为家中七大姑、八大姨带来的看到和看不到的利益，直说吧，一千个、一万个家庭主妇的能量捆到一块，也不及人家之万一。《人民的名义》中那位省委副书记高育良和夫人吴慧芬，两人的婚姻早已名存实亡，但对外演示的仍是夫妻恩爱，以致都离婚了仍“秘而不宣”。何哉？就是因为这个名头后面，藏着巨大的明的和暗的利益。从这一点讲，马尔科拉实在是太愚蠢了。

不过，马尔科拉辞职的消息宣布后，新华社等全球各大媒体都迅速做了报道。媒体对她的选择很尊重，字里行间没有丝毫的贬低、指责和嘲笑之意，更无人像鄙人这样骂她愚蠢。这样的思维与上之“颇为搞笑”之类，很显然“不是一股道上跑的车”。那么，这又应该怎样理解呢？

窃以为需要调整视角。或许在马尔科拉看来，外长的工作重要，但家庭的美满也很重要，俺已经63岁了（马氏生于1954年），外长无涯，但人生有涯，在这美好的“夕阳红”时光里，老妇该好好享受一下夫妻恩爱了，否则，就没有机会了；当外长与做平民都是一样的，不存在孰重孰轻，谁尊谁卑，做外长光荣，做平民也同样光荣；外长只是一份工作，与每位公民所从事的那份工作是一样的，没有高低贵贱之分，正像大家都有辞职的经历一样，对之不必大惊小怪；天下没有什么“舍我其谁”的人物，外长人才有的是，“死了张屠户，就吃带毛猪”，没有那回事。事实也确实如此，马尔科拉辞职后，阿根廷驻法国大使福列遂接任外交部长，谁又敢说他一定会比她差呢？“江山代有才人出，各领风骚三五年”，这样也利于避免权力的人格化。

我甚至还有一个“阴暗”的猜想，马尔科拉之所以“说走咱就走”，与外长权力的“附加值”太小甚至没有关系极大吧？或许又是在度“君子之腹”，不过，我的这些“度”是阴是阳是对是错此处不论，想论的是：马尔科拉的辞职确实令人感觉很新鲜，而多看看外面的这些新鲜事，大有好处。他山之石，可以攻玉嘛。

（原载2017年7月8日大楚英才网）

别动辄“不瞑目”（外一题）

吴　非

传说名人宣称，说中国足球冲不出亚洲，他死不瞑目。迷狂者听了热泪盈眶，撕心裂肺地说，这是时代强音民族心声。我可能比较麻木，一点也没激动起来。按他那个标准，各行各业都存在差距；按他的逻辑，全国人民谁能瞑目？我觉得一场足球赛能不能踢赢、本轮能不能出线，和我的关系不大——我不会踢球，只不过是个看球的；我也不赌球，三比零，零比三，零比零，和我没什么关系，我根本不猜；我只看球踢得好看不好看，竞技状态如何——这才是一名观众的本分。同时，我也没什么立场，我从不倾向哪个队，不充当任何一队的“死忠粉”。“站队”其实很简单，比如和外地比赛，要盼南京赢；和外省比，要盼江苏赢；在亚洲比，自然要喊中国赢；世界比赛，国足早休息了，则希望黄种人赢……这个心态，有规律，没道理。不久，我就把自己淘汰了，不看足球了，时间耗不起。

不过，我还比较尊重那些“死不瞑目”者的情感，只是希望他们冷静、理性，人生苦短，该休息就休息，该瞑目就瞑目，不要和自己过不去，更不要给运动员增加压力。你告诉他们你死不瞑目，他们是不是就能舍生忘死？足球史上，田横五百士式的球迷，摇旗呐喊，赌咒发誓，最终没有集体自杀的，南美倒有把自己喜欢的球队球员干掉的，只因他们没踢赢，只因他们不让自己称心。

后来，陆续有了球星踢假球舞弊进了监狱，一个一个地，后来领队也进去了，甚至“金哨裁判”也进去了。这可是把“死不瞑目”的球迷作践惨了。

如果为了冲出亚洲走向世界，这个人身体力行踢了十几年球，壮志难酬，然后一心一意办足球，倾家荡产，眼见踢球的人变多了，他就不必死不瞑目了。再后，子承父业，如愚公一样挖山不止，七八代人，足球能和人家踢平了，踢得不难看了，再后，球踢得好看了，平起平坐了，也就不存在瞑目与否的问题，只会担心自己百岁生日那天的球赛好看不好看，足球就和“瞑目”无关了。

每每听到拿“死不瞑目”怼人，就觉得不能太拿自己当回事。我们中国，比足球重要的事多着呢，不要动不动就拿死不瞑目逼人家；你不瞑目，他还是一味输。你都老了，老泪纵横，哭着喊着希望赢几场，球星听不见，即使听见，实力不如人，少输几个就算对得起你们了。

文艺作品中，老百姓送小伙子上前线，说不打败敌人就别回来！——你还能动呀，自己干吗不去拼呀？你说你老了，那你送自家儿子孙子去打呀？中国式爱国，有的和看足球差不多。几千万人、上亿人在打麻将“斗地主”，这是有钱人或有闲人的愉快生活；与此同时，小国穷国的苦孩子们穿着破鞋，在街巷踢球呢。他们国穷民不富，社会搞不起应试教育，作业太少，也没什么“重点中学”“学区房”；他们不聪明，思想单纯，看不懂牌桌的钩心斗角和精于算计；于是他们以出一身臭汗为快事，他们国家那些中老年人不在意输赢，没有把足球上升到“死不瞑目”的境地，所以常常不花什么力气就打败了“亿里挑一”的足球队。

（原载《扬子晚报》2017年9月28日）

“状元笔记”有用么

应试奇葩年年有，今闻“状元卖笔记”。央广网消息，“状元笔记”“学霸手写笔记”正成为网购热卖商品，商家宣称“本商品适合全国各省市”。敢吹这样的牛，得有多无知啊。

一名思维和情感态度正常的学生，会不会把自己的学习笔记卖给商家出售？同样，对学习有正确认识的高中生会不会买别人的笔记以寻找捷径？我都怀疑。我没接触过作者，也没亲见“笔记”，未知真伪，不妄作结论；我不太相信有人会买，但报道称有几千人付款购买——还算好，只有几千人。

善于学习的人，他们的态度和经验也许值得学习，但更有价值的，是学生对自己学力的判断、在学习过程的体验以及发现问题的能力，能“知己”。优秀的学生，他的学习往往有些个人特质，有人记忆力强，有人思辨能力强，有人善于举一反三，有人长于见微知著，有人习惯于查漏补缺；路径也不尽相同，有人全凭刻苦努力，以勤补拙，有人善于捕捉信息，见多识广，有人勤于思考，敢于放弃……每个人有自己的学习性格，也有不同的学习之道，哪能靠一本别人所谓的“状元笔记”就“通关”？再说，即使那些“笔记”

是真的，也只能说对作者本人起过作用，谁要试图以此复制思维，很可笑。我以前看一些学生高三作业或是笔记，会有这样的印象：到了高三，作业仍然一丝不苟，书写依然工整，笔记提纲挈领，要言不烦。这样的笔记，体现着良好的习惯，庶几作为高中记忆，至此而已；至于商家认为可以帮助考生提供捷径，通过难关，不过是发财梦、白日梦。

“应试经济”早已有之。曾有商家出钱，让“高考状元”在镜头前宣称自己服用了什么补脑液营养品，不知出于何种原因，有些学生为商家代言了。其实这对个人名誉是很大的伤害：高考考出好成绩，不是靠天分，不是靠勤奋刻苦，也不是因为所谓名校名师，竟然是靠服了补药！这岂不是对学生智商的侮辱？虽然国家不会因此增设高考尿检，但这毕竟是社会的荒唐，高考经济在反常识的同时，也拉低了社会智商。20 年前，河南省的一名高分考生拒绝为一种“补脑口服液”做代言，这名家境清贫的女生反问商家：“如果我为了贪图钱财而说瞎话，我今后在社会上怎么做人?”我认为这是一名高三学生最好的“笔记”，也是优秀的人生答卷，值得传扬。我以前的一些学生，复习阶段没见他们专门做什么“笔记”（至多在试卷和书上勾勾画画），每天晚上十点钟一定睡觉，高考前几天下午照样打篮球打得浑身大汗，晚饭后照样洗碗，去考场照样独自骑自行车，中饭坐在马路牙子上，啃两个干面包……教师学生都觉得很正常。考上名校，没见他们手舞足蹈喜形于色，也没见他们吹嘘。搁到现在，像听传奇一样，谁敢学？

应试教育背景下，社会与媒体推波助澜，把“状元”这个词滥用到无以复加，也利用到无以复加，以至于很多人完全不解本义。现在是“年年有状元，县县有状元，科科有状元”，某地某科的考分第一名，都可能被称“状元”；虽是昙花一现，从教育教学角度观察，没有什么实际意义，除了作为学校招生宣传或商品促销的一个筹码。至于“状元笔记”“学霸笔记”，最终也会和先前商家推出的“状元短裤”“状元鞋”“状元笔盒”一样成为笑柄。

（原载《新京报》2017 年 6 月 19 日）

记者与皇帝

押沙龙

法拉奇可能是上个世纪最著名的记者了。她的性格非常强悍，好恶鲜明，绝不相信“记者的态度要中立”之类的说法。有人评论说，她看起来就像一头挑衅的公牛，而她的采访“就像是把两只坏脾气的猫放进一个麻袋里头，然后让它们就那么待着”。就像她采访霍梅尼的时候，霍梅尼气得拂袖离去，法拉奇还要跟在后面追问：“您这是要去方便么?”当她和拳王阿里争执起来，阿里冲着她打嗝，法拉奇则直接把录音机扔到他身上扬长而去。

法拉奇对权势都有一种免疫力，总是很自然地把自己放在和大人物平等的位置，提出各种棘手的问题，捕捉他们逻辑里的漏洞，与他们展开争辩。在这些争辩中，她基本都能占据上风。但是也有一个例外，那就是她对埃塞俄比亚皇帝海尔·塞拉西的采访。在那次采访里，所有的尖锐问题都像是泥牛入海，皇帝岿然不动，法拉奇束手无策。不过，这倒不是因为塞拉西格外地聪明伶俐，而是因为他格外地迟钝。接受采访的人经常和法拉奇格格不入，但再格格不入，双方毕竟存在观念上的交流碰撞，你来我往，有攻有守。可塞拉西陛下的世界却是浑然自成一体，法拉奇根本渗透不进去，更谈不上什么攻守了。

海尔·塞拉西当了将近40年的皇帝，有一大串奇怪的头衔，王中之王、犹太雄狮、上帝之特选者。直至今天，在牙买加还有一个很奇特的教派，非说塞拉西是上帝转世，是弥赛亚。但在法拉奇眼里，这个皇帝一点也不伟大，因为她看到了让人恶心的场景。这位皇帝在野外办宴会，成群结队的穷人拥挤在营地外围，求厨师们施舍剩菜剩饭。但这些厨师宁肯把剩饭剩菜喂兀鹰。兀鹰从天上俯冲而下，每一次啄食食物，围观的穷人们都会发出“哎哟哟”的哀叹。当然，皇帝也不是完全不施舍。他巡游的时候，会施舍些一元票面的纸币，人们踩踏着孕妇和孩童，疯狂地争抢。法拉奇注意到，“陛下见此场景，脸上露出难以捉摸的微笑”。

皇帝在宝座上接见了法拉奇。和陛下形影不离的两条吉娃娃也参加了采访。这两条小狗警惕地嗅了嗅法拉奇，用不信任的目光盯着这个看上去怪怪的女人。在宫殿外头，有两头大吼大叫的皇家狮子。就是在这种超现实般的场景中，意大利女记者和埃塞俄比亚皇帝开始了交流。

法拉奇劈头就提一个尖锐问题：我看到那些穷人争抢您的施舍，甚至相互厮打，您对此有何感觉？但是陛下没有感觉。陛下说：穷人和富人一直都存在，解决贫穷的唯一办法是劳动。法拉奇有一拳扑空的感觉，转而问：对那些不满现状的年轻人，您有什么看法？陛下从容回答：年轻人不知道他们需要什么，因为他们缺乏经验和明智，必须由朕来给他们指出正道，对他们严加管教。朕是这么想的，也应该是这样。

整个采访就是这个调调。换上其他的领导人，法拉奇的问题都会激发起一次争辩，法拉奇就可以乘势一步步施展她经典的“海盗式提问”。但是塞拉西迟钝到了感觉不出海盗和商船的区别，法拉奇就像老虎啃乌龟，找不到下嘴的地方。无论法拉奇提出什么问题塞拉西总是给出一个无可置辩的回答，然后来句“朕是这么想的，也应该是这样”。而每当法拉奇想要提出一个不同的看法，塞拉西就会说：“你应该去学习，去学习吧。”我第一次读的时候，还怀疑这皇帝太狡猾，但是仔细读下来，就发现他不是狡猾，而是完全不理解除了他自己的逻辑以外，世界上还有另外一种逻辑，比如面前这位女记者的逻辑。

陷入困境的法拉奇想出一个新问题：“您对世界的变化有何看法？”皇帝回答说：“朕认为这个世界没有任何变化。”那么共和制和君主制呢？“朕看不出有任何差别……事情应该是这样，事情就是这样。”滥施死刑呢？“朕不能取消它，否则就等于取消惩罚那些敢于议论权威的人。朕是这样想的，也应该是这样。”

我们在现实生活中也偶尔会碰到这样绝望的对话。不管你抛出什么观点，对方都像物理世界里的绝对光滑平面，把问题一下子弹开。他们是不可战胜的。没有人能战胜一个蠢得严丝合缝的人。他们的思维就像披着一层厚厚的铠甲。对这种人我实在想不出什么好的称呼，勉强可以称之为“龟思者”。法拉奇绕着这位龟思者转来转去，就是没办法下手。但她最后无意中刺痛了塞拉西，让这次采访有了喜剧性的收场。法拉奇问皇帝陛下：“您如何看待死亡？”皇帝回答任何问题都从容不迫，现在却被震动了：“看待什么？看待什么？”法拉奇老老实实重复了一遍：“看待死亡啊。”皇帝喊叫起来：“死亡？死亡？这个女人是谁？她从什么地方来？她到这里干什么？把她赶走！走吧！行了，行了！”在最后一刻，法拉奇终于知道了什么才能让皇帝激动起来。

（摘自《财新周刊》2017 年第 24 期）

莫挟名人以自重

柳士同

据说，一个痞子在人群中炫耀自己和秀才老爷说话上话了。人问他都和秀才老爷说了些什么。痞子说，秀才老爷对我说，滚开！这虽说不过是一个笑话，但也足见即使是个“痞子”，也巴不得沾“秀才老爷”的光。为什么？因为秀才老爷是当地的名人呀，有名气有地位，跟他扯上关系，自己不也就有名气有地位了？

实际上，咱也别嘲笑这位“痞子”，社会上挟名人自重的，委实太多，几乎算得上一种社会现象了。许多人以结识名人为荣，哪怕只见过一面，也可成为多年的谈资；倘若得到名人的签名抑或题字，那简直就可以炫耀半辈子。似乎一抬出名人来，就可以提高自己的身价，抑或提高所论及之人的身价。比如，本世纪初的束星北热所引起的一些议论，就颇值得我们深思。关于束星北先生的生平及其作为，刘海军的《束星北档案》一书已有详细记载，这里就不多说了。想说的是，许多人在谈论束星北时，很喜欢拿爱因斯坦和李政道说事儿，以证明束先生是“中国的爱因斯坦”，是“天才的物理学家”。说束先生当年在美国曾和爱因斯坦共过事，说李政道当年曾是束先生的学生，等等。不过，也有人考证说束先生从未见过爱因斯坦，认为“共事”一说子虚乌有。其实，见没见过面、共没共过事都不重要，因为这说明不了什么。见过爱因斯坦的，与爱因斯坦共过事的人太多了，他们都能成为爱因斯坦那样伟大的科学家吗？都能成为“×国的爱因斯坦”？李政道的老师也远不止束先生一个，也许束对李的影响最大，但这仍然说明不了什么。每一位诺贝尔奖获得者都有自己的老师，抑或说都有对自己影响颇大的老师，这些老师也都因此而被称作“天才的××学家”了吗？恐怕未必。可见，一个人的成就如何得看他本人的贡献，就学术界而言则看他的研究成果，看他的学术成就，而不是他和某些著名人物有多少瓜葛。作为一般介绍，让公众了解其生平，涉及某些名人自然无可厚非；但以此来证明该人的成就及其历史地位，则显然不恰当了。

如今，不仅有些人喜欢挟名人自重，有些地方也热衷于挟名人自重。比如，近年来，不少地方都竞相挖掘当地的历史名人，修建“名人故居”“名人馆”。有些地方还为“争抢”某个名人而打起口水仗，闹得不亦乐乎。无论从人文历史还是从旅游资源的角度，挖掘一下当地的名人，同样无可厚非；但若以为本地曾出过某个名人，或某个名人曾在此旅居过，本地就拥有多高的文化层次了，那可就未免有些风马牛不相及。像笔者所居住的海滨城市青岛，虽说地理环境得天独厚，但它毕竟只有一百多年的城市历史，其历史文化底蕴实在有限，以致三十年前就有本地学人批评它是“文化沙漠”。于是，有些人便扒出20世纪30年代前后在青岛旅居过的名人，以此来证明和炫耀青岛的“文化”。比如，王统照、梁实秋、闻一多、老舍、萧军、萧红等著名作家，都曾经在青岛住过，在此教过书，在此从事过创作，便把他们也归于“青岛作家”之列。鲁迅先生1913年8月初曾乘船路过青岛，轮船在青岛港停靠了十几个小时，于是，青岛与鲁迅也有缘了。如果一座城市因某些名人住过、逗留过，这个城市便身价陡增，那像北京、上海等地又该如何炒作呢？又该建多少“故居”“纪念馆”，又该塑多少名人雕像呢？如果某些著名作家曾经在青岛待过，这位作家便成了“青岛作家”，那么世界上旅居过巴黎的著名作家，可以说数不胜数，是否也都被称作“巴黎作家”了？巴黎人似乎从未以此来标榜自己城市的文化。

一座城市有无文化，主要是看这座城市的文化氛围的浓淡和市民素养的高低，而不是曾经（且还是七八十年前）有无名人在此暂住过。当然，我们也不能因此而忽视了对文化建设和社会进步产生巨大影响的“名人效应”。比如，20世纪上半叶的中国文坛就曾风靡一句“我的朋友胡适之”，这一时髦话几乎成了当时文人雅士、社会贤达的口头禅，甚而一度流行到大洋彼岸，连美国议员也把“我的朋友胡适之”挂在嘴边。这显然就不是谁在挟名人自重，而是名人效应所产生的社会影响力。也正是胡适先生的这一磁性人格，不仅使他在新文化运动中登高一呼即应者云从，而且在争取美国对中国抗战的援助上，也起了不可低估的作用。景仰名人，以名人为楷模——这名人当然得像“我的朋友胡适之”那样当之无愧——但却不要挟名人自重，更不能借名人唬人，拿名人敛钱。至于前些年令人啼笑皆非的“西门庆故居”之争，就已经不是什么挟名人以自重，而简直就是挟“名人”以自贱了！

（原载《杂文月刊》2017年第1期原创版）

住在小城镇的房子里向往幸福

马长军

在网上跟工作在北京的几个朋友聊天，说起房子，他们个个都表示无奈。当得知我有一套140平方米的大房子时，他们似乎都很羡慕。他们的工资比我高好几倍，在北京却连一套按揭的房子都买不起，但要他们到我所居住的小县城来生活，肯定没有一个愿意。别说找不到合适的工作，对小县城的生活环境估计也没人向往，即便他们在北京大口大口呼吸着PM2.5，也没一个愿意到小县城混日子。

我的那些朋友大多也都来自农村或者小城镇，心里都很清楚，无论有人如何鼓吹新时代“上山下乡”的“重大意义”，他们也很难找到自己回到家乡的“意义”。即使哪位有志于乡村建设，可回到家乡能找到什么工作呢？想当乡村教师都难以通过“招教”关。想独立创业吗？他们的父母都是底层的普通劳动者，上哪里筹到一笔巨款作为创业基金？何况在小地方挣钱三年五年都未必能补偿自己读大学的经济成本。他们从小所学的知识都是为了让他们到城市生活做准备，跟爹妈的生活环境毫不相干。

要说我算比较幸运一点的，三十年前就考上了能保证自己吃“商品粮”的学校，可干了二十多年，才好不容易买了房子，却还要按揭还贷熬到退休后。当一个背负沉重的“房奴”，你说我能有多幸福？

小县城最近有一家房地产满大街广告——房子比男人更可靠。有人在网上发起抵制活动，估计是还没当上房奴的男生，咒骂那家房地产商侮辱男人，而且误导女人。这样的广告的确很可恶，简直就是在怂恿女人讹诈乃至盘剥男朋友及其父母，有败坏社会风气的嫌疑。不过，看到那广告，我很担心，给一个女人一套没有男人的房子，她受得了么？再说了，无论男人女人，在小县城里，就算你拥有豪华别墅，幸福感恐怕也是打折的。

幸福就体现在人们的生活细节里，但在小县城，哪怕你买一包盐，也得仔细着点，假冒伪劣随时都会跟你亲密接触，可你却投诉无门，官僚的执法机关不知道整天在忙些什么，而县城又没有日报、晚报、早报、商报、都市报什么的舆论监督可以帮你维权，顶多你可以到网上发几句牢骚，回帖都挣不到几个。更不用说在乡镇村庄，想买件合格又不过期的商品，那就要看你的运气了。

县城也有公交车，一块五也能拉你 10 公里。但是，得你家门外正好有公交线路；第二，你要去的地方也正好在同一条公交线路上。有人说，县城很小，从西郊到东郊，骑个自行车也要不了几分钟。我也常常这么自我安慰，可我老家的乡亲们就不同意了，他们到县城来回一趟一个人要花路费 20 多块，他们坐的公交车就不跟北京比了，跟省城或市府比，也亏着呢。除了司机和售票员，谁敢天天坐公交车？乡亲们的房子那都是 150 平方米以上的，上下楼 300 多平方米，院子比城里所谓的别墅还大。

年轻人都喜欢足球，县城也终于有了一个体育场，遗憾的是，建成六七年来，据说仅举办过一场足球赛，还是临时凑了一帮子乌合之众为“繁荣群众文化生活”摆样子，踢得比国足还臭。而且，体育场早已成了闹吵的游乐场，锻炼身体的还不如摆摊的多。没有任何比赛可看，甚至连参与的机会都难得。年轻人们想找个地方伸展一番筋骨，可选择的余地并不丰富。所以，县城里仅有两家体育器材店，都是冷清得店主把打游戏当主业。我有一次想给儿子买个足球，走进其中一家，问了几声，店主都没抬头。也许店主嫌我问得多余，货都摆在哪儿，有没有你自己看不到吗？

小县城近几年才建成两座博物馆，里面一直空空如也，仅有的几件展品全是仿制的，夏天去那里乘凉倒是很不错的想法。文化馆的房子早已出租给了各种培训班，图书馆竟然可以借阅教辅，新华书店也差不多算“教辅专卖店”了。除了电影院重新开张之外，娱乐场所大概就是所谓的“会所”之类，那里面如何龌龊，人尽皆知。没有音乐会，没有文化讲座，甚至传统戏曲也只剩下几个老年票友自得其乐地传承。而且，这个县城也没有好看的风景，文物级的建筑所剩无几。这就是一个缺少文化的地方，人们生活得何其乏味啊。

有房子并不等于有了幸福的保障，何况近几年县城的房价也突飞猛涨，看着大都市的人都在通往房奴的路上狂奔，县城里的年轻人也不甘心，拥有房子的希望也要变成奢望，说幸福就近于扯淡了。一心要房子，简直就是自我折磨，何苦呢？

（原载红网《红辣椒评论》2017 年 8 月 28 日）

库中鼠之险

汪 强

仓库中的老鼠幸福得很哪——吃的是干净的粮食，住的是高大的房子，不受人和狗的惊扰。它们这种富足的、自由自在的生活，连李斯看了都羡慕不已。哪个李斯？就是那个后来做了丞相的李斯，那个写了《谏逐客书》的李斯。这样一个人会羡慕仓库中的老鼠？不信，你就翻一翻《史记》吧。

然而，库中鼠真的值得羡慕吗？我以为不然。是的，看上去它们的生活很不错，特别是将它们与厕所中的老鼠相比，但这样的生活不会持久，有种种危险在等待着它们。下边，我就说说它们可能面临的危险。

我曾经看到一个笑话：某人家中老鼠横行，主人不闻不问。于是老鼠的胆子越来越大，竟然有老鼠爬到主人的脸上撒尿。众鼠见了都惴惴不安，以为主人一定要大开杀戒，哪知这主人用布在脸上揩了几下，翻了一个身，又睡了。遇上这样的主人，老鼠们够幸福了吧？哪知乐极生悲。没过几天，屋子换了主人。又有一只老鼠爬到新主人脸上撒尿。新主人大怒，先将房子关得严严实实，然后放了一把火将房子烧了，多数老鼠被烧死，没死的也被烧伤。试问，那些库中鼠会不会遇上这样的新主人？就算不换主人吧，又有谁能保证老主人总是这样宽容？一旦不肯容忍了，即使不放火烧房子，也会用老鼠夹夹死老鼠，放水淹死老鼠，养猫咬死老鼠。

就算这是一个被人遗忘的仓库吧，没有人来烧它，没有人淹它，没有白猫黑猫来捕捉它们，它们是不是能永远幸福下去？也不能！你想呀，既然仓库没有主人，也就不会有人向库中添加粮食，吃掉一点就少掉一点。俗话说，坐吃山空海也干。总有一天粮食被吃光了。况且，见到库中的粮食渐渐变少，内部激烈的争斗也就是难免的了，剩下的粮食越少，争斗也就越激烈，在争斗中，弱者固然处于不利的位置，但有谁一定是胜利者呢？几只弱小的老鼠一拥而上也可能击败一只强壮的老鼠，甚至一只瘦小的老鼠也可能趁其不备咬死一只大老鼠。总之，在争夺食物的战争中，每只鼠都可能落得可悲的下场。

不仅有内部的战争，还可能有外部的战争。比如，那些在厕所里觅食的老鼠虽然没有平等的观念，不会说“王侯将相宁有种乎”，但它们并不会总是待在那里，也可能到各处转转。当发现有同类在仓库里过着富足的生活时，就可能冲进仓库里大吃起来，连招呼都不打一个，库中鼠要阻挡吗？那就可能爆发争夺食物的外部战争。虽不敢肯定哪方是胜利方，但可以说厕中鼠获胜的可能性要大一些，理由是双方生活的环境不一样，造成体格不一样，库中鼠身上脂肪多而肌肉少，攻击力较弱，另一方则相反。如果这个判断没错，库中鼠成了失败的一方，其中的一部分将会被咬死，还有的被赶出仓库。那些侥幸的、没有死于战争的老鼠下场也不会好到哪里。由于长期吃现成的，在野外的生存能力变差了，极有可能要被饿死。

库中鼠的最大危险在于它们不知道自身的危险。它们不懂得主人不可能永远容忍它们，不懂得仓库总有倒塌的一天，不懂得粮食总有吃完的一天，不懂得依丛林规则行事战争是不可避免的，不懂得居安思危防患未然，直到有一天主人放火烧仓库、仓库倒塌、往日的朋友猛扑过来、外边的同类突然攻进来，就只好束手待毙了。李斯不就是这样吗？

明明说的老鼠，怎么又扯上李斯？这不仅因为他曾经发出这样的感叹，“人是出人头地还是居于人后，就像老鼠一样，就看把自己放到什么环境里”，还因为在他的身上有库中鼠的某些特性，正因为有这些特性，最终连做厕中鼠也不可能了。

（原载《上海法治报》2017 年 4 月 10 日）

此风不可长

卢礼阳

最近几年，各地各部门致力于地方文化事业，加大投资力度，策划出版了相当一批图书，成效显著，社会欢迎。然而这中间却蔓延起一股歪风，而且有愈演愈烈之势，温州也不例外。一部分领导干部乐于在出版物上挂名，不仅担负编辑委员会主任或者领导小组组长的名义，而且同时挂名主编，引起各界人士的普遍反感，与当前和谐社会的建设背道而驰。

那些领导干部为什么乐此不疲呢？主要有两个原因。

一是，他们内心以为，出版经费不是自己单位解决，就是从财政或其他系统争取而来，何况编辑出版工作中出现困难，也离不开他们的协调。总之，没有他们出面或者点头，出书的经费落实不了，后续工作也不那么顺利，于是潜意识里面就冒出：我的功劳最大，同时署名主编，为什么不可以？

二是，一些实际承担编写或者著述工作的同志，为了最大程度取得单位领导的支持、关照，违心地（不排除少数人主动提出）要求领导在书上挂名。

由此造成的不良后果是什么？

一是混淆了组织领导与精神劳动的区别，混淆了机关公文、领导讲话与著作的区别。公文，由专人拟稿，领导签批；讲话，领导提出要点或者提纲，秘书或者秘书班子起草，主要反映一个部门或一家单位的某个行为或某项意图，含有精神劳动的成分，但体现较少。而著作，写作时间较长，更多地体现个人的精神创造，两者不可同日而语。

二是不符合中华民族的优良传统。历史上我们官方修志的惯例，修编两条线，界限分明，也就是政府出资修志，负责落实经费、落实编纂人选，而编纂者受聘之后，负责确定体例、采集资料、成稿出书，双方互相尊重，各自具名，不会随意剥夺另外一方的署名权利。

三是违背了实事求是的原则。一部书的完成，没有几年的呕心沥血，是不可想象的。你身为领导，只不过落实经费，有时协调一下，也不过开开口，实际上付出多少劳动？就得寸进尺，既要做编委会主任，又要挂名主编，实干者反而只是副主编或者责任编辑，有时甚至连个名字都没有在版权页上出现，在某种意义而言，是掠人之美，侵占人家的劳动成果。

四是不符合中央政治局八条新规的精神。有的领导干部以为“主编”好听，书送给兄弟单位或同僚，也有面子，就不尊重手下（同事）的知识产权，不尊重人家的精神劳动，严重挫伤人家的积极性，影响党群关系，影响干群关系。长此以往，如何改善社会风气？如何建设和谐社会？

当然，不排除这种情况，有的领导是实际的执笔者，在合作中间付出最多的劳动，情况与上述不同，另当别论。

（摘自《此心安处》，文汇出版社 2017 年 6 月版）

你损害的正是你自己的利益

张心阳

共享单车，没有人觉得不是好东西，不只给人们出行带来便利，而且环保、经济。

我也是共享单车的“共享”者，第一次骑行，就不禁产生诸多凉意。这就是许多人已经注意到的，单车人为损坏现象严重。那天傍晚，我从单位下班骑车去3公里外的茶楼会友。去时很方面，下楼就找到了单车，车子性能很好，骑得很舒适。当返回时，寻找车辆就出现了麻烦，走了四五十米，发现一辆车，对照号码开锁时，怎么也打不开，细一看，车锁被人破坏了。又走了近百米，发现一辆车，没法用，因为车牌上的数字被人刮了。后又走了百十米，发现一辆，这辆车仍然没法用，因为车座被人卸了。直到走过500多米，才找到了一辆合适骑行的车。

这么好的东西，我不明白为什么有人要破坏它？如果你觉得骑得不舒服，完全可以退订；如果骑行过程中出现故障，误了你的事，可以就地换一辆。如果对车主产生了羡慕嫉妒恨，你完全可以建议相关部门查他（她）是否合法经营、是否偷漏税。至于破坏它，实在找不出什么理由。唯一的理由，只能是你的道德境界还不配享用这样一种共享物质的方式。

这里我没有打算来讨论道德境界问题，这个话题讲起来有好为人师之嫌，很让人厌。我想说的是，类似这种损害，损害的到底是谁的利益？

仍说共享单车，无论它有多么环保、实惠、有益于社会，公司都是有经济核算的，必须以不亏损为底线。换言之，为了有效运行，必须将材料、生产、研发、维护、损耗等一切开支打入成本，只有收入多于成本和税赋等，公司才有盈利，才能保持正常运转。那么，我们人为地毁损单车结果是什么呢？就是等于在增加公司成本，这笔增加的成本是公司自己扛着吗？当然不能，必须转入到价格当中。使用价格被提高，或者本来可以降价的不再降价，本来可以拥更多免费骑行日却被迫减少，这些由谁来承担呢？无疑是消费者。这正告诉我们，对于一切公共的共益的、共享的物质和事物，你维护的正是你自己的利益，你损害的也是正你自己的利益。一个人如果不是神经出了毛病，怎么会损害自己的利益呢？

台湾柏杨先生讲中国人的劣根性，其中一条就是喜欢做“损人利己”和“损人不利己”的事。“损人利己”出于私欲，情有可原；而“损人不利己”的事也做，那只说是浑球，没有算明白双亏这个账，以致在害了别人甚至并没有害到别人同时，却害了自己。

一辆共享单车运行成本如此，一个社会运行的成本何尝不是如此。有的人喜欢随地吐痰、扔垃圾，这就不得不增加环卫工人，增加环卫工人就等于增加城市管理成本。有的人动辄就是就干仗、拳头相向、刀棒相见，这就不得不拥有更多的警察，警察多，政府行政成本就多。还有，街头上的垃圾箱经常被人恶意损坏，公园里的座椅常常缺板少腿，马路上的护栏总被弄得七扭八歪，白白的墙壁总是被涂鸦成大花脸，等等。这一切损人而并不利己的行为无不在增加社会管理成本，而这种成本的支出又无不由你我来承担。

有人不讲道德，甚至质疑：“道德值几个钱？”我想告诉你的是：“道德是可以用金钱计算的，是很值钱的。”注重道德、遵纪守法，安分守己，既彰显个人文明，又减少社会管理成本。乘车无人逃票，验票口就无须有那么多人执勤；走路做到绿行红停，就无须要那么多交通协管；开车少一点野蛮，就可以少一点保险公司和汽修厂，官员不以权谋私，也就无须庞大的纪委和巡视机构；960万平方公里土地上都能做到路不拾遗、夜不闭户，所有的保安都将会到工厂做工，做防盗窗门的钢材都可以用来建房架桥，警察、法官、检察官也可以大大裁员。这怎么能说道德不值钱呢？

（原载《杂文月刊》2017年第5期上）

衡中为什么会“成功”？

杨建业

河北的衡水中学最近又成了新闻热点。原因很简单，衡中培养的是应试能手、高考机器，虽与社会素质教育主流理念相悖，却办得很“成功”，直令天下的中国父母趋之若鹜，亦在争议中不断“成长壮大”。浙江杭州、云南昆明、安徽合肥、江西南昌等地均有其“分号”开办（见 2017.4.7《报刊文摘》）。

看来，衡中在某些方面和民国时期的另一所名校——南开中学有些类似，也在到处开花结果、广种广收。而天津的南开，1936 年在四川重庆就有了分校。据传，在当年，除了其他教育外，重庆的南开中学还推行“强迫体育”。规定学生的体育成绩必须达标，否则不能毕业。因为南开的主事者张伯苓认为“强国必先强种，强种必先强身”。因此，学校要求每天下午三点半教室门全锁，所有学生必须走出课堂，融入课外活动中。如有学生偷偷躲在教室里做功课被发现，要记大过一次。

台湾著名作家齐邦媛也回忆说，当年她在重庆南开，各科成绩都好，唯独体育糟糕，初一时，因身体瘦弱，竟在冗长的晨间升旗训话时晕倒，成为同学们的笑柄。但经过锻炼，半年后，她就成为班队一垒手。初三时竟成为校女子田径队的短跑、跳高和跳远选手。“至今已过去 60 多年了，我仍然记得自己跃入沙坑前短发间呼啸的风。一个骨瘦如柴的 15 岁女孩，第一次觉得生活真好，有了生活的自信。”如今，93 岁的齐邦媛仍能说能写，身体健康。

著名经济学家吴敬琏，也是那一时期的重庆南开中学学生。“在吴敬琏的记忆中，南开中学要求学生全面发展，不合格者必须淘汰”，为此每年几乎都要淘汰几十名学生。而吴敬琏因为身体差，体育不及格，第一年就差点被“刷了”。后来吴敬琏每天下了自修就去操场跑上 800 米，日复一日，身体强壮起来，终于达标。吴敬琏还对南开中学的“公民训练”记忆深刻，“南开中学除了教授语文、数学等功课外，从逻辑思维、语言表达的训练，公民课上关于如何开会、如何选举的学习，到每栋楼进门处的镜箴上‘头容正、肩容平、胸容宽、背容直；气象勿傲、勿暴、勿怠；颜色宜和、宜静、宜庄’的仪态要求，使我终生受用不尽”。吴敬琏还说，“我虽然只在南开中学读了两年，但我觉得那是我一生中最重要的两年。我在从少年到青年的转折期进了这么一所学校，乃人生大幸”（见 2017. 4. 7《报刊文摘》）。

南开这种德智体并进的高贵的教育理念，对当年革命根据地的学校教育也有一定的影响。韦君宜在她的《思痛录》中说，她的爱人杨述，在“抢救运动”中被逼迫承认是特务，万般无奈下，他只好胡乱“坦白”说，他曾主张根据地的中学提高教育质量，办成像南开那样的中学，因此也是“路线特务”；党内资深教育家蒋南翔也在延安时期提出“南开中学论”，意思是中学教育要像南开那样，系统、完整，培养理论联系实际、让学生接触社会懂得社会的学风。

历史早已证明了当年南开教育理念的巨大成功。如今，号称“考试集中营”的衡中也像南开那样在国内到处布局，又将“开的什么花，结的什么子”呢？收获的是跳蚤还是龙种呢？我想，虽不至于是跳蚤，但也绝不会是龙种。所谓的“龙种”，即一流科学家或人文领域中的大家人物。常识告诉我们，大凡这类人，都是一些德智体美均衡发展，且深具人文情怀，因而有着高度的时代担当、责任担当的精英。衡中的主事者既然永远无法成为张伯苓那样远见卓识的教育家，也就永远不会想到要给学生营造一个德智体美全面发展的教育氛围，当然也就永远培养不出像周恩来那样器宇轩昂的领袖人物。甚至连齐邦媛、吴敬琏这样的方家都不会有。这类中学，至多只能产出一些难堪大用的“斗筲之器”，而因此付出的代价却十分昂贵——整整一代人的身体健康被摧毁。据港媒报道，近年中国儿童的近视率激增，已到了令人担忧的程度。“在过去 20 年中……10% 至 20% 的小学生患有近视。到了中学，这个比例上升到 50% 。而在大学，这个数字高达 90% 。”“中国 20 岁至 30 岁的年轻人中有 20% 患有高度近视，即近视度数高于 800 度，这个比例是全球平均水平的 5 倍。”“儿童和青少年面临着极端的学业压力。我们要求孩子能够取得好成绩，即使这意味着他们童年的大部分时光被关在室内。我们都知道，缺乏自然光会增加近视的风险。”（见 2017. 4. 10《参考消息》）。什么叫“输在起跑线上”？还记得几十年前孙云晓那篇《中日青少年夏令营的较量》吧？那可是真正输在了起跑线上。

当然，为衡中辩护的也大有人在。他们说，衡中模式可为贫困子弟的上升提供一个便捷的通道，只要数理化好，便可迅速改变命运脱颖而出。而德智体美等，只有大城市的孩子才有条件享受到这样的综合素质教育。因此，衡中这样的学校仍有其存在的基本理由（见2017.4.6《南方周末》）。这种说法貌似有理，却经不起事实的推敲。难道衡中多数人都是贫家子弟，而当年进入南开中学的都是富家子弟吗？就我所知，起码南开的周恩来就不是。他出身十分贫寒。

（原载《同舟共进》2017年第7期）

屠呦呦“无意参选院士评选”深意

洪巧俊

据澎湃新闻记者从中国中医科学院青蒿素研究团队获悉，屠呦呦本人无意参选院士评选。一名屠呦呦团队的研究人员也说，关于屠呦呦参与增补院士评选有很多说法，这不是事实，“屠老师没有这方面的考虑，也不会报名”。

屠老师没有这方面的考虑？因为在她没有获诺贝尔奖之前考虑过多次，多次报名也没有评选上，那时我们的屠老师是屡战屡败，屠老师也不义愤填膺，也不牢骚满腹，依然是默默无闻地做自己的事业。

根据现在掌握的文献材料，许多专家认为屠教授对青蒿素的发现有重大贡献，是够格当院士的，屠的多次落选再次说明中国的院士选举确实荒腔走板。中国工程院院士、中国中医科学院院长张伯礼曾公开表示，对屠呦呦不是院士感到遗憾。他指出，青蒿素的成果在国内外一直被公认，屠老师个人却很长时间没有得过大奖，“或者说得到一个应该有的名份”。他认为，院士评审体制和机制“值得反思”。我想，就是“反思”给屠呦呦一个院士的头衔，或许她也不一定会接受。

当然，如果屠呦呦之前能想到自己可获得诺贝尔奖，她肯定不会一次又一次去参与评选院士。获得诺贝尔奖，在身份上可以说是超过院士了，中国院士千人之多，获得诺贝尔奖的有几人？按照惯例超过院士等同院士，一般就能享受副省级待遇了，上飞机就要走 VIP 通道。但屠呦呦去领诺贝尔奖，依然走的是普通通道，完全把自己混同为一个普通的老百姓，也把在 VIP 等待送机的领导混同与普通老百姓了。

就这件事我曾写过《这一次屠呦呦又得罪了大领导》一文，我在该文的开头说：“屠呦呦是独立特行的，就是到了今天她这个 85 岁的高龄，她也是依然如此，或许对于一个科学家来说，就需要这种风格。但这种风格往往是领导不受见的，甚至是很讨厌的。”结尾是这样呼应的：“她的这种让‘领导干等’的行为，颠覆了公众对科学家的认知，同时也让人看到了独立于权力之外的科学精神。也许在屠呦呦的影响下，未来中国独立特行的人多了起来，诺奖或许也就多了起来。”

因为没有博士学位、留洋背景和院士头衔，屠呦呦一度被媒体称为“三无”科学家。有人说，低调和不尊重领导，才是屠呦呦不能当选院士的最大理由。笔者认为这不是最大的理由，但有一点是可以肯定的，与她性格直率，不善于搞人际关系有关。有报道说，2013 年原铁道部运输局局长、副总工程师张曙光因腐败“落马”后，在法庭上供认他曾为了参评院士、打点评审而筹钱，2300 万元用于之，激起舆论大哗。

职称与头衔的评选早已遭诟病，有媒体曾报道广东省原政协主席、省委副书记陈绍基，花千万元角逐中国书法家协会副主席；一个中国工艺美术大师也要花一千多万元才能角逐到这个称号。在江西景德镇坊间有如此说法：“大师比下岗工人还多。”在这个物欲横流的年代能出污而不染的人，却是我们最值得敬佩的人。

屠呦呦老师就是这样一个让我们最敬佩的人！

（原载《潮州日报》2017 年 2 月 19 日）

文武相轻与文武相偕

陈鲁民

古往今来，武将多瞧不起读书人，最狠一句话是“宁为百夫长，胜过一书生”，道理很简单，请君暂上凌烟阁，若个书生万户侯”。因为武将们多是功利心极强的人，图的是战场上一刀一枪，博个封妻荫子，光宗耀祖。书里有什么？所谓“黄金屋”“颜如玉”，那不过是劝学的欺人之谈。因而，班超投笔从戎，袁崇焕弃文从武，都成为历史美谈。

武将最不得意的时候要算宋代，因为赵匡胤的政策是抑武扬文，可就是这样，还有不少武将瞧不起读书人。南宋大将韩世忠，早年最讨厌读书人，见面不叫“先生”，统统蔑称为“子曰”，显然因为读书人张口闭口“子曰”“诗云”的缘故。这事连皇上都听说了。一次高宗问他：“听说你把读书人称作‘子曰’，有这事吗?”韩回答：“我已经改了。”高宗正要夸他，不料他接着说：“今呼为‘萌儿’矣!”“萌儿”即幼稚的孩子，高宗听了，只好一笑作罢。

蒋介石虽是行伍出身，其实读书不少，颇通文墨，但他还是迷信枪杆子能解决一切问题。史量才主持的《申报》经常抨击国民政府对内搞迫害、对日搞妥协的卖国政策。蒋介石很不满意，召见史量才时要求他更换报社编辑，解聘进步人员，不得再登载批评政府的文章，遭到史的坚决抵制。蒋威胁说，我有百万大军；史不卑不亢地回道，我有百万读者。居然在气势上不落下风，蒋介石还真拿他没有办法。

土匪出身的张作霖就没那么客气了。著名报人邵飘萍曾写文章批过他，那时他在东北，鞭长莫及，只能怀恨在心。一进北京，他立即通缉邵飘萍。邵躲进外国使馆，他找人把邵骗出来抓进大牢，然后罗织罪名，严刑审讯。虽然全国新闻界共同营救，但“秀才遇见兵，有理说不清”，张作霖还是把邵飘萍杀害了，开了“军阀杀记者”的先河。

当然，人是会变化的。一些武将年事渐长，阅历丰富后，也会认识到文化的重要，也会逐渐尊重起读书人。就说张作霖，他不仅把几个孩子都送到最好的学堂读书，晚年时对教育也颇重视，从不拖欠教师工资，每逢孔子诞辰日，就穿上长袍马褂，到各个学校慰问老师，坦言自己是大老粗，教育下一代，全仰仗各位老师，特地赶来致谢云云。

还有韩世忠，打打杀杀一辈子，晚年竟喜欢上作诗填词，他有一首词《南乡子》就很有味道："人有几何般，富贵荣华总是闲。自古英雄都如梦，为官，宝玉妻儿宿业缠。年事已衰残，鬓发苍浪骨髓干。不道山林多好处，贪欢，只恐痴迷误了贤。"后人论道，他"生长兵间，初不知书，晚岁忽若有悟，能作字及小诗词，皆有见趣"。自然，他对读书人的态度也大为转变，恭敬有礼，时常请教，与先前迥异。

文人相轻，武人相轻，还有文武相轻，都是古已有之，自然也不无偏颇。其实不论文武，均有所长，治国安民，皆不可少，历史上凡国力强盛的朝代，大都是文武相偕，各尽其责。而一旦文武离心，相互猜忌，如廉颇与蔺相如势同水火，黄祖杀了祢衡，安禄山与杨国忠争权夺势，秦桧陷害岳武穆，后果严重的甚至会导致国将不国，天下大乱。

至于封建帝王，对文人武将都只是视作使用工具而已，孰轻孰重并无一定之规，就看哪个更顺手罢了。一般来说，打天下时重视武将，瞧不起文人，像刘邦就曾用儒生的帽子接尿；坐江山了则更倚重文人，杯酒释兵权即是一例。其轻文还是轻武，全是从利益出发的实用主义考量，并非出自真心实意。所以，对读书人来说，受了重用大可不必感激涕零，立刻去写颂圣文章；遭到冷落也不必诚惶诚恐，那一肚子学问并非注定非要"货与帝王家"不可，否则，便当真是有辱"独立之精神，自由之思想"的士人风骨了。

（原载《同舟共进》2017 年第 5 期）

在这里谁能过好日子

刘兴雨

我说的这里，你在地图上找不到。有人可能不服气，还能有地图上找不到的地方？你还真就别不服气，就像我们常说的有关部门，你能说准是哪个部门？

既然是一个叫不准的地方，你就可以想象成是你待过的地方或正在待的地方，免得我随便起个名字，你还觉得不得劲。

你首先别把这里想得那么不堪，到了晚上，装饰在楼上的灯五颜六色，可以用得上璀璨两个字。远远望去，你还以为是个高级宾馆或是什么堂皇的机关。总之，你不能把它和破败这样的词连到一块儿，不明就里的人甚至可能对这里悠然神往。可当你真正走近它，就会大吃一惊。楼梯磴上的水泥已经剥落，墙上的护栏已经锈得面目皆非。路两边的排水井盖不知哪里去了，下水井空空的，仿佛张开的大口，等待哪个不知名的倒霉鬼掉进去。马路本来铺完没几天，可为了埋什么管子，又挖开一条大沟，挖完了随便填上几锹土，让人走起路来高一脚低一脚，唯恐被绊倒，再也找不到那种悠闲的散步的心情。柏油路两旁的人行道本来铺着方砖，可不知哪位有心人竟把砖起走一大片。像好好的脸上长了大疮，要多难看有多难看，要多闹心有多闹心。

下水井盖也好，人行路也好，都是为人们生存方便设计的，可人们居然自己把这方便自己的东西破坏了。

这里本来是一片新区，房前屋后都是草坪，绿油油的，看上去赏心悦目。为了防止有人开荒种地，还拉上了大幅标语——禁止毁绿。可人们对此似乎熟视无睹，把好端端的草坪毁掉，种上了蔬菜。蔬菜长得十分茁壮，使这里成了都市里的村庄，也没见有人来管一下。管理者的任务好像就是挂个标语，只要让人看到标语，似乎就完成了任务。

冬天到了，人们发现管道不热，在屋里还要捂着厚厚的棉袄。找到物业，物业说这事归锅炉房，锅炉房说我们烧得正常，是建筑单位未交足取暖费用……就这样，你推我，我推你，好像谁都没问题，就是老百姓没事找事。

拖了好多天也没解决。天实在太冷，暖气又不供好，人们忍无可忍，结队上街，男女老少排成大队，把路堵上了，这下子惊动了上面，来了警车，也来了警察。警察虽然奉命而来，但他们也不高兴："这叫啥事，你们该管事的不好好管，大冷天的让我们赶老百姓。你们一天就管收钱，收钱有人管，出事没人管。"

好个"收钱有人管，出事没人管"，一句话，说出了多少地方的生存状态。

最后弄明白了，原来，建筑单位收钱的人把收上的取暖费挪作他用了，管事的人携带大批的钱款跑掉了，他的手机也关了，家也搬了，老百姓几乎喊天天不应，叫地地不灵。没办法，就要上访。说起来也怪，当官的啥也不怕，似乎就怕老百姓上访，好像一上访，他们的乌纱帽就戴不稳。于是，派人说服，派人看守，24 小时不敢懈怠。围追堵截，各路本事都用上了。晚上觉都睡不好，一有个电话就心提到嗓子眼，好像得了精神病似的，这时瞅着他们也怪可怜的。

唉，在这里，老百姓不得安生，当官的也不得安生。而不好生存状态的造成，老百姓有份，当官的也有份。就像在市场，卖东西的可怜小贩被撵得四处奔逃，威风凛凛的城管也难逃被刀扎的命运。就像在医院，病人被病痛和高昂的费用交替折磨，医生也动不动被医闹弄得神经兮兮；就像在学校，学生披星戴月被考试和补课弄得痛苦不堪，老师也被各种考核标准弄得快要精神失常。

所以，我的文章就取了这样一个不讨好的题目——在这里谁能过好日子？但愿人们不要因此胡乱联想，弄出病来我担不起责任。

（原载《杂文月刊》2017 年第 1 期上）

“一根筋”的日本匠人

唐辛子

天才厨师星野光子，是东京著名的米其林三星餐厅主厨，因与餐厅老板产生矛盾而遭陷害，被人捏造“食物中毒”的罪名，从此无法继续在餐饮界立足。为了继续拥有一份做厨师的工作，星野主厨应邀到一家叫三叶小学的公立学校食堂去做炊事员，为300多位孩子制作学校午餐。

日本公立学校的校餐不仅成本控制极严，还要求根据儿童成长中所需的热量、碳水化合物、脂肪、蛋白质、多种维生素等，按比例制定营养菜单。为了在严格的成本控制下，制作出既便宜又营养、既美味又美观的“三星校餐”，星野主厨彻夜研究各种食材，甚至天还未亮就独自进入厨房工作。学校主办亲子校餐会，星野主厨不惜自掏腰包，收集市场上所有的番茄品种，一一尝试、调配，终于研制出既适合大人又适合孩子口味的“最高番茄酱”……

上面的故事，是2016年秋日本富士电视台周日晚间剧场正在播放的一部电视剧《Chef~三星营养午餐》的内容。这部电视剧令人感兴趣的，并不仅是星野厨师扮演者天海祐希出色的表演，还因为这部剧里所展现的那种“一根筋”的日本式匠人精神。

“一根筋”在中文里通常用来形容性格的偏执顽固、不开窍、认死理。但在日文里，却常常用来形容匠人们对于手艺的固执专一、精益求精。甚至可以这么说，当“一根筋”这个词用在匠人身上时，它已经不再是个形容词，而是一种恒久不变的匠人气质和情结。一个专业匠人与业余手艺人的区别，就在于“一根筋”的有与无。

在我家附近有一家小小的咖喱店，店铺很旧，店主又吉也很老——今年大概已年满70了。年迈的又吉从年轻时起，几十年如一日，“一根筋”地永远只做“鸡腿咖喱”这一种咖喱。尽管又吉的店又小又旧，但是鸡腿咖喱的美味远近有名。甚至连《读卖新闻》《朝日新闻》这些日本主流媒体的美食专栏，都特意撰稿报道他。

又吉的鸡腿咖喱是用好几十种辛香原料一点点调制出来的，吃到嘴里并不会觉得辣，但只吃几勺后就会开始冒汗。又吉说：好的咖喱就是这样，上乘的咖喱从来不会带给人腹胀感。为了制作上乘的咖喱，又吉必须每天从清晨忙到深夜，因为上乘的咖喱需要花时间慢慢地熬，性急不得。

但“一根筋”并不仅仅指对同一份工作几十年如一日的执着，它还是一种不间断的血脉传承。只有在拥有了这种血脉相连的传承之后，匠人们“一根筋”的气质与情绪，才能延伸发展为传统。

我有一位家住京都的匠人朋友，叫山本晃久，他们家祖祖辈辈都是做镜师——包括平安神宫在内的京都大小神社里供奉的神镜，大多由他们家手工制作。日本首相安倍拜访罗马教皇时，送给教皇的见面礼——一面天主教魔镜，也由山本家父子亲手铸制。那面天主教魔镜，乍看就是一面普通的镜子，但在阳光反射下，会投影出基督的影像。

这种魔镜的制作原理，与《梦溪笔谈》里所写的“透光鉴”相近，这种神奇的透光效果，源于镜面20～30微米左右的凹凸波度。人一根头发的粗细大约为70微米，20～30微米左右的凹凸波度，相当于半根头发粗细。这种精细的凹凸波度，根本无法通过机器实现，只能依赖手工完成。铸造、研削、研磨，是制作魔镜的三个基本步骤，而要成为一名合格的镜师，至少需要30年时间——铸造10年、研削10年、研磨10年。对一名执着于传统手法的镜师而言，必须花上30年的时间，才能令双手拥有炉火纯青的职人触感。若铜镜镜身过厚，或研磨火候不足，或镜身研磨过薄，都无法达到理想的效果。

现在山本家最年轻的镜师传人是山本晃久。为了不让世代相传的手艺失传，晃久大学毕业后便回家继承家业。30多岁的晃久年轻帅气，被日本媒体称为“日本最后的镜师”——这个称呼听起来是非常浪漫的，但要成为这样的一位镜师，却需要有修行者的禅定。因为每日工作其实就是不断重复一个相同的动作——镜面打磨。我曾问晃久：“你不觉得单调吗?”晃久回答，他从未感觉过单调。虽然每天重复着相同的劳动，但心情却是完全不同的。在他打磨镜面时，他想到的是自己的父亲、自己的爷爷、自己的那些祖辈们。他们也和他一样，曾经这样日夜不停地磨砺过——磨砺镜面，磨砺人生，磨砺光阴。而今，他在这不同的时空里，像他的先人一样，进行相同的磨砺修行，在这样的修行中，完成代代相通的血脉传承。

几十年如一日的执着、一代接一代的传承——这便是“一根筋”的匠人精神，但还不仅仅只有这些。

在大阪道顿堀川向南有一座建于17世纪的法善寺。寺前有一条长80米、宽 3 米的石板小道，被称为“法善寺横町”。“法善寺横町”里，有一家日式甜品老铺“夫妇善哉”。这家日式甜品老铺，因大阪出生的小说家织田作之助的成名代表作《夫妇善哉》而出名，是大阪著名的美食观光景点，尤其是到大阪旅游的文学青年，大多会特意找到这家店，吃上一份两碗、代表夫妻圆满的红豆汤圆。

但是“夫妇善哉”的店铺极小，仅能摆放下三张桌子，且从 1883 年创业以来，百多年间几乎没有什么改变。“生意这么好，为什么不扩大店铺，又或者多开几家分店呢?”有一次，我带着朋友一起去“夫妇善哉”时，看着店铺外排起的长队，忍不住问“夫妇善哉”的女店员。

那位女店员抿嘴一笑，答道：“扩大店铺或者开分店，或许能赚多一些钱，但那样一来，就不再是真正的‘夫妇善哉’了。”

原来如此！就像一碗汤一样，原汁原味的才能称为高汤。对于“一根筋”的匠人而言，坚持少而精，品质才有保证。如果匠人也像商人一样，开始思考要做大做多，那便是匠人资格丧失的开始。因为那样一来，售出的就仅仅是商品，而不会再拥有制作者投入的心情以及饱满的情绪，从而失去肉眼无法看见、却打动人心的无形附加值。

从这样的意义而言，“一根筋”还意味着一种永恒的、绝不改变的原点。用匠人们的语言来表达的话，便是“不忘初心”。

（原载《同舟共进》2017 年第 1 期）

漫说“公鸡生蛋”

董联军

在宁波美术馆，欣赏了反腐倡廉漫画作品展——《清风漫笔》。百余幅精彩纷呈的漫画，融会中华传统文化与书画艺术。上接中央精神，下接群众地气，寓教于乐，深受欢迎。这是作者赵青云利用业余时间，三年磨剑而成。有幅《公鸡生蛋经》的漫画尤为深刻，画面中一只雄赳赳气昂昂的大公鸡，脖子挂着金灿灿的大奖章，口若悬河大谈“下蛋经”，而背后母鸡却在埋头苦干，努力生产。

习总书记深刻指出：“当前，有的地方和部门正气不彰、邪气不祛；‘明规则’名存实亡，‘潜规则’大行其道；求真务实、埋头苦干的受到排挤，好大喜功、急功近利的如鱼得水。”漫画《公鸡生蛋经》非常生动地鞭挞了此类丑恶现象。

谁能够决定公鸡介绍“下蛋经”而排挤求真务实、埋头苦干的母鸡？可以说有多少只公鸡在说“生蛋经”，就有多少只臭蛋、坏蛋在发生。

现实生活中，某“公鸡”事迹鲜活，发人深思。公者，工会也；鸡者，纪委也。特指国企工会主席与纪委书记合二为一。如此问题来了，若掌权者乃贪官污吏，那么百姓遭殃无疑。他左手代表工会，右手代表纪委，翻手为云，覆手为雨，可以无法无天。

按规定纪委书记是“厂务公开”监督小组组长，如此便成了自己监督自己，运动员与裁判员一人所为。工会负有其责的厂务公开便可有可无；工会自身的财务制度则雾里看花。如果在其位的是“无德无才无能”三无产品，那就一定鸡犬不宁，“工纪生蛋”的后果可想而知。可以任意剥夺职工的选举权与被选举权，也可以指定选举职工代表人选；可以暗箱违规操作，团团伙伙，指定人事选拔；可以无视工会法有关规定，发放钱财，谁有异议，则不发给谁；可以人事提拔安排，色字当头潜规则，也可以掩耳盗铃，言称工作默契，实吃“窝边草”，弄得单位家庭鸡飞狗跳；可以利用手中权力，置职工群众的切身利益而不顾。

可以对抗中央，移花接木，违反中央八项规定，非但没有“厂务公开，明码标价”，还指定厂家故意撕掉标价。可以操作先进与劳模……可以决定职工的福利与待遇……

工会主席与纪委书记，职位不算最大，为何如此兴风作浪？皆因与一把手狼狈为奸，乃团团伙伙，故独霸一方，接二连三排挤掉百姓拥护的几任党委书记。企业发展不进则退，职工人心惶惶离心离德，而他们却大言不惭地大谈“生蛋经”。

邓小平说得精辟：“制度好可以使坏人无法任意横行，制度不好可以使好人无法充分做好事，甚至会走向反面。”把权力关进制度的笼子。莫让运动员与裁判员合二为一，保障公平公正，利于监督，预防“公鸡生蛋经”现象的发生。

监督是权力正确运行的根本保证。中央决定在北京、山西、浙江就国家监察体制改革开展试点，实现对公职人员监察全覆盖，无疑是神州大地上振奋人心的春雷。

依法治国，制度反腐，万众瞩目，众望所归。

（原载《厦门日报》2016年12月25日）

“表演”年代

齐世明

招聘场。一份份制作精美的简历，掀开看看，有表演获奖经历者，往往令人眼睛一亮。相亲场（涵盖“非诚勿扰”类电视相亲）。一个个精心妆点的人儿，“点将”之后，引吭而歌或翩翩起舞者，总能激起赞许的掌声……

一向以含蓄、内敛甚至拘谨呈现世界的国人，而今在巴黎卢浮宫、莫斯科红场、威尼斯桥畔……都让老外“刮目相看”了。“本色”献演的是中国大妈，节目相同：广场舞。还有举世皆惊之“现场直播”——2016年五一假期，36名参团到美国旅游的山东大妈，在纽约联合国总部大楼外放声高唱，挥拳拍掌……令老外纳罕：创造了经济奇迹之后，中国的老人们也要创造表演奇迹么？

审美之“道”不同，“表演奇迹”另当别论，不过，华夏确乎进入了“表演年代”。

上世纪六七十年代，西方女性主义学者发展出了“男性凝视”的概念（当一名选美皇后路过一个泳池，泳池里的年轻男性都注视着她），进而提出：“性别是一种表演。”而表演是一种社会仪式，它与个体对于自我的身份认同、社会地位息息相关。

开启中国“表演年代”的当属滥觞于2004年的“全民选秀”。随之，东西南北中，摆秀场耶，男女老青少，竞表演耶！无论甚“声音”“女生男儿”，甭管啥“大道”啥“花样”，博的都是一个宁可牺牲自己“色相”也要登台，拼的一个使出浑身解数全为“入选”。

最令笔者忧虑的当属孩子们。生命正是像种子一样吸收阶段，“好雨知时节”，“污染”也凶猛！听听各地幼儿园、学前班里整齐、响亮地回应阿姨（预先多次演练过）的提问，表演的“基因”是否在这里已然发育？

清末小说《老残游记》里塑造的腐化形象黄人瑞有句“名言”：“大凡人

肚子里，发话有两个所在，一个是从丹田底下发出来的，那是自己的话；另一个是从喉咙底下发出来的，那是应酬的话。”今朝华夏，却周遭可见表演这类“应酬的话”，很不幸，孩子们先受此“污染”。搜索各地荧屏网络，甭管街头随机或节日采访，上镜的孩子大都收拾得干净，尤其话语更“干净”，几乎都是用反复练习过的“朗诵腔”，这“一元化腔调”虽然清亮、整齐，却也“演”出了大大超越年龄的成熟。

当然，更多的表演还在孩子们年轻或已不年轻的父母，无论台上台下，只要面对镜头，只要众目睽睽之下，立刻起“表演范儿”。现时，会议又增，举凡学习、讨论、调研、总结、表彰、演讲、座谈……“贱”至小组会、班会，“贵”至民主生活会，都要表态，表态就难免形式有异的表演，长袖善舞者往往“如沐春风”“如鱼得水”。

目下，愈演愈烈的电信诈骗已成“国家探案剧”，遍演东西南北中，其无论大骗小骗，均有“剧本”，且“法警宪特”演绎得活灵活现，让受害者惊呼：演得也忒像了！其实，影响更大、为害甚烈的还属将官场变为“表演秀场”“两面”为人为官的贪官污吏。

君可见？今日为官的占相当比例者有着强烈的表演欲，似乎多从“表演系”毕业？因而，当一众演艺明星以吸毒的实绩，组成了“监狱风云”“实力最强阵容”之后，处处讲率先垂范、带头“先富起来”的贪官们自然不会甘居人后，他们在表演上也颇有天赋，没有天资的后天努力更显勤奋，总之，成绩不俗。不信么？如果要评“影帝”“影后”榜单，竞争还是蛮激烈的，诸位看来——

“影帝”有实力问鼎者众，只能分类而列之：

喜剧类“六百帝”：万庆良。这位原广州市委书记在谈到高房价和幸福的话题时以“何不食肉糜”的腔调“秀道”：“要变有住房为有房住，我现在住的是市政府的宿舍，每月交租600元（市中心豪宅130多平方米，应5000元以上啊）……”他幸福感溢于萌萌哒的脸孔，让广大网友不能不一致推举其为“六百帝”——萌萌哒影帝。此前，这位擅长萌萌哒表演的“六百帝”因受贿1.1亿元，被判无期徒刑。

正剧类影帝：贺州副市长毛绍烈。其16年边高调“倡廉”边恣意受贿，穿塑料凉鞋、系开花皮带、穿破衣旧衫，案发前无任何举报，一时竟让人云里雾里，辨不清“泾渭”。当然，受贿2.117亿多元竟骑自行车上班的国家能源局高官魏鹏远（被判终生监禁），无论在演技与刑期上均可与其一拼。

悲情剧影帝：王敏。这位看红色影片每每泪流满面的原济南市委书记，以心机幽深、演艺绝佳而被公认。

官场“影帝”多，个个演技高。其表演的最高境界是可以乱真。对此，“影后”的众多竞争者也各有体会。当然，单单说他们是“表演”，恐怕有点“轻慢”了这些贪官的“多才多艺”，剖析之，贪官们还属作秀，即可以理解为“形神兼备，时时入戏”。值得警惕的是，面具戴得太久就嵌到肉里了——这些贪官在“马上”演忠诚、装清廉，锒铛而桎梏也不忘“秀”，涕泪纵横忏悔者有之，忆贫苦家史者有之，“千篇一律”只为博同情（轻判刑），“悔过书”遂成“表演系毕业”之贪官们的“救命稻草”。或问，你什么时候能告别骗上欺下的“表演人生”？

溯历史而返现时，国人已时常把做人与做戏混起来，在生活中也演得很卖力。真是：戏台小天下，天下大戏台！只是，这不时上演的“小领导糊弄大领导，贪官忽悠群众，下级娱乐上级，大家伙一起表演‘逗你玩儿’”的社会“假面舞会”，何时得以施系统工程全面清除？

（原载《讽刺与幽默》2016年12月16日）

从“涉县挑食”到“邯郸纠错”

徐迅雷

河北涉县一男子发帖，说医院食堂价高难吃，结果被拘留。偌大中国，本来有诸多的人不曾听说有个“涉县”，这下子有太多的人知道“涉县”了，不过原因是涉县公安局“涉嫌”违法执法。

事情经过大致是这样的：被拘留的发帖人张某某，曾参与经营县医院旧址食堂，在新医院搬迁后，因未中标新食堂经营权而心有不满，遂于酒后通过网络发布帖子，称：“涉县新医院餐厅质差、价贵、量少，还是人民的医院吗?”将自己到医院食堂就餐的经历和感受写到帖子里，“吐槽”了一番。

恰好在这个时段，涉县动员“大干100天”，公安方面为了“让涉县更加和谐平安”，于是就“成功破获两起虚构事实、网络传播、扰乱公共秩序案”。其中之一就是这个“吐槽”医院食堂的倒霉蛋，因为他“对医院工作造成恶劣影响”，被行政拘留。

网友很有才，编了段子曰：

问：哥们，你犯啥事进来的？答：挑食！

于是就有了“涉县挑食”的“新典故”。

很显然，不论有没有“竞标落败后心存不满”这个前提，一个人对单位食堂的伙食发牢骚，这连民事侵权都算不上，就算食堂经营者去起诉发帖人，法院也很难判令删帖。而当地公安却动用公权力，轻而易举将其“行拘”，这属于明显的执法过错、处罚不当。所以，全中国无数多的网民立马做起了“陪审员”，几乎是一边倒地“否”了那“行拘”之罚。

我们都说要尊重事实、尊重常识，有的东西用简单的常识判断，都知道错得离谱，所以为天下笑是必然的。这涉县位于太行山东麓，是全山区县，是革命老区，是当年八路军一二九师司令部所在地，所以也被称为“刘邓大军诞生地”。如今涉县公安如此“权大无脑”，真是无颜面对“刘邓大军”也哉！

好在管辖涉县的邯郸市公安局应对舆情危机动作迅速，立即联合政府法制办、律师顾问团和市局法制支队组成工作组，连夜对案件“事实、证据、法律适用”进行全面复查。经复查后认为，原处罚决定“适用法律不当”，责成涉县公安局依据《公安机关内部执法监督工作规定》第19条第1项，撤销对当事人张某某做出的处罚决定，对派出所所长停止执行职务，对办案民警调离执法岗位，责令派出所向当事人赔礼道歉。

撤销、停职、调离、责令赔礼道歉，这几个关键词都干脆利落！

这就是“邯郸纠错”，必须给邯郸市公安局点赞！

该局还要求涉县公安局“举一反三，引以为戒，在全局范围内开展执法活动大检查，进一步规范执法行为，避免类似问题再次发生”。

是的，如何“举一反三”、规范执法，这个很重要。

当下大型政论专题片《法治中国》在中央电视台放得热火朝天，他们却“知法犯法”。

他们为了邀功，为了拍马，为了迎合县里的“大干100天”，不惜拿一个普通的“吐槽”百姓“祭旗”，事实上这成了“猪一样的队友”，马屁拍到了马腿上。权力傲慢，自以为是，媚上欺下，目无法治，为所欲为，这是最为糟糕的。

他们“邯郸学步”，“学”无脑，“学”坏样，不仅学不到新本事、真本事，反而把起码的规矩也丢了。

他们应验了“权力使人愚蠢，绝对的权力绝对使人愚蠢”之言，权力变大，智商变低，“目空一切”的结果也空了自己的脑袋。

日本著名管理学家大前研一有两本名著，一是《低欲望社会》，一是《低智商社会》。咱们的一些权力中人，一方面是处于“高欲望社会”，另一方面却处于“低智商社会”，如此“拧巴”，就特别容易做出特别奇葩的事来。大前研一提请大家注意，在当今信息社会“思考能力和交流能力面临日趋下降的危险”。

执法者，手中有权，更要身上有脑，脑中有法，做事要走脑走心，否则就会越弄越成为“低智商社会”的一员。

（原载《杭州日报》2017年8月21日）

贪官也想要尊严

张桂辉

“很多归案的外逃贪官，均表示逃亡的生活没有尊严。”这是中国共产党新闻网新近所发《揭秘外逃贪官亡命天涯的海外生活》一文中的一句话。我理解，它的潜台词是“贪官也想要尊严”。

尊严，是指人和具有人性特征的事物，拥有应有的权利，并且这些权利被其他人和具有人性特征的事物所尊重。古往今来、古今中外，有许多关于尊严的名言、格言。我印象最深的是印度现代著名作家普列姆昌德的那句——“对人来说，最最重要的东西是尊严。”贪官也是人。贪官需要尊严也好，需要尊严也罢，都是情有可原、无可厚非的。问题是，人生在世，怎样才能活得有尊严，如何才能维护好尊严。很多贪官落马前，尤其是，手中有权、一呼百应，身边有人、前呼后拥的时候，未必一清二楚，更未用心呵护。

寄人篱下，何来尊严。可是，不少贪官却明知故犯。辽宁省凤城市原市委书记王国强，2012 年 4 月 24 日，潜逃到了美国。在美国两年多时间里，夫妻俩“五不敢”：有护照不敢用，有病不敢就医，与国内亲人不敢联络，与美国的同学和朋友不敢联系，就连同在美国的女儿，也不敢告知，更谈不上见面了。在潜逃期间，王国强心脏病发作，只好在路边的小椅子上半坐半躺，硬撑着、挣扎着。其妻则以泪洗面，因心情抑郁，脖子变大了，眼球变硬了，但都不敢去看医生。王国强感叹：“两年零八个月，说起来是那么的短，但对我来讲就像过了 28 年一样。”试问，如此这般，尊严何在？还有比王国强更惨的。湖南省长沙市国土资源局原局长左天柱逃往美国，几百万赃款挥霍一空后，基本不会外语的他，找不到比较体面的工作，只能靠给殡仪馆背尸体勉强谋生。

有句成语叫“数典忘祖”。贪官外逃，非但祖国不要了，有的连祖宗都不要了。《水浒传》第二十七回：“我行不更名，坐不改姓，都头武松的便是!”

可叹，有的贪官不但改名换姓，而且连爹妈的遗传都不要，巴不得来个名副其实的改头换面。如，分别担任广东中山市实业发展总公司经理和法定代表人的陈满雄和陈秋园夫妇，1995 年卷款外逃到泰国清迈后，买来泰国籍身份证，分别更名为苏·他春和威帕·颂斋。陈满雄还做了一次彻底的整容手术，连皮肤都进行了漂白。被捕前的一段日子，陈氏夫妇行动极为诡秘，连到市场购物也选在夜间。被捕后，平日春风得意的陈满雄当场昏倒。

清朝大臣、理学家张伯行《禁止馈送檄》中写道："一丝一粒，我之名节；一厘一毫，民之脂膏。宽一分，民受赐不止一分；取一文，我为人不值一文。谁云交际之常，廉耻实伤；倘非不义之财，此物何来？"张伯行官至礼部尚书，以清廉刚直留下美名。清朝军事家、理学家、政治家、文学家曾国藩则说："衣冠之族，以清白遗世为本，务要恬穆省事，凡贪戾刻薄之夫，皆不宜与之相接。"二者表述各异，大意基本相同。都是倡导清廉，都在告诫官员。是呀，贪者一文不值，不宜相接，尊严何在？曾国藩言行一致，示人以廉。咸丰十一年（1861 年），他五十大寿，对曾国藩尊敬有加的湘军霆字营统领鲍超，字春霆，登门祝寿，礼物多为贵重物品。曾国藩只象征性收下一顶小帽，其余贵重礼物，全部"完璧归赵"。是年十月初九，曾国藩在日记中写道："鲍春霆来，带礼物十六包，以余生日也。多珍贵之件，将受小帽一顶，余则全璧耳。"曾国藩的所作所为，既维系了袍泽之情，又守住了自身清廉。何其廉明，多么明智。

"有钱能使鬼推磨。"不错，外国的身份证等，可以用金钱购买。可是，人身的尊严，靠金钱是买不来、保不住的。有道是"早知今日，何必当初"。奉劝为官者，为了履职平安、为了人格尊严，还是未雨绸缪，自觉做到谨慎用权、秉公办事，始终保持战战兢兢、如履薄冰的心态。这样，才能赢得尊严、守住尊严。

（原载《中老年时报》2017 年 6 月 4 日）

闲看“征婚启事”

彭友茂

闲来无事，摸过一张报纸随便翻翻，见其《城事》版上有满当当一栏征婚启事，我便浏览起来。开卷有益。一浏览，我发现征婚启事里蛮有故事。

从1981年“新中国第一条征婚广告”诞生至今，征婚启事已经走过了30多年的历程。30多年来，国家的经济建设、社会发展，人们的经济收入、生活水平、婚姻观念、价值取向，发生了巨大变化。这些巨变都能从征婚广告里反映出来。

让我们重温一下20世纪80年代初那则有着“东风第一枝”意义的广告吧：张建国，男，我是一个煤矿工人，27岁，河南商丘××公社××大队人，预备党员，父母已故，兄弟四人，爱好文学，无烟酒嗜好，现在××矿当工人，每月工资80元。欲求心地善良，能料理家务，有正式工作的女子为妻。

与这则征婚启事相比，现在的征婚启事，内容更丰富多彩。“理想对象”的条件里仍保留了孝顺、善良、性格开朗、通情达理，有上进心、责任心，脾气好，无不良爱好等思想、品德传统内容，在身高、职业、学历方面，大多有“基本要求”。30多年飞速而过，内容发生明显变化的，大体上有五个方面：第一，遗传学知识的普及，让征婚男女更加注意对方的身高。为了般配，身材较高的征婚男，能“允许”对方比自己低一点，征婚女尤其是身高1.60米以上者，多是给对方身高划出“最低‘录取’分数线”。第二，过去的征婚，“文化程度”一般不提或很少提及，现在不行了，“学历”多是要门当户对，有较高学历的征婚男可以对“对方”的学历降格以求，征婚女则往往要求对方的学历高于自己，起码“持平”，少有愿低就的。第三，有房、有车，几乎成了男女征婚启事里的硬通货。有这两样者，或无车有房者，征婚启事里虽毫无张扬之意显摆之心，其底气也是可想而知的。第四，“钢铁长城”雄风在，难见女孩追军人。第五，隐去了征婚者的政治面貌，没人再像当年张建国那样亮出自己是否系某组织里的一员，只表明自己的职业或技术职务，如教师、护士、个体、国企职工、企业主管、工程师、公务员等，外加月薪××××元。该栏所有征婚启事里没见“遵纪守法”的字样。

值得玩味的是，有的征婚人综合条件颇不错，但在征婚启事里，除了载明“理想对象”的年龄、身高两项外，其他的，什么职业、相貌呀，学历、收入呀，是否有房呀，视作浮云，一概不问只字不提，只突出“随缘”“对眼”“聊得来”。有个女孩，估计属于“小鸟依人”型，征婚启事里单挑一笔，希望对方“会疼人”。这个条件看起来不高，其实不算低，正戳中了时下那些有钱任性，或财不大、脾气却不小的“大男子主义”者们的软肋。

（原载《中老年时报》2017 年 1 月 25 日）

辑二

想逃离的日子

王跃文

我原先厕身的所在，成天碍眼的是报纸和公文。公文我只看标题，就可知其大概了。很多人终生不看公文，照样活得自在，我大略知道些，也就罢了。拿来报纸，我通常是从后面看起，往前翻到没意思的地方，就搁下了。望着眼前晃来晃去的各色面孔，我时常生出时间错觉，似乎明天就是周末。有时我上午还知道是星期一，到了下午就以为是星期五了。日子如此漫长，我渴望周末。上帝的一个星期开天辟地，我的一个星期无所事事。我原来的宿舍也是在那深宅大院里，可每挨黄昏，我会去院外游逛。院外是喧嚣的市声，可偏是这里比那院内更清静。

我就这样混混沌沌过着日子。每天黄昏，我都穿行在街头陌生的人群中。依然是某个黄昏，我依然踽踽在红尘里。我猛然抬头往西，想看看夕阳。可我看到的是正在渐渐暗下去的灰色楼宇。这是座看不到日出日落的城市。那一霎，我突然意识到自己有一种想逃的心念。

后来就总琢磨这事儿，发现我通体弥漫的都是逃的念头，挥之不去。

可是有谁又能轻易逃得过无聊的日子呢？似乎是种宿命。这种宿命犹如天穹，高高在上，覆盖众生。我一时没法逃脱，还得看上去规规矩矩，写些无聊的文字。我是个急性子，总想加班加点做完手头的事。可是，当我很多次以最高效率完成工作时，得到的评价竟是做事不太认真。困惑了些日子，我如梦方醒。原来在我谋生的地方，凡事都讲究艺术的。比方说，下级做事一般要举轻若重，既显得兢兢业业，更显得水平不如上司。如果下级表现得比上司还能干，那就是不能干了。上司在下级面前却通常要表现出举重若轻，哪怕他原本是个庸人。轻重之间，大学问存焉。我从此觉悟了，学会了磨洋功。慢慢地写着那些僵死的文字，哪怕早写好了也压着不交稿。可我的脑子是闲不住的，坐在办公桌前神游八极。看上去我当然是在认真推敲手头的文章。日子过得也自在，成天乐呵呵的。直到离开那个地方，很多记者朋友都问到同样一个问题：看你的小说，觉得你应该是个内心有许多痛苦的人。可你看上去嘻嘻哈哈，这是为什么？我玩话道：我佛慈悲，可我们见过的所有佛相都是微笑的。

既然什么都明白了，眼前的一切就滑稽起来。看多了滑稽的事，遇上再不可思议的事，都云淡风轻了。周围的气氛让有些人弄得再怎么庄严或一本正经，我却知道究竟是怎么回事。我便又时常生出一种新的错觉，这是种空间错觉。我总恍惚中觉得眼前的一切都关在一个巨大的玻璃罩里，而我总是在玻璃罩外面逡巡，冷眼看着里面的热闹。我照样天天在那个大院里走来走去，也天天碰见别人在那里来来往往，他们也天天同我握手寒暄。可我老觉得他们同我隔着层厚厚的玻璃。玻璃有着极强的隔音效果，望着他们汲汲仕途，一路呼啸，我会突然失聪，听不到任何声音。玻璃罩里面上演的就是好玩的哑剧了。

我的那间办公室很阴暗，地板踩着老吱吱响。没事在里面踱步，也没情致，极让人烦的。只好成天枯坐，抿着茶，目光茫然地翻着报纸。倒是写作的时候，电脑不经意会闹出些小幽默，很有味道。比方“依法”二字用五笔连着打，打出的竟是“贪污”。“依法行政”就成了“贪污行政”。“执行”二字连着打，出现的竟是“招待”；后来五笔输入法升了级，连打“执行”时，出现“招待”“执行”两个词，“招待”仍在前面。电脑程序无意间又道破了天机：假如法院判了案子，真要“执行”，先要好好“招待”那些老爷们。我怀疑是软件设计者的恶作剧，太有意思了。别人眼里的大事我越来越漠不关心，倒是这些小事儿给我增添了很多乐趣。

我就这样成天胡思乱想，有些东西就进入了我的小说。当那些新闻机器以无数真实的细节虚构巨大的谎言时，我用众多的无中生有讲述着基本的真实。

（原载《王跃文文学回忆录》，广东人民出版社 2017 年 8 月出版）

官不扰民也是功德

宋志坚

中国不少地名，都有非常丰富的文化内涵。绍兴所属的钱清就是一例。

东汉末年的宗室大臣刘宠，曾三任会稽太守。在其任职期间，革除烦苛政令，禁察官吏扰民，政绩卓著。后升为将作大匠，离别会稽郡时，有五六位龙眉皓发的老叟自若邪山谷间赶来为他送行，每人持百钱以赠刘宠。刘宠说，诸位老者何必如此？这几位老叟说，我们这些没有见过世面的人，从未见过郡守。只知别的郡守任职时，常派官吏到民间搜刮地皮，他们一来就鸡飞狗跳，日夜不宁。自从您来之后，“狗不夜吠，民不见吏”，乡亲们过上了安稳的日子，如今听说您要就离开这里，我们特地前来表达自己的一点心意。刘宠回答说：“我做得哪里有你们说得那样好呢！”因为却之不恭，他从每人手中选取一钱。

以上所述，《后汉书·刘宠传》与《资治通鉴·汉纪四十六》均有记载，后者大概录自前者。民间亦有传说，说刘宠执意不收，只取一钱投入河中，河水顿时清澈见底。故刘宠被称为“一钱太守”，如今在当地，还有同名越剧《一钱太守》上演；刘宠投一钱于河之地，后人立庙纪念，且由此得名“钱清”。钱清与柯桥相邻，绍兴县改制柯桥区后，又是柯桥区的一个镇，我读中学时的不少同学，就是钱清人。

一钱投河，河水立清，这当是一种口口相传的民间集体创作，像梁祝化蝶一样，类似神话，富有浪漫主义的色彩，但“钱清”之为“钱清”，刘宠之为“一钱太守”，与那一钱有关，怕是真的。钱清设置建镇始于汉代，钱清这个地名，则应始于汉末。我的推理逻辑很简单，由此一“钱”可见刘宠之“清”：其一，那五六位“龙眉皓发”之老叟的心意，是对刘宠之“清”的民意鉴定，假如贪官污吏被撤职离开此地，他们放鞭炮庆贺还来不及呢！其二，刘宠从这五六位老叟每人所赠之百钱中只取一“钱”以示收下他们的心意也并非作秀，而是其为官清廉习以为常之佐证。

我想着重说说老叟们夸奖刘宠那番话中的八个字："狗不夜吠，民不见吏"。

可以想见，当时当地的百姓，对于官吏之扰民——或许包括乱收赋税、乱抓劳役、乱搞摊派——有多憎恶。老百姓自然不喜欢地方官不作为或无所作为，为官一任，还得造福一方；但老百姓更讨厌地方官乱作为或胡作非为。"山民愿朴，乃有白首不入市井者，颇为官吏所扰"（《后汉书·刘宠传》）。不体恤百姓的地方官之时时派恶吏下乡进村，使乡村鸡飞狗跳，使乡民心惊肉跳，这种恶吏却偏偏就像幽灵一样日夜游荡。官不扰民也是功德。刘宠"简除烦苛，禁察非法"，能使乡村"狗不夜吠，民不见吏"，还百姓一个宁静，他们自是感激不尽了。

那五六位龙眉皓发的老叟，充任了当地百姓的代表，说出了当地百姓的心声！

多么"愿朴"的山民啊！

（原载《福州晚报》2017年1月22日）

好记性不如烂笔头

侯志川

人的记性有好有坏，有的过目不忘，有的记性很差。我不幸属于“差”之列，尤其对于一些不是经常接触的人，常常记不住，有的是记不住面貌，有的则忘了大名，因而常有得罪。据说这叫“目盲症”。有一位远亲Z，算起来是我的晚辈，因为几年不见，外貌变化较大，去年在一个宴会场合不期而遇，他向我招呼，我开始没有反应，后经旁人介绍，我才恍然大悟，结果引起对方埋怨，问我：“你真的认不出我了?”一时弄得我很尴尬，又没办法解释。所以我非常佩服那些记性好的人。

青年时代我喜欢看小说，古今中外的名著看了一大堆。意识流经典《尤利西斯》，慕名买来硬起头皮看了几十页，再也看不下去了，至今躺在书柜里吃灰尘。荒诞派剧本《等待戈多》，倒是看得津津有味。中年以后的兴趣转为纪实作品，当然好的小说也还要看。纪实作品当中的回忆录，这些年看了不少，觉得这些作者应该都是记性好的人，不然怎么“回忆”得那么详细，那么栩栩如生。但是看得多了，发现有些“回忆”也有一些问题，应了那句老话“好记性不如烂笔头”。最近看了一本关于抗战时期的回忆录，作者是一位医生，中、西医都懂，所写的都是亲历、亲闻之事、之人，文笔很生动，可以让人了解大时代的很多小细节，这是它的优点。缺点是具体时间较为模糊，因而作者在该书结尾的地方特地说明“没有时间去查书，全凭个人的见闻情况回忆写出，所以对年月与日子，以及事件的具体情况，错误在所难免，希望识者加以指正”（《抗战时代生活史》350页，广西师范大学出版社2007年5月版），窃以为这不是客气话，而是老实话，因为我就在该书中发现了几处“硬伤”，特别是其中一处涉及抗菌素在中国的历史，我并非医生，看出了“瑕疵”，而作为医生的作者却浑然不知，说明光凭“好记性”，有时候确实就不大可靠。

这个“瑕疵”和著名鸳鸯蝴蝶派代表作《秋海棠》有关。作者先提到《秋海棠》在上海《申报》发表（没有具体时间），然后改编成话剧演出（没有具体时间），大受欢迎。其主演之一英子在繁忙的演出之中暴发了肺结核病，“盘尼西林”能治这种病，但英子当即注射“盘尼西林”（没有具体时间），无效，死于虹桥疗养院（264—266页）。看到这里我就怀疑两点：当时上海有没有青霉素（盘尼西林）？青霉素是不是治疗肺结核的特效药？我想到学术论文比较严谨，应该有具体时间的记述，于是在网上一查，果然，《焦作大学学报》2010年第2期刊登一篇论文，说明“《秋海棠》1941年2月至12月在《申报·春秋》上连载……1942年12月至1943年5月，由小说原作者与顾仲彝共同改编为舞台剧本……共演出150余场”。另外，《百度百科》也有相同记述，“1942年12月该书还被改编成话剧，历演150场”。再查青霉素的历史，因为青霉素虽然发现的时间早在1928年（英国弗莱明），但真正开始工业化生产并正式投入使用是在1942年（美国）。照此推论，英子当时注射青霉素是有可能的，但作者断定青霉素“能治”肺结核，却又是错误的。作者把链霉素和青霉素混为一谈了，因为链霉素才是第一种治疗肺结核的特效药（以后还有异烟肼、利福平等等），可惜链霉素的被发现在青霉素之后，1943年美国科学家发现了链霉素，1946年正式宣布链霉素是对抗结核病的特效药，此后才开始在各国大量使用。这时候英子已经去世几年了。

所以说，好记性不如烂笔头！

（原载“搜狐博客”2017年9月）

“即以其人之道，还治其人之身”辨

邵燕祥

“即以其人之道，还治其人之身”这句话，众口相传，谁也不问出处，就成了“以眼还眼，以牙还牙”的意思。后来，有人翻了古书，查出这是宋儒朱熹的话，好像更是有根有据的真理，“复仇哲学”的警句了。

但遇见一位认真而且较真的，这就是香港的高旅先生。他在一九八六年夏，发表在《大公报》副刊“大公园”的《持故小集》专栏里，指出朱熹这两句话，出在他的传世之作《四书集注》，是为《中庸》的这一段话作注：

> 子曰：道不远人，人之为道而远人，不可以为道。诗云：“执柯伐柯，其则不远。”睨而视之，犹以为远。故君子以人治人，改而止。忠恕，违道不远，施诸己而不愿，亦勿施于人。

高旅首先指出，这一段的着重处，亦即《论语》所说的“己所不欲，勿施于人”。“己”是人，“人”也是人，乃是一切从人出发的“人本主义”。

所谓“其人之道”，那“道”是什么？高旅接着指出，孔子以为，人人有“道”，与天赋同来，《中庸》第一句就说：“天命之谓性，率性之谓道，修道之谓教。”这是说人人自有天禀，而相同之处是能知善恶是非，顺乎这种天性，就是“道”了。孔子说“道不远人”，“不远”就是“离不开”，论“道”就不能离开“人”，离开人而大论其道，则“不可以为道”，是空谈。

孔子引《诗经》“伐柯伐柯，其则不远”，是说，手里握着斧头柄，去砍削木头做一个斧头柄，那（工艺的）准则，就在手里握着，一点也不远呢。举此为例，是要说明，“君子以人治人，改而止”。高旅说，“君子以人治人”，不是“君子去治人”，前一个“人”字是“人的准则”，后一个“人”是泛指，君子以“人”这个准则去对待人，而人的“本性”，“为人之道”，正是人的准则，设或有差错，归于正就可以了。比如“忠恕”这两个字，也是人人近在手中的，离开“道”也不远，所以自己不愿身受的事，也不要加诸别人，因为人同此心，人同此性，以己度人，正是“忠恕”，不是“近”得很吗？

朱熹注解这一节，说：“若以人治人，则所以为人之道，各在当人之身，初无彼此之别。故君子之治人也，即以其人之道，还治其人之身，其人能改即止。”说做人的准则人人都有，都是一样的，要他改正，无非是用这自己本有的准则来纠正自己罢了。

请注意，朱熹所说“即以其人之道，还治其人之身”的原意，就是这个“用（他）这自己本有的准则来纠正自己”。

高旅最后总结说，原来，“其人之道”是指“（为）人”的准则，原来具备，可是有了差错，纠正过来，无非是“恢复（人的）本性”的意思。后人断章取义，形成曲解，好像其人要打人，那就把他打一顿，其人要骂人，就跟他对骂，其人斩你，你也给他吃几刀，完全是两回事了。

高旅先生这篇千字文，“四两拨千斤”，确是有着拨乱反正的意义。这篇三十年前的文史随笔，我认为是当代秀出多家的一篇好杂文。它告诉我们，为什么要写文史随笔，向来以为“文无大用”的人，是否也承认这篇既有文化含量又有历史感的文字，多少也算得上文章小技的一种无用之用呢？

（原载《中华读书报》2017 年 7 月 19 日）

签名本管见

谢　泳

近来喜欢搜集签名书的人越来越多。有位朋友委托我在厦门一家书店策划“中国现代名家稀见签名本欣赏”活动，为此，我把此事细思一遍。

我不搜集签名本，但因为职业和过去有一点搜集旧书的习惯，偶而也遇到过名家签名本，但多数没有太当回事。为这次活动，我先要把“名家”和“稀见”两个标准做个大体解释。

签名的价值因人的地位而高，这是最简单的道理。在中国现代作家中，作家签名本的市场定位也依此而论。鲁迅和胡适，一般说自然是最高的。我见过朋友有胡适的签名本，但我还没见过熟人中有鲁迅签名本的。现在市场上最受追捧的是四个人的签名本，陈寅恪、周作人、钱锺书和张爱玲。因为这四人的签名本还有得到的可能，他们以上作家的签名本，不论价值多高，在事实上已很难有获得的可能，也就没什么谈论的必要了。

我这里所谓“名家”还是一个大众概念，就是不需要解释，不需要专业知识，一说大家都知道。“稀见”则是指一般得不到，容易得到则不“稀见”，这里其实包括了时间和空间两个因素。比如巴金、冰心、杨绛均长寿，两在京在沪，他们的签名本相对容易见到，他们又都是热爱读者的作家，所以有他们签名本的读者很多。我的标准是“名家”“稀见”要同时满足，所以这次签名本欣赏活动，巴金、冰心和杨绛的签名本就不出现了。因此，我也想到了以后应当为签名本设个大体标准。收藏如果极易，乐趣就少，所以签名本也要讲难度系数。

我把签名本分为广义和狭义两种，凡有作者签名都可谓签名本，但狭义签名本专指“名家”和“稀见”，不是有作者签名都可称为签名本，当然签名者的情况也是变动的，当代无名并不意味着永远无名，也就是说真正的签名本，必须经历岁月的淘洗。我对签名本做如下限制：

一、健在作者的签名本还不是严格意义上的签名本，因为有易得的可能，逻辑上说这样的签名本可以不断制造出来。

二、无意的签名才是真正的签名本。什么意思呢？因为健在作者常有图书销售活动，因为书的销量与版税相关，作者一般愿意配合出版社做活动，这样就有一些喜欢签名本的人专程搜罗作者作品，在这种场合要求作者签名。此谓有意的签名。而无意的签名则是作者出于友情或其他因素主动送人的签名本。

三、签名的时间。当然是越早越好，旧话说百年无废纸，更何况还有人签名呢。具体到中国现代作家的签名本，我以为1949年前的签名本高于以后的。

四、签在什么书上。如果书本身就很稀见，又有作者签名，当然是双美了，名著初版又有作者签名最为珍贵。

五、用什么笔签的。签名本的源头可能就是由中国旧文人题跋批校习惯演化而来，所以在签名本中，软笔胜硬笔。中国前辈作家多用毛笔签名，越往后越少。洋学生出身的作家用毛笔少，巴金、冰心、李健吾、萧乾多是钢笔签名，钱锺书是少有的例外，这也是钱签名本珍贵的原因之一。至于其他原因，比如有上款和留言一类，那是签名本中特例，另当别论。

六、签名加钤印的。签名易作伪，钤印相对难。签名钤印也最符合中国文人的习惯。理想的签名本是名著初版而由作者毛笔钤印题赠。

七、中文签名胜于外文签名。中国现代作家中有西方教育背景的不少，有的作家常用外文签名，比如林语堂、梁实秋、张爱玲等。但签名本中有“签名”二字核心是中文，外文在识别方面有难度，同时美感方面也稍弱。

签名本的温暖是它建立了作者和读者之间的亲切关系，无论是有意签名还是无意签名，它都体现人与人之间的一种亲近关系。喜欢签名本的人，多数有保存文物，期待升值的心理，但也有人是为了保存那一份阅读的美好记忆。

网络时代，纸质书肯定会少，不是所有的著作都值得印成纸质书，自然科学和社会科学中的多数著作，以后不须再印成纸质书，而只有文史哲以及艺术一类才有这个必要。讲一般道理的著作没有必要再印成纸质书，讲高雅趣味的著作才有这个必要。签名本以后肯定是少量纸质书中的精品，时间愈久愈显珍贵。

（原载《湘声报》2016年11月11日）

在脸色面前闭上眼睛

游宇明

人人都有一张脸，脸上的眼睛与肌肉常会随着内心情绪的变化而运动，这种运动构成的表情，也就我们通常所谓的脸色。在脸色面前闭上眼睛，就是要在为人处世时坚持自我的立场，不以上位者的是非为是非，不以强势者的喜怒为喜怒。

能否在别人的脸色面前闭上眼睛，从个人角度看，主要取决于三个东西：一是对自尊的在乎程度，二是思想是否独立，三是才华是否足够耀眼。

自尊，就是个人的尊严，就是自己认为的应该得到的最低限度的尊重。一个人按社会的公序良俗、法纪办事，不管结果如何，都谈不上伤不伤自尊，因为人不能与社会的理性对着干。反之，如果一件事，曲直是非摆在那里，但某个强势者用表情或者语言告诉你，必须指鹿为马、认贼作父，这个时候，你做不做，就关系到自尊了。不在乎自尊的人会依强势者的脸色行事，在乎自尊的一定会坚守自我内心的准则。

每个人的家庭、所受教育、个体经历各各相异，这就决定了我们的思想不可能完全一致。一个人的想法、谋划不伤害别人，不扰乱社会，就是合理的，必须得到别人的尊重。看重个人思想的独立性，我们才能做到谦逊而不自贱，高贵而不高傲，才能在临事的时候想一想自己应该采取什么立场。存了看脸色之心，人的表现就不同了，他首先考虑的不是正义、诚实，而是个人一时的进退得失，这样，他必然自贬身价，愿意将自己的脑袋低下来，给别人当马骑。

在脸色面前闭上眼睛，需要个人的本事。民国时代，蔡元培、胡适、陈寅恪都是不爱看人脸色的。蔡元培因一件官司看到北洋政客的无耻，毅然辞去北大校长一职；胡适当着蒋介石的面，批评民国政府经济管制的失误与军队的腐败；陈寅恪在诗里将二十世纪三十年代的顶尖级高官比作小人，说他们饱食终日，不知民间疾苦，这几个人为何如此硬气？因为他们都是非常有才华的，该当官时可以当官，该做学问时可以做学问，该教书时还能教书。能耐这样大，谁敢轻易搞他们的路子？

几年前，我跟著名小说家阎真先生聊过一次天，觉得他极有君子之风，谦逊、低调、待人友好、内怀大才。阎真先生很早就写出了有影响的小说《人在天涯》，第二部长篇小说《沧浪之水》更使他名满天下，可是，在某段时间，他连个教授都评不上。后来，他换了一个单位，教授帽子轻轻松松戴上了，该单位还给他弄了个工作室。阎真先生也是敢于在脸色面前闭上眼睛的，但他的这种个性同样以自己的能力作为支撑。

我有时想，世间许多人其实并不缺少不看他人脸色的愿望。想想看，同样是一个人，都吃五谷杂粮，坐着一样高，站着一般大，为什么要像一条狗一样的被人使来唤去呢？然而，因为我们某些人缺少才华的硬通货，离了一个平台，未必能找到更好的平台，所以才委曲求全，才小心侍候着强势者。想想真的可悲。

当然，假若将视野再打开一点，我们会发现，一个人不看脸色也需要一种相对公平、开放的环境。人与人在能力上的差异，就像碳元素与钻石一样鲜明，哪怕出生于同一家庭，读的书也差不多，后来又从事同一职业，也不可能完全泯灭这种差异。一个理性的社会应该这样：它可以根据人的能力与对社会贡献的大小分配金银财宝、职场座椅，但不会容忍强者对弱者的颐指气使，更不会允许一个人随意击碎他人的尊严。

在脸色面前闭上眼睛，实际上也是要为我们的心灵争取更多的养分。

（原载 2017 年 4 月 12 日《银川日报》）

聂云台与《保富法》

陈扬桂

那年我去常德石门县出差，抽空专门去了慕名已久的夹山寺，有幸从寺院长老处获赠一本难得的好书《保富法》。

此书是70多年前惊现于上海滩的畅销书，也是近年来在港台地区和东南亚商人圈里广为流传的“财富福音书”。作者聂云台（1880—1953）是曾国藩么女曾纪芬的儿子，生于官宦世家，却秉遵外祖父曾国藩“宁可讨饭也不为官”的遗训，放弃仕途，把智慧用于开办银行、经营航运、开发矿产、机械制造、从事纺织等活动，均因业绩卓著而名声大噪。特别是他创办的上海大华纱厂，年利润70万元，使他成为上海纱坊业年轻有为的实业家，被推选为上海华商纱厂联合会董事长。1920年，年方不惑的聂云台出任上海总商会首任会长。

就在财富滚滚而来时，聂云台却拜谒印光法师，转而研习佛法，参悟人生。至1942年间，他为劝诫世道人心，撰写《保富法》一书，在上海《申报》连载，产生巨大反响。

该书名为“保富”，实则叫人散财为善。他在书中道破人生真谛，勘透财富本源，劝告世人应懂得散财布施，修福修善。指明唯有深信因果，培福开源，懂得惜福，宽大心量，才是保福保富的正道。

此书一面世，社会各界高端人士纷纷对聂云台的“保富法”给予不尽相同的诠释：佛家从中读出了三世因果，如印光大师感言：“文正公的处世心得，阁下谨记并付诸人生……参透因果，将其中玄机写出来推至最重要的位置，公众读后纷纷效法行为，也多了一些人可能成为圣贤，这实在是救世至好的文章。”而集国学传统与西学思想于一身的大诗人柳亚子，借用《梅花草堂集》里某官僚窖金的典故，力倡此书的“保富”精髓“仁者以财发身，不仁者以身发财”，并将其与西方的公益事业联系起来，深有感触地说：“我们读《保富法》，也应当仔细体念它所讲的真理。看了一次，不十分明白，不妨多看几遍直到彻底明了为止。那么临到实行的时候，决不会有什么踌躇了。人为财死，不如多做公益事业，利己利人，才是扬名后世的大道。”因连载《保富法》受益的《申报》馆经理马荫良从书中读出了两点感悟：一、保富不如不富；二、富群方能富己。前一句表达的是对财富的态度，后一句话体现了对待财富的宽广境界。

从原书的跋中，我们可以窥见《保富法》的写作背景：“上海最近粮食缺乏，米价每石千余元。马路饿殍，触目皆是。同时舞场戏院茶坊酒家，仍到处客满。同为人类，何不平等至此?”面对这个“朱门酒肉臭，路有冻死骨”的不平社会，作者感叹道：“今日的上海，实在已经成为巴黎、纽约的雏形了。”因而，这本书也实在是对旧上海淫靡之风的有意针砭。

聂云台特殊的身份以及和中兴时期多家显赫家族的交往，亲睹这些煊赫一时的家族相继没落，看到一夜暴富而后家道中落的例子数不胜数，让他有着非同一般人的对豪门的观察和思索，对过眼的财富不免有烟云幻灭之感，有着常人难以体会的深刻滋味，也因而更容易从中顿悟。于是，他在《保富法》这本书中，以佛教的因果规律，结合他一生所见所闻，特别是清朝同治中兴以来数十个名门望族兴衰沉浮的事例，融合如“先天下之忧而忧，后天下之乐而乐”的范仲淹等名臣清廉爱民，而后代“极为发达”的历史故事，向世人揭示了这样一个道理：传下万贯家财企图荫泽后代的官员、商贾，偏偏“有心栽花花不开”，其子孙能读书、务正业者，凤毛麟角；相反，不为子女留什么钱财，一贯以俭朴治家者，却“无心插柳柳成荫”，他们的后代大多很优秀。从而得出结论：“读书行善者有出息，骄奢淫逸者均衰败。”

事实上，从财富的本质上讲，有物质财富和精神财富之分。《保富法》中所探究的显赫家族的兴盛之道，鲜明地道出了长久受用且能真正荫庇子孙的并非物质财富，而是精神财富。《保富法》所要保的是精神财富，而非物质财富。书中多次提及的“仁者以财发身，不仁者以身发财”一说，启迪人们：聪明的发财者，是以财养善，以钱护道，以金济贫，由助人之中发现自性的爱心与快乐。这种人能够以有形之钱，换取无形的功德，这才是“正宗的永久牌保富法”。

（原载《湘声报》2017年3月25日）

柏杨与杂文

吴营洲

2008年4月29日，柏杨在台湾去世，享年88岁。

记得在他85岁高龄时，我在电视上看到过他。当时看上去，感觉他真的老了！只是这个老，不仅仅表现在相貌上，而是在精神上的。因为，这位写了一辈子杂文的大师级人物，在接受记者采访时，面对着广大的电视观众，或者说是面对着海峡两岸的全体中国民众，竟然说了句这样的话："杂文有什么用啊！杂文都是偏激的语言。"

我觉得，这样的话，出自柏杨之口，确实令人震惊。

柏杨的名字，之所以能被世人（国人）记住，就是因为杂文。当年，一部《丑陋的中国人》，风靡海峡两岸，令无数华人幡然长考、警醒，并开始回顾历史，审视自身，剖析人性，这不正是杂文的作用吗？他的名字，之所以能被载入台湾民主进程的"史册"，也是因为杂文。许多人都清楚，如果没有柏杨，没有李敖，没有雷震，没有一篇篇犀利如匕首、投枪的杂文来唤起民众，来呼唤民主，抨击军管，而今的台湾，可能仍是蒋家王朝的统治……

他的一生，荣与辱，沉与浮，喜与悲，都与杂文休戚相关。用他妻子的话说：就是"十年小说、十年坐牢、十年杂文、十年著史"。

有论者称："1960年代，柏杨的杂文开创了中国文学史上空前的文体，用嬉笑怒骂来揭发社会问题，继鲁迅之后，对社会造成强大震撼。尤其甚者，鲁迅属于知识分子而柏杨则属于无分阶级的广大人群，然而，正因柏杨模式杂文的敢言，触犯了当道，将他逮捕入狱，死刑起诉……"

写到这里，不妨把柏杨那则"触犯了当道"的短文附在这里，看看杂文的力量吧。

1968年，柏杨的妻子在《中华日报》做家庭版主编，柏杨每天翻译一则美国《大力水手》漫画，在该报发表。其中一则漫画中有"fellows"一词，可以译成“朋友们”或“伙伴们”，但柏杨灵机一动，译作“全国军民同胞们”，于是整个漫画就变了味……

两个月后，柏杨被捕，以“叛乱罪”获刑12年……

一则一二百字的短短译文，能让自己坐上12年大牢，能说杂文没有力量？若杂文仅仅是些“偏激的语言”，并没有戳到独裁统治的痛处，人家父子能置天下之大不韪而大兴文字之狱吗？像柏杨这样一个拿起杂文做刀枪的人，怎么能说“杂文有什么用啊！杂文都是偏激的语言”呢？

印象里，他曾说过这样的话：“杂文的力量汇聚在一起的时候，匕首就成了长矛，我们的长矛不是杀开一条血路，而是挑起一盏名灯，大踏脚步，闯入黑暗，驱逐黑暗，使光明得以普及。”

别的不说，这不就是杂文的“效用”吗？

在柏杨去世的第二天，《羊城晚报》做了个“纪念专版”，其中有这样一段文字：“作为一个激烈的世俗社会的批判者，柏杨恰恰不是一个悲观主义者，他怀抱着深远的理想，怀抱着提升中国文明的最真诚的愿望，愤世嫉俗，嫉恶如仇，从不姑息，决不手软。……自从1960年5月在《自立晚报》上写专栏起，迄今已近半个世纪，看看历史的巨大变化，柏杨所指陈的那些文化病症，并未销声匿迹，有些依然顽固，有些变本加厉，柏杨的意义无限深远矣！我不敢说柏杨的精神不死那样的大话，但我敢说柏杨的文章不死！”

的确如此。“柏杨的文章不死”。但，作为一个杂文家，在他说出“杂文有什么用”的时候，这只曾经“带箭怒飞”的大雁，其心，已经死了。

（原载《湘声报》2017年5月6日）

没看懂

朱大路

费玉清唱歌，我喜欢听，小哥的招牌动作——头微仰，脸微笑，人微摇，成了一种音乐符号，广种在听众心田。不料网上有人留言，人家“问我喜欢哪个明星时，我回答说费玉清，那时她们都惊愕了”，“从那以后她们就经常用一种奇怪的眼神看着我，说我和她们不是一个年代的人”。

欣赏小哥的艺术，为何要划分“代沟”？这种“奇怪的眼神”，奇怪在哪里？说实话，我没能看懂。

写刘伯温的书，我喜欢读。我们单位有一位刘伯温的后代，同我很熟，经常交谈；受他影响，我更是觉得，这位刘国师“博通经史，于书无不窥，尤精象纬之学”，对帝王的心态，自然也应该洞若观火。

最近读一本刘伯温的传记，其中讲到，至正十七年（1357 年），因平叛有功，元朝名将石抹宜孙升官了，被他重用的刘伯温也连跳四级。“只可惜，当时沉浸在升官喜悦之中的刘基并不知晓，他其实就像那追逐着胡萝卜的小毛驴，刚尝到了点甜头。他不知道一旦叛乱平息，也就是他挨大棒的日子。‘狡兔死，走狗烹’的道理，终其一生，他也没有参悟透。”

终其一生啊！六十五年的岁月啊！刘伯温对帝王心理，究竟是了如指掌，还是参悟不透？对此，我也没看懂。

世界每天在翻新，每天都可能有新玩意儿，让你没看懂。我以为自己理解力差，所以活得费劲，不料网上一查，许多人也在叫“没看懂”，从没看懂的电影，没看懂的字，没看懂的天价画，直到没看懂的股票市场。

有位朋友，跑来告诉我，他收到从某地寄来的通知，说他中奖了，要他刮奖，刮中了，奖金高达几百万，可以去领。而且，公证员的照片，姓甚名谁，电话号码是多少，印得一清二楚。朋友认为，天上不会掉钱包，决定不予理睬。谁料过些时候，对方换了名字，而且不写寄件人地址，却通过快递，又送来了这种通知。对方是如何得悉收件人地址的？为何会低估收件人的智商？为何不写寄件人地址照样能快递？朋友说：没看懂。

他是当事人，没看懂；而我是旁观者，又怎能看懂？

2014 年，应邀为一本《澳门情怀》的画册写点文字，我去澳门采访了几天，得知一百多年前，那里的“郑家大屋”，住过一位潜心著书的隐居者——郑观应，他放眼世界，目光超前，思想深刻。比如他说：“学校者，造就人才之地，治天下之大本也。”“以中国幅员之广，人才之众，竭其聪明才力，何难驾西人而上之哉！”

而现在我们有的学校，只看升学率，唯分数是问；一味抓创收，向学生收这个费，收那个费。没把造就人才放第一。为何郑老先生在十九世纪就看明白的道理，如今的人却不明白？其中缘由，我也没看懂。

有些事，我没看懂，我的上海嘉定同乡兼半个校友——陈四益先生，却看懂了。他在杂文《空桶时代》里写道：“几张名嘴不停在说。说楼市稳定，结果房价飞涨；说股市看涨，结果暴落；说危机不会影响中国，结果‘糖王’跳楼了”；还有，“先前是结构主义，后来是解构主义，然后是后现代，然后是身体写作，然后又是什么呢？一会儿拉帮结派了，一会儿封笔不写了，一会儿挂牌大师了，一会儿破口大骂了，一会儿不动口而动手了，再一会儿呢，大概只剩一声叹息了”。这是什么呢？这是各行各业的“空桶”在叫！此一比喻，他说来自《克雷洛夫寓言》——“马车上装着两只木桶，一只盛满美酒，一只空空如也。一路上，盛满美酒的桶沉默不语，空空如也的桶则不停地大喊大叫，又唱又跳，吸引了不少路人的眼球。”文章追问道：我们“莫非已经陷入了空桶之阵，生活在空桶时代”？

2015 年 7 月，我有事去北京。离京前几个小时，在饭局上，与陈四益匆匆一见，他送我一本新出的杂文专著——《空桶时代》。可惜，当饭也吃空，菜也吃空，“空桶”问题已没有时间研讨了。否则，我会以“空桶”为切入点，当面向他请教：一个人如何才能精准地看懂世界？

陈四益的杂文，识见敏锐，辞采精粹，有“自觉地进行文体实验”之誉，在杂文界呼声很高。但听说，参加“鲁迅文学奖”散文杂文评选时，一票也未得到。

对此，我又没看懂。

（原载《浙江杂文界》2017 年第 1 期）

短章三则

赵健雄

再也无团可契

刷朋友圈好处之一，是可以不期而遇碰到若干妙文，譬如这篇《追忆：作为精神团契灵魂的萌萌》，让我清早在被窝里一气读完。作者尤西林并不认识，他笔下的萌萌也不能说认识，只是许久之前有过交集，我在转发时加了按语，如下：

读完此文不免唏嘘，一个时代结束了！萌萌编《1999 独白》时，因林贤治介绍向我约稿，入选一组叫《胡思乱想》的短文，以此为题并非自谦，和那些哲学家相比，我至多也就是个胡思乱想者。在电话里听过萌萌的声音，无缘得见，女神！

所谓团契，用尤西林的说法，指一种无形的精神团体（希腊语词 Koinonia 的意思），而萌萌正是她周边那个团体的灵魂。这种团体直至上世纪 80 年代中期仍在中国盛行，“无关乎任何现实事务，追求的只是一种纯粹精神。这种不承担任何世俗事务的团体，是在‘文革’战斗队与知青插队小组这一特殊时代特殊社会组织形态中培养起来的。当‘文革’与插队结束后，这种精神失去原来的社会环境而从战斗队与知青小组中净化出来，但它仍然寻求新的依托。这依托后来一直是学术（特别是西方哲学），它寻求学术语言的理性表述，但它深层意向又不在学术（萌萌的独特意义正在于此）”。

前者我是亲历者，深有体会，且至今怀念那种“纯粹精神”的日子，后者则终究因为自己没有“依托”而逐渐远离这个圈子。

现在想来深以为憾，我更多地落到现实中来，这个现实倒也并非个人的衣食住行，而是身边社会的批评与建设，而以文字干预的结果并看不出明显效果，有时候还看着它跌落，何如精神的探求或者只是顺滑，还能给人一种家园感？自己的思想与文字，却在这个过程中越来越粗鄙，今天已无法卒读。

当年鲁迅也付出过此种代价，而他幸运地以早逝终结了一切。俗话说，老而不死是为贼，我早就超出鲁公去世的年龄，却至今尚在偷生，结果是除了世间诸相，看到的还有自己的无能。重建所谓团契已不可能，那个时代早就结束了。想起很久以前读过艾略特的一句诗：这个世界崩塌时，并无一声巨响，而是一阵呜咽。唯愿离世十年的萌萌，在另一个世界中安好！

杂谈

20多年前，我替《医药时报》写专栏，后来也为别的报刊写些相关短文，陆续积攒起近百篇，选了若干结集，编成一本小册子，叫《都有病》，印了两版三万，恐怕是自己所出书中读者最多的了。我非医生，尽管也有点常识，并无替人看病的本事。常常是扯淡，由此及彼，由人体疾病联想到这个社会存在的一些问题。

个体生病，无非两个原因，一是内部失调或者生命状态遭遇挫折需要休整；二是有外力强行侵入，细菌或别的什么东西。至于一个社会陷入病态的原因大致也相同，内部失衡或某种制度与形态的生命力消损乃至耗尽了，还有就是顶不住外来进攻与压力，这可以是“批判的武器”也可以是“武器的批判”（引用马克思的说法），无非异样思想或蛮横的力量。侵蚀过程有时很猛烈有时很迟缓，就像人生病分急性与慢性两种。前者发作迅猛，顶不住的话，当事者就完了，但挺过去，恢复也快；后者似病非病，可以就这样拖着，弄得很没劲，倒也一下死不掉。

其实病态也是常态，任何个人与社会，如何可能没有一点与标准的健康状态相异的情况？无妨也无害。我起初说“都有病”，便着眼于此，有点小病也是养人的。中国古典审美，有一种即以淑女的娇弱为上品，《红楼梦》中的林黛玉便是。

不怕有病，就怕发疯，发起疯来的人与社会，甚至显得比正常更健康，肌肉强壮，唯有脑子是糊涂的，但当事者不以为然，反而觉得所有与自己不一样者才是失常。

那样的社会，才是真正意义上的都有病。

最近有朋友想起我这本旧书，问当下是不是可以再版？这样说，是觉得有些症状复如几十年前，在趋近歇斯底里，譬如有人把打砸抢当成了一种爱国手段。这样的时候，冷静而守秩序者反而显得另类，没病的成了有病的。

尽管如此想法不无道理，但出版社不见得会有兴趣，一是市场随时势变化，未必卖得好；另外有病的自持有力，如何听得进其他说法？

恐怕也只能笙箫默，作壁上观，但有时候忍不住饶舌，也是没办法的事。

灵魂歌手

晚上一口气听了几个小时的摇滚，连续多日的郁闷得以消解。

等到《歌手》节目中梁博出场，已近夜半了。一直喜欢这个《中国好声音》当年的冠军，也关注着他的行迹，在美国街头卖唱挣学费深造，而不是利用影响力即刻捞钱，使我对他心生敬意。但说实在，这些年，他也没有很好的作品问世，令人颇为遗憾。作为挑战歌手，他初次出场的曲目迹近自述，叫《灵魂歌手》。撼动人心的音乐与现场效果，让我觉得梁博还是梁博，一个优秀的摇滚青年。之后名次选定与公布，照例磨磨叽叽，我一向耐不住性子，也就关灯睡了。

第二天上午，打开回放，得知相关信息后，又看了一遍梁博的演出实况，这回禁不住泪流满面。忠于灵魂，在这个年头需要怎样的勇气？当盛行多年的经济至上主义，把娱乐圈几乎变成一个充满铜臭的酱缸。自许做一个“守护灵魂的歌手”，是何等艰难的事情！歌手互评，梁博得了第一名，我相信这是各位由衷的选择，尽管其中也可能潜藏着机巧与权衡，但艺术家的本色还是遮掩不住且有底线的。然而现场观众的投票结果却叫人失望，梁博未能进入前四，没法上位。本场竞演我以为也是最好歌曲之一、李健现实关注度很高的《十点半的地铁》同样排名靠后。当然这是档娱乐节目，如此结果也无可厚非，不能过于认真看待与分析，但观众审美趣味确有每下愈况的趋势。

想起从前杜牧老先生《泊秦淮》中的两句诗：商女不知亡国恨，隔江犹唱后庭花。娱乐风气的轻浮与时代气象间有什么关系和牵连，我没做过专门研究，不得而知。眼下舞台，除去那些假大空玩意儿，还真是被“小鲜肉”充塞啊。其实艺术最基本的功能之一，不就是求真吗？如果一个时代的艺术，普遍地对真实没兴趣，或不能感兴趣，它还有意思吗？也很难有辉煌的未来。不管出于什么原因，当人们被蒙上眼睛或自己习惯闭上眼睛，看不到或不愿意看到真实的处境，艺术本身也就缺少了精进的动力。

但我还是要说：梁博，加油！

（原载《联谊报》2017 年 3 月 12 日、3 月 25 日、4 月 8 日）

狼说啥都有理

闻云飞

小羊在溪边喝水，狼过来找碴儿说：你把我喝的水给弄脏了！小羊弱弱地辩解：我在下游喝水，你在上游，怎么会把你喝的水弄脏了？狼被呛了一句，开始给小羊扣莫须有的帽子：你去年说我的坏话了，是不是？小羊很委屈地说：去年这时候，我还在娘肚子里转筋呢。狼找不到词儿了，也找不到套儿下了；知道不能让小羊乖乖躺下，温驯地为其贡献大餐，于是狼有点迫不及待也有点含糊其词地说：反正不是你就是你妈妈，你就代母受过吧。说完便向小羊扑来……记得小时候，善良敏感的同桌小明一读到这里，就哭。

说实话，我学这篇课文时，也老不舒服了。小时候，家长、老师都告诉我们要听话要乖。我们做游戏，做角色扮演，都喜欢当乖顺的小羊、可爱的小鸡，没人喜欢当被看成"坏人"的狼和老鹰。所以，我当时真不明白，为什么没人去保护小羊？

真的，当时我找不到答案。似乎这篇课文也只是告诉我们：狼就是要吃羊的，而且羊被吃前还多余跟狼讲道理，最后连个反抗的口号都没来得及喊，就葬身狼腹了。这篇课文就是如此残忍地告诉我们：狼吃肉，狗吃屎，当小羊就要被狼吃。所以，课文文末的省略号，我理解成小羊的鲜血扑面而来。

直到有一天，我看到其英译本，才知道我们的课文省略了如下一句："But before she died, she gasped out: Any excuse will serve a tyrant."这句话，可以意译成如下文字："但是在她死之前，她气息奄奄地说，强权者说啥都有理。"

由此，我知道了，我们学过的《狼和小羊》的主角，不只是狼和小羊。它还有个缺席者。这个愚昧的缺席者，让我们一直习惯做这样懦弱的小羊：小羊被狼咬伤了，它唯一能做和想做的就是找一个没有狼的地方。因为狼跟它说过：要想活，除非找到一个没有狼的地方。但是，小羊永远也不会想到，有羊的地方就有狼，因为羊就是狼的口粮——那个没有狼的地方，其实是个天大的谎言。而且狼的谎言还有这样一箭双雕的功能：小羊被狼欺骗之后，只想去找一个没有狼的地方，根本不会想到跟狼对抗或双赢共存。

不过，这种对抗和戏谑，今天终于在《喜羊羊和灰太狼》和《熊出没》中出现了，所以现在的小朋友们都喜欢看。

互举“卓异”

茅家粱

好多观众看电视剧《于成龙》，对这位被称为“大清第一廉吏”的于大人三次被举“卓异”，非常感兴趣。从史料上来看，于成龙的“卓异”，确实是呕心沥血真正干出来的，可不是向上级磕头作揖、乞求人家“笑纳”或出卖原则而闹来的，所以于成龙肯定要彪炳日月，受到正直的官员、平民百姓的普遍尊重。

按照当时的规定，吏部要定期考核官员，文官三年，武官五年。政绩突出而才能优异者，被举为“卓异”，显然是要被用心提拔的“第二梯队”；而表现一般般的就予以留任，原地“踏步”；至于“溺责应去”者，则被统统列入“贪、酷、疲软无为、言行不谨、年老、有病、才力不及、浮躁”的“八法”，那些人自然要遭淘汰了。

如果当时的“组织部”对官员的考察都能实事求是、循规蹈矩，没有人“捣糨糊”，那么那个世道就简单而纯洁得多了，当然，我们现在的电视剧也就没有那么多令人扼腕长叹、潸然泪下的情节了。

蒲松龄的《聊斋志异》里有篇题为《促织》的寓言故事，讲明朝宣德皇帝喜欢斗蟋蟀，于是大搞摊派。有个小孩因为好奇，不慎弄死了老爹好不容易逮来的蟋蟀，百般无奈跳井寻死，化身为很厉害的蟋蟀。他爹将这个“蟋蟀”给了县令，县里又送给上级，上级再恭恭敬敬地上献给皇上，因为屡战屡胜，龙颜大悦，便奖赏了该大臣，结果，“抚军不忘所自，无何，宰以‘卓异’闻”。“抚军”算是喝水不忘递杯人，没有忘记这好处是从哪来的，那县令也因此获得了本不该属于自己的荣誉。有时候，有些机灵鬼官员的“卓异”就来得如此轻松，说到底，“讨好不吃力”，就是满足了上级领导所有意欲而获得的丰硕成果。

《顺治朝实录》里记载：此前（顺治十五年十一月），江南按察使卢慎言因为“贪赃数万”被处极刑。顺治帝“于本月十一日，召见天下朝觐藩臬各官”，质问江南右布政使王无咎等官员，很生气地说：“（你）与被纠贪酷革职按察使卢慎言，互举卓异，岂无情弊？”他以为此事“显系受贿徇私”，王无咎巧言支抵，不知服罪。因为皇帝“恶其面欺遮饰”，“遂命革职”。王无咎，名字不错——“无咎”者，（一辈子）不犯错误。可惜，事与愿违。关于他是如何昧着良心去美化、举荐曾经有“交集”的腐败分子的？恐怕清史专家们都不愿意让笔头沾染龌龊。

我倒有机会读到了有关史料：当时的“大计册”（考察记录）内，有对王无咎的考语。某按察使注考：“家学渊源，本是眉苏后身，扬历中外，随地咸宜，可谓文学政事并踞其颠，伫宜内召大用，以展其生平所学”。“眉苏”是指北宋眉州眉山的苏东坡。王无咎的老爹王铎的文学才华、书画造诣，也成了儿子天生具有巨大的“政绩”的缘由，岂有此理？因为是瞎子摸象，“胡”举，所以免不了乱写，跟许多不切实际的“考语”一样，并无事实，夸大、空洞而语焉不详，言不中的，无一句紧要之语。

所谓“互举卓异”，就是你吹捧我，我歌颂你。这种别有心机的复制、粘贴，是对权势无条件的膜拜，双方都能获得青云直上、轻飘飘的快感，双方都有机会享受到弹冠相庆之外的延伸乐趣。“互举卓异”实在非常庸俗，无媒苟合，结为一体，自欺欺人，是标准的搞小圈子、搞团团伙伙。粗糙化的“举荐”，不出于公心，自然充满了猫腻。而对官员的考察方式、监管手段，实际上是一种严重地无情嘲弄。他们以公开和合法的方式，在众目睽睽之下实施扭曲真相的阳谋。“互举”就是“胡”举，就是明目张胆地“乱举”，制度的有效性迅速趋向消亡，良好的政治生态就在一片叫“好”声中不断受到污染遭到破坏。

如果不屑理睬或无法分辨“互举‘卓异’”存在的问题，缺乏“顺治”一般的深入调查研究和高度警惕，就肯定看不到其中的“情弊”，那么你在反腐败斗争中，对“古为今用”的悟性就稍显逊色了。

（原载《组织人事报》2017 年 3 月 2 日）

治贪的两种历史经验

赵　威

中国是史乘大国，汗牛充栋，积累下来的历史经验也异常丰富。翻开二十四史发现，腐败算是一种“传统”，历朝历代“一以贯之”。再看治贪，有两种主要经验：严刑峻法和高薪养廉。前者以明朝为代表，后者以宋朝为典型。

明朝开国皇帝朱元璋出身草根，目睹元末种种腐败，曾发誓一定要杀尽天下贪官，他由乞丐登上天子位，开始了铁腕治贪。朱元璋亲自主持制定了《大明律》《明大诰》，绞尽脑汁，想出了诸如凌迟（千刀万剐）、枭首（砍下人头挂于城门）、剥皮、抽肠（用铁钩把肠子拉出来成直线）、刷洗（刷尽皮肉露出白骨）、阉割、挑筋、剁指、断手足等酷刑。规定凡贪赃六十两以上者，枭首示众，剥皮，用草填满人皮，挂在当地衙门里，以警示后来者。并发动百姓反贪，地方民众可以绑贪官恶吏进京，谁敢阻拦，诛全族。只“空印案”“郭桓案”，诛连数万人。有明一代，治贪以剥皮始，以剥皮终，从未放弃，刑罚之严峻，居历代之冠。

重典治贪虽然有一定效果，但并未吓阻官员们的“前腐后继”。做了30年皇帝的朱元璋，跟贪官斗了30载，到头来却犯嘀咕：“弃市之尸未移，新犯大辟者即至。果朕不才而致是欤？抑前代污染而有此欤？”意思是说刚杀掉一个，尸体还没来得及搬走，新犯死刑的贪官又被押上来了，是我无能吗？还是前朝的负能量造成的精神污染所致？朱元璋死后，明代官场贪腐之风愈演愈烈。

同样，宋代立国之初的一系列法制，称“祖宗家法”，誓与士大夫共治天下，文官待遇之优渥，超越历代。鉴于官员俸禄过低，容易滋生腐败，宋代实行“益俸制”和“职田制”，想方设法增加官员俸禄。京官除了有数倍于前朝的薪水（正俸）外，还有用来做春冬服的绫罗绸缎、供养仆人的衣粮、禄粟、茶酒厨料、炭、盐、职钱、折食钱、茶汤钱等；外官除薪水外，还有数倍于薪水的各种补贴以及职田（归官员所有的田地）。这些都是为解除官员的后顾之忧，让其一心一意为朝廷做事。然而，高薪养廉的结果却是“文官爱钱，武官怕死”。宋代官员以“不贪为怪”，有的利用职权普遍经商，且强买强卖，偷税漏税，有的卖官鬻爵甚至贩卖人口，种种腐败行为令人触目惊心。王安石也把加薪作为治贪的手段，但最终不得不承认“良吏实寡，赇取如故”。

古代，做官的是读书人，自小熟读圣贤书，道德教化不可谓不深；而政府的治贪手段也不可谓不多，以上只是两种典型；可叹的是，历朝历代都没有根绝腐败，甚至越治越贪。为何？严刑峻法也好，高薪养廉也罢，都是治标不治本之策。读书为做官，做官为发财，不为发财，也为荫庇子孙、光宗耀祖，同发财是一个意思。人情社会，一人得道鸡犬升天。当了科长，可以为子女办事；当上处长，亲戚跟着沾光；当上厅长，连子女、亲戚的朋友都会找上门来；当上部长，就要为乡党谋利益。不贪不占的结果是要斩断一切人情来往，况且古代官员的一大家子都靠这位得路青云的人来养活。个人处在一张网中，自食其力的人、独立之人少之又少。一个从精神上培养奴才的社会，怎能指望风清气正、海晏河清？

（原载《天津日报》2017 年 2 月 27 日）

学会有教养地应对被怀疑！

张林华

《人民日报》3月21日《学会有教养地怀疑》一文主张：读书时“不明白、说不清、有疑问的可以先放一放，仔细思量后再发表意见也不迟”。有的放矢，考虑成熟再发声，本来就是常识，然而真正做到却似乎不易。“读书切戒在慌忙，涵泳工夫兴味长”，南宋教育家陆九渊曾有这样的诗句，其重点还在后两句“未晓不妨权放过，切身须要急思量”，说的就是这个道理。事实上，“戒慌忙、切思量”的道理也岂限于读书领域？

有怀疑，自然就有被怀疑，由此我想到事情的另一面，那就是，被怀疑者，面对他人怀疑时的应对态度，似乎更体现一个人的教养。

这当然首先在于，被怀疑总是一件不爽的事，尤其是当出于因为各种各样的原因，一时无法向人解释清楚时，特别考验被怀疑者的承受力与自控力，笼统地说就是教养。让时间说话，让事实说话，是最有说服力的，可是要做到真的好难。而且，与怀疑而言，被怀疑通常处于一种被动应付状态。怀疑者可以站在制高点上，预先准备角度力度，先发制人、先声夺人，甚至排山倒海，气势如虹，而被怀疑则完全不具备这种优势，仓促应战，不及细考，甚至猝不及防，狼狈上马，处于守势，特别容易忙中出错，应对失措。这个时候，正是“教养”不可缺位之处。

在战功卓著的老将廉颇面前，文官蔺相如就是个弱势的被怀疑者。从“完璧归赵”，到“渑池之会”，蔺相如表现出色，官拜上卿，居然越级于廉颇之上。老将军因此很不服气，于是，数次寻衅滋事，羞辱蔺相如。蔺相如心知肚明，以国家利益为重，或托病不上朝，或借道回避，以免跟廉颇正面冲突。直到廉颇有一天警觉悔悟，脱下战袍，背上荆条，到蔺相如门上请罪。从此两人冰释前嫌，文武同心，协力保国，此为青史著名的“将相和”。

蔺相如忍辱负重、深明大义的言行举止，正是在被怀疑时“有教养”的生动注脚。蔺相如自然懂得，人立于世，被怀疑，其实是一种常态的道理。难得的是他还懂得，什么是出离意气用事式的非理性思辨的偏见，和冲动、偏激的表达？

所谓有“教养”？我的理解，就是讲道理、懂节制、有责任心。如康德所说，“要有勇气运用你自己的理智”，重事实，讲逻辑，善于坚持自己的观点；重情义，讲分寸，能换位思考体谅他人；守底线，有担当，对自己的言行负责。唯有如此，方可称作有“教养”。

有教养的被怀疑，这既是自身涵养的体现，也是对他人的一种尊重。让非出于恶意的怀疑者能够体面地、在引导下有教养地下台阶，也是被怀疑者了不起的一种教养。

尤记得年少时拜读英国作家简·奥斯汀小说的某个情节：一位仆人无端被指责，一怒之下冲到主人的房间，朝着女主人大发脾气，女主人完全不知内情，无法解释清楚，一时目瞪口呆，气得浑身发抖，却到底也没有说出那句很容易冲口而出的“滚出去”，沉默半天，只是愤愤地说出一句“我希望独自一人待一会”，算是表达了自己的极端义愤与不齿，仆人一通情绪发泄完毕，才骤然醒悟错怪了主人，想到主人的宽容，愈发心生感激之情。这大概就是所谓贵族夫人，懂得维护自己的尊严，并且懂得尊重别人的尊严。张口就骂，抬手就打，与教养就差之千里。

我曾经著文荐读一本童话书《当世界年纪还小的时候》（湖北少儿2006年版）。书里的那些童话故事，都短小精悍，文字干净清爽，充盈着美丽的灵感。且看一则：“洋葱、萝卜和西红柿，不相信世界上有南瓜这种东西，它们认为那是一种空想。南瓜不说话，默默地成长着。”

全文就这么两句，初次阅读，还以为刚开了个头呢。好在短小，就再读几遍。这就渐渐看出点意思来了。洋葱、萝卜和西红柿的共同特征是个头差不多。彼此在一起，你看看我，我看看你，半斤对八两，谁也不比谁弱，却谁也强不到那里去。久而久之，思维成定势，以为世界上所有的事物就应该这么点体量，不相信还会有比它们更大的东西了。南瓜的态度呢？倒是很有趣，很有风度，很有见地。它不委屈、不赌气、不申辩，顾自自由地存在，认真地生活，健康地成长。事实胜于雄辩嘛！况且，来日方长，何必争一日之长短呢？再深想下去，这何尝不是浮世间做人的道理呢？我想，其实人人都可以以此故事来比照一下的：一事当前，自己是那自以为是的萝卜、洋葱和西红柿呢？还是那既有主见又有涵养的南瓜？颇有讲究呢！

如何有教养地怀疑，以及如何有教养地应对怀疑这门课，没有人有可以逃课的理由。

（原载《南方周末》2017年5月30日）

性情中人烛之武

周　彪

烛之武是《左传·烛之武退秦师》中的主角，在郑国遭遇秦晋两大国夹击吞灭之际，临危受命，凭口舌之力化解了一场巨大危机，立下了扶郑国大厦之将倾的大功，端的是不可多得的人才！可就是这样一个奇才，却没有进入国君郑文公的高级干部队伍，如果不是危机来临，烛老先生的冷板凳怕要坐到油尽灯枯了。当郑文公请烛之武出山时，老烛积蓄多年的怨气终于有了发泄的机会："下臣年轻时不如别人，现在老了更没什么本事了。"潜台词是，我年轻时你没把我当一回事，现在有大难了，想起我了，太扯了吧。危急时刻，一根稻草也是救命的希望，面对老烛的牢骚，郑文公也顾不得国君的脸面了，实施了危机公关，开门见山做检讨："我没有及早重用您，现在危机降临了才来求您，这是我的过错。"自我批评之后，晓之以理："可是郑国一旦灭亡，您也得不到什么好处啊！"言下之意，覆巢之下，焉有完卵。老烛本来也只是发泄一下心中的不平，现在国君都当面做检讨了，再较劲就太没气度了，于是就接下了这个重任。

半夜三更时，老烛用绳子绑住身子从城墙上溜了下去，见到了秦穆公，一番口舌，居然说服了秦穆公撤兵而去，解了郑国之围。用今天的外交标准看，烛之武无非是从"利害"二字出发，击中了秦穆公的软肋——灭亡郑国就是壮大了晋国，壮大了晋国等于削弱了秦国。这个逻辑关系对一代雄主秦穆公来说，当然是一点就透。原来是出于义气帮助晋文公复仇，现在被老烛一说，还真是赔本的卖买，对不起俺不掺和了。的确，后来的历史事件证明老烛的远见卓识，秦晋两个大国为争霸主地位真成了冤家，打得不可开交。老烛用自己的成功证明自己的才华，也证明了郑文公的有眼无珠。

其实烛之武的遭遇一点都不稀奇，太平无事时代，你再有才华再能干，君王也不一定会用你，他们喜欢的是奴颜婢膝、吹吹拍拍、投其所好之徒。

因为有智慧有思想的人大多有性格、有棱角，总能发现君王决策上的问题，总是不合时宜地提出这样或那样的意见，给喜欢歌功颂德的君王心中添堵，人家不冷遇你才怪！看烛之武和郑文公的对话就知道老烛真的很有个性，一开口就把郑文公顶到了墙壁上，换上别的机变之人，看到老大亲自来求人，显山露水的机会到了，定会感激涕零、不惜肝脑涂地，可老烛不领这个情，一吐为快，端的是性情中人。事实上，在仅凭君王喜好选人用人的时代，如果不是国难当头，真正有才华的人是很难出人头地的。三国时代的诸葛亮是后世公认的大才吧，他和刘备的因缘际遇早成历史佳话，试想一下，假如当时刘备手下有几个半吊子人才，孔明先生那恃才傲物的性格，刘皇叔岂能屈尊俯就，诸葛先生怕一辈子得困守茅庐了。清末的左宗棠也是如此，如果不是遇上洪秀全造反，季高先生那自负的性格，怕也很难受到大小领导的待见，如是则中兴名臣就没他什么事，左先生只能当一辈子私塾先生了。有个性的人才不光领导不待见，还容易遭同僚嫉妒。诸葛亮为刘备重用，关羽、张飞好长时间都拿白眼待他。左宗棠得罪了总兵樊燮，差点掉了脑袋。烛之武的境遇推断起来也好不到哪里去，危机时刻一个叫佚之狐的大臣向郑文公推荐了他，并且话说得很满："如果派遣烛之武去见秦君，秦国军队一定会撤走。"可见佚之狐对烛之武的才干了然于心，但他平时却没有向国君力荐，其中未必没有嫉才妒能的成分。诚然，人性之陋与人类相始终，无论君王、高官、凡人都摆脱不了这一病毒，如果它和体制之弊融为一体，那就成了个性人才的致命克星。

嗟乎，天下承平时代，真不知有多少极富才华之人因个性原因淹没于历史风尘之中啊！呜呼，烛之武的境遇岂止是个人命运和历史陈迹呢！

（原载《湘声报》2017 年 3 月 11 日）

禁毁与底线

冯　磊

某种意义上讲，一本书一旦问世，如同人一样，就有了自己的命运。被禁毁还是被推崇，以什么样的方式流传下来，似乎都是一种宿命。清代沈复的《浮生六记》，讲述个人的悲欢离合。这书本不畅销，一旦被俞平伯、林语堂等人发掘出来，便成为名著。

与《浮生六记》相比，《水浒》的命运则更加曲折。施耐庵写作《水浒传》，原定一百回（也有版本为一百二十回，或其他）的。除了诸英雄聚义造反，还有被朝廷招安和征讨方腊。这种安排，据说暗合了数千年来的社会现实——逼上梁山是官逼民反，被招安是反贪官不反皇帝，被皇帝利用去征讨同是异类的方腊则是尽忠。这样的安排，显然具有很强的“政治正确性”。如果没有被招安的“光明的尾巴”存在，恐怕连问世都不可能。

以上，是关于《水浒》版本的一些看法，未必全都正确。

《水浒》热销，并未引起以残暴知名的朱元璋的注意。明太祖以后，国势相对平稳，谈不上蒸蒸日上，却也足以守成。所以，这本书先后被翻刻三十一次，均未遭遇大规模禁毁。原因在于，统治者比较自信。

明末，有人登高一呼，应者云集，天下随即大乱。当时此时，朝廷对《水浒》有了特别的忌惮之心。崇祯十五年四月，刑科左给事中左懋第上书，请求朝廷下令焚毁《水浒》，皇帝准其所奏。

时局变易，造反有罪。此时此刻，即使想要“曲线救国”、接受招安也是不被允许的了。

被禁毁之后，《水浒》又遭遇了金圣叹的“腰斩”。原本一百回的小说，到了他手里只剩下了七十回。金自作主张，只保留造反的故事而删除接受招安的结局。在金圣叹看来，这个故事的前七十回更有趣，特色更为鲜明。为了张扬这种鲜明的反抗底色，他把英雄们不太体面的一段给删除了。

从一个故事的安排上来讲，金圣叹的做法是高明的。在“腰斩”之前，《水浒》是典型的社会问题小说，大家读了这本书以后，都在讨论“宋江们的悲剧是如何产生的”；“腰斩”之后，这本书就变成了典型的武侠小说。如何造反，用什么手段笼络人心、拉人下水，如何聚集力量，就成了故事的核心。但是这样一改，原本的“反贪官不反皇帝”就变成了纯粹的“造反有理”，其结局自然不妙。所以，有清一代，《水浒》屡遭禁毁。

由此可见，在禁毁与否这件事上，其实是有一个底线问题存在的。了解了这个底线存在的意义，我们就明白了始作俑者的初衷：什么可以做，什么不可以做。

禁毁书籍，不仅封建时代的中国有，在国外也有。关于西方人的禁书，作家黄裳写过一段文字。他说：“还曾有人做过规定，以尾巴骨为中心，画一个尺半左右的圆圈，禁止谈论圈内的一切东西，只赦免了胃。”这里，就明确限定了可以讨论的范围。逾越了这个范围，就是有伤风化的和必须禁止的。

很显然地，颁布禁令的人自己内心也清楚：禁令能否得到有效执行，主要还在于是否具备可操作性。而为了让禁令具备可操作性，有时候也必须做一点妥协。比如说，一个故事不能反皇帝但可以反贪官。再比如说，无论内心多么坚定的道德家，都知道欲望是无法完全禁止的。但是，围绕尾巴骨画一个圆圈，把“下半身”圈出来，一切就 OK 了。

其实，这种妥协极容易让人看破底线。

清末，“辫帅”张勋在江防大营搜捕革命党人，凡是剪辫子的年轻人抓住以后都要杀头，一时间人心惶惶，极为恐怖。

当时，手下人问张勋：“和尚杀不?”

张勋说：“年轻的杀。”

手下人又问：“尼姑杀不?”

张勋说：“漂亮的不杀”。

看似简单的问答，暴露出“辫帅”的独特口味：原来，大帅是个怜香惜玉的人。

（原载《湘声报》2016 年 11 月 19 日）

说“铭印”

庞　旸

生物学现象应用于社会学研究，是科学家早就干过的事。也对，人虽自诩为最高等的动物，但毕竟还是动物，生物学中的一些规律在人的社会行为上，必然会有所反映。

作为图书编辑的笔者最得意的编辑作品之一，是诺贝尔奖得主康纳德·劳伦兹的《所罗门王的指环》。在这本动物行为学的开山之作中，他提出著名的“铭印”（一译“印痕”）理论。大意是说，动物生命之初的经验刻印，会伴随它一辈子，终生难改。小雁鹅“马蒂娜”刚一出蛋壳，第一眼看到的是大胡子科学家劳伦兹，自此认定他就是妈妈，走到哪跟到哪，一时不见就会焦虑哭泣。直到马蒂娜长大，仍跟劳伦兹形影不离。因此后人也将铭印理论称为“马蒂娜理论”。

在人类的社会行为中，可看到许多铭印现象的例子。比如婴儿对朝夕照顾自己的人（如养母、奶妈），会比不那么朝夕相处的亲母还亲；比如幼年时常吃的东西，那种口味会伴随一生，叫做“母食”；还有人们对乡音、对儿时家乡山水景物的终生追恋，都是“铭印”理论在人身上的反映。

我觉得似也可用这种理论，解释当前社会生活中的一些现象，比如五六十岁以上的人，何以会对年轻时唱过的歌、跳过的舞，以及戴过红袖章、背过背包下过乡的经历那么念念不忘？不少这个年龄的人，唱起几十年前流行的“红歌”“样板戏”仍会热血沸腾，说起上山下乡的往事仍是“青春无悔”，以致招来另一些人的质疑：本是痛哉苦哉、不堪回首的往昔，何以在他们那儿成了“阳光灿烂”的记忆？

但若论起理智，他们中的大部分恐怕也不会真的认同和赞美那个年代，至少有一点可以肯定：没有一个人会让自己的子孙再去戴红袖章，再打起背包上山下乡；相反，他们会让子孙们孜孜以求被那个年代打倒砸烂了的追求学问财富官位之路。

这种悖论，我觉得还得用“铭印”理论来解释：这些人在幼年、少年时那种强烈的红色刺激下，打上了终生难以磨灭的深深的烙印。但他们一般不会用自己的铭印经验再去铭印子孙。

当然，并不是所有五六十岁以上的人都是这样，相反有许多这个年龄段的人，恰恰对“唱红歌”“跳忠字舞”，对“青春无悔”论非常反感，认为是对历史罪错缺乏认真反思，深刻忏悔，其中酝酿着新的社会危机。持这种看法的人，以“文革”结束后进入大学，受过高等教育的人居多，所谓“新三届”是也。当然不止七七、七八、七九这三届大学生，而是以他们为代表的那个年代接受了思想解放、启蒙教育的一代青年。他们从父辈和自己的切身体会中，看到了最惨痛的教训是什么，从而开始独立思考，接受新知，成为有独立见解和健全人格的人。

这也是一种“铭印”，即惨痛的人生经验和思想上的脱胎换骨幡然悔悟带给人的二次铭印。这种二次铭印往往比幼年时的初次铭印更强烈、更深刻，更会伴随人的终生。不知动物界有没有二次铭印的现象，但我想，二次铭印也许只能发生在过着复杂社会生活的人类之中。

一次铭印和二次铭印有所不同：前者更多是生物学层面的，后者更多是社会学层面的；前者更多是被动的，后者更多是主动的；前者更多感性，后者更多理性。因此可以说，能不能进行二次铭印，是人这种高等动物与一般动物的区别所在。

有的人自觉接受了这种二次铭印，比如写《忏悔录》的巴金和写《思痛录》的韦君宜，他们的痛切反思被视为良知的代表；有的人没有经历过二次铭印，最初的人生印象作为底色伴随他们终生。当然仅仅作为一种底色也无伤大雅，高兴了唱几首年轻时唱过的歌，跳一段年轻时跳过的舞，也无不可。怕只怕这种铭印造成终生糊涂，真的是非不分，那就是社会以及个人的遗憾了。

（摘自“新浪博客”2017年7月10日）

有一腿（外一题）

王　晖

在徐州民祥园路，看到一家足疗店门头，挂着“有一腿”的店牌。

对“有一腿”这个民间词语的含义，稍有年纪、阅历的国人，想必都属“你懂的”范畴。若是遇到与己有关的“有一腿”事情，估计大多数人都会三缄其口。岂仅国人如此，国外一些所谓有头有脸者，遇着这种事，似乎也多选择回避态度。比如，传媒大亨默多克与生于徐州的邓文迪仳离，世间纷传导因是英国前首相布莱尔与邓文迪有染，布莱尔发言人立即予以严正否认，并称这是高度诽谤。国内媒体在转发英国《每日邮报》此条八卦新闻时，有的拟写了这样的标题《布莱尔极力否认与邓文迪有一腿》。尽管布莱尔与其发言人可能根本不懂中国词语“有一腿”的含义，也遑论这传言果为事实，或确系谣诼，但均不影响布莱尔显而易见地力图撇清与这传言关系的努力。而编辑在标题中置入“有一腿”这个俗语，则堪称“颊上三毛”，诙谐而传神。可眼前这家足疗店却偏选众人避之唯恐不及的词语来做店招，目的也是“你懂的”，正是相中它简洁而形象地勾勒出世间不正当的男女情事，希冀借助其中包含的暧昧意味，来吸引某些人眼球，最终实现顾客盈门。

记得今年夏天，去合肥万达店吃饭，见蜀江烤鱼店门前，“此地无银三百两”地支放一面宣传招牌，上写：“这一夏，相约蜀江，裙舞飞扬。凡进店消费女士顾客，穿过膝裙，享烤鱼八点八折；不过膝裙，享烤鱼八点五折。”如果说进店的大单消费者，埋单可以享受店家扣点高的打折，那是于理于情都极易理解之举。可女性食客着裙长短，也能成为区分享受消费金额打折高低的准则，以寻常情理观之，就有点莫名其妙了，因而，只能促使人们去体味这番话的弦外之音。当然，除了少儿对此语理解可能确实不易或不宜外，稍有年纪、阅历的国人，对烤鱼店知会顾客的这番话也是“你懂的”。俗话说：“十里不同音，百里不同俗。”徐州、合肥相隔数百里，但在如何最大程度地拓展商机这个目标上，两地一些店主却是“心有灵犀一点通”，“英雄所见略同”。

凭“‘新文人画’代表画家”名世的大丰朱新建，绘有一幅设色《出浴图》，画了两位衣裳不整、三点乍露、双眸含情的搔首弄姿女子，上题一首打油诗：“当年三藏有骨气，不肯招惹小妖精。今看天下皆 OK，何处不是盘丝洞?”朱氏画作多表现贱女淫男情事，市价炒得天高，被评论界讥为“比赵本山小品还要低俗”。但实话实说，这首俗诗词糙，理却不糙，倒是确凿地折射出鲜活的世情。盘丝洞多了，不能只片面责怪小妖精为乱，细究必有其他原因。诸如，世间色不眩目的唐三藏少了；诸如，热衷传播暧昧文化的足疗店主、烤鱼店主多了……

后世人文学者若取上述市井资料来研究今日之时风流韵，真不知会做出何般评价?

（原载 2017 年 7 月 26 日《水西门新闻》）

秘　方

据契科夫说，俄国唯心主义哲学家、神秘派诗人符·谢·索洛维约夫曾告诉他，自己的裤子口袋里老是放着五倍子，这样做能彻底治好痔疮。《本草纲目·虫部·第三十九卷》收有“五倍子”条，也认为用五倍子医治痔疮有疗效。但言明须用五倍子煎汤熏洗患处或烧五倍子烟熏患处，方可生效。而不是如索洛维约夫所说，仅将五倍子装入裤子口袋，便能产生疗效。

诗人多为主观性极强者，其中一些人还偏嗜谈理话玄，秘方的超自然神力恰好亦是一份堪助闲聊的不俗谈资。现代文学史上颇有影响的诗人和翻译家梁宗岱，后半生屡遭打击。其平反后，为了谋生，也为了济世，潜心研究中草药，曾制作一种叫作“绿素配”的药物，据说对治癌有效。从梁宗岱为人处世毕生真诚来看，他用秘方配药的行为，本意应当不在蒙哄世人牟利。只是其拥有的知识结构，让人难免不质疑他是否堪当药学研究重任。而从“绿素配”的最终湮没无闻，似也证实梁宗岱确曾信心满满地自觉步入过一个其根本不胜任的科研领域。

至于世间另一些动辄宣称可用秘方治病者，其态度，或曰心术，则不敢恭维。用一句歇后语形容彼辈行为，可称：电线杆上贴鸡毛——掸子（胆子）蛮大的!

有位推拿专家，上世纪末，去意大利、西班牙、瑞士转了一圈，回来大谈在欧洲宣传中医壮举。自云与当地医生交流，言针灸可治愈癌症，对方问如何治疗，回答用银针将癌细胞逐个戳死。记得其言吧大笑，云洋郎中个个钦佩不已。洋郎中可能确实不明晓岐黄秘方，针疗神技，但基本的人体组织结构常识应该还具备吧，难道会相信他的这番妄言谵语？若以“讪笑不已”，来易换此处的“钦佩不已”，想必更符合当时之实情吧。

明末清初的书法家、学者、医学家傅山，祖上为官宦和士绅，世代书香，生活优裕。甲申国变后，其家道中落，傅山只得依靠家里留存的秘方行医治病和鬻书卖画为生，镇日应接不暇。忠厚的傅先生曾有些玩世不恭的慨叹：“西村住一无用老人，人络绎来不了，不是要药方，即是要写字者。老人不知治杀多少人，污坏多少绫绢扇子，此辈可谓不爱命、不惜财，亦愚矣。”医道与书艺俱精的傅山，说得虽是牢骚语，其中却也夹杂些许对自己日常为人诊疗祛病或进行书艺创作时能力难及状态之坦白与遗憾——惜乎世间具备此般自知之明意识者，极少。认识一位漫画家，鬻艺之余，亦悬壶问诊，大肆宣传能以祖传秘方治愈红斑狼疮等皮肤病。有次，一位医术精湛且富有职业操守的医疗专家私下认真地告诉我，此位画家自称能够治愈的这几种自体免疫性疾病，俱为国内诊治此类疾病前沿专家多年致力攻克，目前虽有缓解病情方法，却尚无治愈良策之顽症。

上周去阜南采风，安徽省文学艺术院程多林院长在车上讲述了一则亲闻。新世纪来临之际，社会上有关电脑的“千禧年千年虫问题”议论颇多，他们去李鸿章故里合肥磨店乡游玩，在镇上的一个私家诊所门前，竟发现这样的广告：“祖传秘方，专治千年虫。”

（原载《未来》2017 年第 2 期）

贾府的焦大

黄三畅

《红楼梦》第七回里，王熙凤带着贾宝玉到宁国府玩，贾珍的妻子尤氏和贾蓉的妻子秦可卿接待了他们，秦可卿的弟弟秦钟也在。吃了饭，因天黑了，秦钟要回去，须人送。千不该万不该的是让焦大送。

焦大是宁国府的老奴，从小儿跟太爷宁国公贾演出过三四回兵，曾从死人堆里把太爷背出来，让太爷得了命。他饿着肚子偷了东西给主子吃；两日没有水喝，自己喝马尿，把得来的半碗水给主子喝。他服侍过的主子宁国公贾演早已归天，贾演、贾源两兄弟及他们的儿子也死了，第二代只剩下贾源的儿媳贾母。他的年龄有多大，可想而知；他的资格有多老，可想而知。由于这些功劳、情分、资格，平素里宁府的主子们对他另眼相看，不大难为他。可是这天，竟要难为他。他既喝醉了，要他送的又是辈分极低（草头辈）的媳妇的弟弟秦钟，如他“不爱林妹妹”（鲁迅语）一样，那个秦钟他也是不爱的；宁国府最权威的人物贾珍又不在家里——他能不大骂其人吗？先骂大总管赖二不公道，欺软怕硬，有好差事就派别人，这种深更半夜送人的事（秦家那样的穷秀才家，估计也得不到什么赏钱）就派他。而你赖二又是什么人？“焦大爷跷起一只脚来，比你头还高呢。”这确是实情啊。

如果他骂他的，别人不听不睬，也就罢了，偏偏少不更事的贾蓉忍不得，不但骂了他两句，还使人捆起来，说“等明日酒醒了，问他还寻死不寻死了”。这就完全是火上添油，你贾蓉辈分这么低，又有把柄落在焦大爷手里，焦大爷能不骂个痛快，一释块垒吗？“蓉哥儿，你别在焦大跟前使主子性儿。别说你这样儿的，就是你爹，你爷爷，也不敢和焦大挺腰子！不是焦大一个人，你们就做官儿享荣华受富贵？你祖宗九死一生挣下这家业，到如今了，不报我的恩，反和我充起主子来了。不和我说别的还可，若再说别的，咱们白刀子进去红刀子出来！”

再如果，他这样骂，别人还不听不睬，也就罢了。偏偏凤姐觉得不能忍受下人这样放肆，在车上说与贾蓉道："以后还不早打发了这个没王法的东西！留在这里岂不是祸害？倘或亲友知道了，岂不笑话咱们这样的人家，连个王法规矩都没有。"贾蓉答应"是"。又如果只是到此为止，也就不会闹出更大的不快来了。偏偏那些小厮见他太撒野了，就上来几个，把他揪翻捆倒，拖往马圈里去。于是就有了著名的一段骂："我要往祠堂里哭太爷去。那里承望到如今生下这些畜生来！每日家偷狗戏鸡，爬灰的爬灰，养小叔子的养小叔子，我什么不知道？咱们'胳膊折了往袖子里藏'！"众小厮听他说出这些没天日的话来，吓得魂飞魄散，也不顾别的了，便把他捆起来，用土和马粪满满地填了他一嘴。而凤姐和贾蓉等也都只装作没听见。

后来焦大没有再出场，估计是被贾蓉"打发"到哪里去了。

封建社会，等级制度就是这等森严。焦大有那么大的功劳，那么老的资格，年龄也应该与贾母相仿佛或者更大，但因为身份是奴仆，后来既没有被"放"出去，自己也没有续身，所以一生只能是奴仆，而且是终生服役，没有离休、退休、进养老院一说。

曹翁塑造这样一个人物，还有更值得玩味的。

第一，焦大是宁国府的"开府"功臣，可以说，没有焦大，就没有宁国府。

第二，焦大是宁国府、荣国府繁盛时期的见证者，两府"烈火烹油"的景状，是映照在他心头的，他心头应该也是暖暖的。第三，焦大是宁、荣两府渐趋衰落的见证者，是两府儿孙一代不如一代的见证者，是两府的肮脏内幕的见证者。他无力回天，只能骂；终日醉醺醺的，也是借酒浇愁、借酒浇忿吧。第四，焦大应该还是贾府油尽火熄的见证者。后来他虽然没有出场了，但仍有一双醉眼瞪着贾府那些不肖子孙，仍有一张喷着酒气的嘴在骂骂咧咧，仍有一颗"忠心"在怨叹、痛惜。他不知所终，但终会"终"，贾府什么时候终，也没有一个准日子，但也终会"终"。焦大与贾府同灭亡，这是一定的。

概而言之，焦大一生的过程，就是参与贾府"打天下"，然后看着贾府享繁华、日趋没落、最后坍塌的过程。焦大者，"焦急"之大也。别看他骂人骂得难听，实际上是恨铁不成钢。他尽了汗马之劳参与创下的"江山"，在他眼里成了这个样子，怎能不心痛呢！可惜，也只能骂一骂，再喝更多的马尿，也不能回天了。要说悲剧人物，焦大是最大的悲剧人物。

（原载《邵阳日报》2017年8月9日）

患莫大于“有所恃”（外一题）

林永芳

闲翻《阅微草堂笔记》，读到一则故事：有个叫作“一士”的人，武艺高强、轻功出众，“两三丈之高，可翩然上；两三丈之阔，可翩然越也”。纪晓岚年幼时曾缠着要他表演轻功。一士让他站在过厅里，面向前门，看着一士站在前门；可一转身面向后门，一士已经站在后门了——就在纪晓岚一转身之间，一士“一跃即飞”，越过了屋脊。如此来回表演了七八次。多好的身手啊！后来，一士路过杜林镇，遇一友，把酒言欢之余并肩站在河边。友人说：“你能跃过这条河吗？”一士应声跃到对岸，友人招手让他回来，一士应声又跃回这边。可他没注意河岸已经开裂，刚踩到岸边，河岸就崩塌了。一士掉到河里，顺水漂走。他不会游泳啊！只能凭着轻功，从波涛中心往上跳起几尺又坠落水中，如此起落挣跳，终于力竭而溺亡。

纪晓岚由此概叹：“盖天下之患，莫大于有所恃。恃财者终以财败，恃势者终以势败，恃智者终以智败，恃力者终以力败。有所恃，则敢于蹈险故也。”另一位“田侯松岩”就睿智多了，他买了一支劳山杖，题诗说“月夕花晨伴我行，路当坦处亦防倾。敢因恃尔心无虑，便向崎岖步不平”，告诫人们，哪怕是在平坦道路也要小心防跌，切不可自以为有了手杖做靠山就有恃无恐、什么险境都敢踩。否则，终有一天会因此倾覆。

古今中外，败于“有所恃”的例子实在太多。和珅即属一大典型。他能诗能书多才多艺，通晓政务洞悉世情，机敏果断务实能干，记忆力惊人且武艺高超，是当时少有的文武全才，自身素质绝对可依恃；他英俊秀雅仪表堂堂，有超乎众人的颜值可恃；他深得最高领袖乾隆帝的倚重和宠信，“靠山”比谁都硬；……乾隆在《平定廓尔喀十五功臣图赞》中特别提到和珅精通满、汉、蒙、藏四种文字。据说，班禅与清廷建交，主要就是和珅在做交流兼翻译工作；英国马戛尔尼使团访华，也是他用英语对答如流。还有什么人，能比和珅更“有所恃”？

有所恃，所以放心、放胆、放肆地在“人生高速公路”上玩“极速飙车”，来不及或不屑于看一看良心在哪里，国法在哪里，只管策马疾驰，哪记得再辉煌的康庄大道也得遵守一下“交通规则”。当此“春风得意万事顺”之际，你和他侈谈什么“十次肇事九次快”，人家是不可能有耐心听得进去的。必须到了有朝一日忽喇喇似大厦倾，斧钺加身、法网难逃之时，才有可能想得起《史记》中那桩名叫“东门黄犬”的苍凉旧事——秦二世二年七月，丞相李斯从一人之下万人之上的人生巅峰骤然跌落，即将被处死。临刑前，他对儿子说：“吾欲与若复牵黄犬俱出上蔡东门逐狡兔，岂可得乎！（我想和你再出上蔡东门牵黄犬逐狡兔，还能有机会吗？）”

古往今来，有多少“和珅”“李斯”，只因“有所恃”，故而比“一士”更加“艺高人胆大”，直向命运的断崖冲去？平心而论，他们当中许多人，入仕之初，很可能也不过如同你我一样，只是苦心拼搏、力争上游的草根子弟；他们也曾满腔热血、满怀抱负，当他们“想为国家、为人民做点贡献”、成就一番事业时，我不相信没有一丝真诚的成分。只不过，许多人一登高位，便以为悲剧都是别人的事，于是，一次次重蹈覆辙，以一生荣辱，把历史硬生生变成一部按了循环播放键的烂俗肥皂剧，重复着杜牧那段经典叹息：“秦人不暇自哀，而后人哀之；后人哀之而不鉴之，亦使后人而复哀后人也”。

即如一代“英才”和珅，不知在接到三尺白绫、一纸诏书命赴黄泉之际，是否也恨不得时光倒流，去做一个贫贱勤苦、“无可恃”因而“有所惧”的平凡百姓？假如他在天有灵，是否怅憾未能出生在今天法制健全的国度，在选民、媒体、政敌的虎视眈眈下如履薄冰有所敬畏、不敢为所欲为，从而做个慎始、善终、全身而退的现代政治家？

（原载《中国纪检监察报》2017 年 2 月 13 日）

该如何直面“梁氏陷阱”

《红楼梦》中，有个广为人知的贾雨村。此公起初也是个相貌堂堂、抱负远大、“才干优长”且有情有义的人物，应试当年便一举“中了进士，选入外班，升了本县太爷”。可结果呢？不上一年，便“被上司寻了个空隙”，上疏参劾，不是告他“贪酷之弊”，也不是告他政绩不佳，而是说“生情狡猾，擅纂礼仪，且沽清正之名，而暗结虎狼之属”，于是“龙颜大怒，即批革职”。明眼人一看便知，此次问责革职的真正原因是这个毫无后台的寒门子弟

"恃才侮上"，不守官场规矩，其他都是托词。贾雨村经此挫折，贫病交加，只得托关系去给林黛玉做家教，并开始沉痛反思，大彻大悟，很快就利用学生家长林如海的关系攀上高枝，"轻轻的"得了个金陵应天府的肥缺。

贾雨村的履职选择及升迁经历颇具标本意义。想当初高中进士、才干出众，也不过做个七品县令，随便被诽谤几句就招来严厉问责丢官去职；一旦攀上贾府，即使昧着良心"乱判葫芦案"，甚至害得石呆子"坑家败业""不知是死是活"以讨好贾赦，也没人对他种种枉法裁判、伤天害理之事进行问责，反而步步高升，"补授了大司马，协理军机参赞朝政"。他最终倒台，实质也不过是因为靠山倒了。如此"问责"与"免责"遭遇，怎不"启发"更多后来人彻底抛弃初心，在结网营私之路上越走越远呢？

当然，以上所说，都是小说家笔下的陈年往事了。据说，这种腐朽黑暗的制度早已灰飞烟灭，今天我们对于问责机制已有了更科学的顶层设计。去年颁布实施的《中国共产党问责条例》就不乏亮点，比如，终身问责的规定，无疑便是对于此前公众舆论的一种积极呼应，也确乎承载着成为"从严治党利器"的厚望。

那么，它如何真正收到实效、合乎初衷？众所周知，"徒法不足以自行"，再严密的条文、再严格的规定，若不能落到实处，其力度和威严也就难免要打折扣。而任何不能兑现的法规，都将是一种令人痛惜的挥霍，挥霍的是宝贵的公信力资源。后续报道显示，问责条例甫一出台，各省区市便纷纷通报相关案例，"严紧硬"三字俨然已成现实。可贾雨村的故事又警醒我们，问责制的真正力量，恐怕不是来自纸上条文有多严、现实中问责了多少例，而在于能否做到有责必问、规则面前一视同仁。

清末民初，梁启超曾一针见血地指出，儒家治国理念的致命缺陷在于"只论其当如是，而无术以使之必如是"。此语真如醍醐灌顶。难道不是吗？这套规则体系以优美的语言、雄辩的气势，提出了治国理政、为人处事的许多目标、许多原则，譬如仁义礼智信，譬如正心诚意，修身齐家治国平天下，以及诸如此类。这些目标与愿景，哪一个不是美好画图，哪一个不是民心所向、众望所归？可，为什么还是经常沦为画中老虎？关键的一环就在于，它未能解决"对于不遵守规则的人怎么办"，未能提供有效的办法去做到"违者必究"、防止"不仁不义不礼不智不信"者窃据公器，只好沦为"有法不依"的丛林状态，或者随意性更强、诟病更多的"选择性执法"。时日一久，聪明人便纷纷将它看穿，"利剑"沦为"弹簧"。

以此观照之，今天，各项法规要真正"硬起来"并赢得敬畏与折服，最要紧的还是在于以实实在在的配套措施去解决这类问题：如何真正做到"违者必究”？法规的严惩如何才能落实到每一个违规者身上，而不是只落在一部分违规者身上？如果出现了“有的惩处有的不惩处，惩处宽严不一”，谁来负责？……特别是这最后一条，解决好了，便可不但义正词严地“论其当如是”，而且能够“使之必如是”，免于落入“只论其当如是，而无术以使之必如是”的“梁氏陷阱”。

（原载《福建法治报》2017年3月2日）

且信且疑话百度

萧跃华

我曾在拙文《且喜且冀话高德》（载 2017 年 8 月 10 日《北京晚报》）中，流露出对百度的“不信任”。其实，百度于我可谓情深意重，没齿难忘。我可以不翻报纸、不看电视、不听广播，但不可一日不用百度浏览新闻、查找资料。

百度可以“大海捞针”。2008 年冬至，我陪吴小如先生去清华园拜访何兆武先生，小如先生抱怨说：“北京大学平时把我忘了，不记得还有这么一号人，更谈不上什么福利。我老伴病了快三十年，蓝旗营的房子也买不起，根本没人管，但碰到有些事情就想起北大还有这么一号人。”周培源先生 90 岁寿辰，北京大学想写个颂词，“忽然”想起小如先生，特派校办主任登门求援。小如先生拟定内容并亲自手书在八尺宣纸上，又让人找来大化石篆刻北京大学图章钤印，这一贺礼最气派、最显眼、最讨寿星喜欢，可小如先生怎么也记不起自己所写的内容。我回家输入关键词“百度一下”，找到了“道德文章，科学之光；春风化雨，桃李芬芳”。这些年来，我经常在百度的“大海”里捞“针”，大多时候每“捞”必中，不知道节省了多少查找资料的时间。

百度可以“纠错补漏”。曾国藩同治八年（1869 年）四月初七日记下一件趣事：“二更三点睡，为臭虫所啮，不能成寐，因改白香山诗作二句云：‘独有臭虫忘势利，贵人头上不曾饶。’”此时曾氏官拜直隶总督兼北河总督，他巡视完北河、固定镇后夜宿安肃县（今保定徐水），刚刚躺下就为臭虫所咬，无法入睡。这种事情如果搁在今天，服务保障人员轻则责令检讨，重则卷铺盖走人。可曾氏却苦中作乐，改起唐代诗人白居易（号香山居士）的绝句来。我觉得这两句诗可能出自他人笔下，但又记不起是哪位诗人，“百度一下”原来是杜牧的《送隐者一绝》：“无媒径路草萧萧，自古云林远市朝。公道世间唯白发，贵人头上不曾饶。”所以，每当提笔忘字、敲键忘词，或不知

“衣不如新，人不如故”“男儿爱后妇，女子重前夫”等名句从何而来，我就虚心向百度求教。百度有求必应，取之不尽，简直就是百科全书。

百度可以“传道授业”。我人（rén）、农（nóng）不分，曾（zēng）、钟（zhōng）不分，勇（yǒng）、影（yǐng）不分，胡（hú）、吴（wú）不分普通话水平实在对不起听众。个中原因既有小时候家乡（湖南安化）语文老师的“m、n”不分、“b、p”不分，但主要是自己缺乏语言天赋，舌头没有卷舌功能。北京亚运会前夕，亡友马小卫自告奋勇教我一字一字发音，“报酬”是基本过关后一条香烟、一顿小酒，可他没教几天就放弃了，他觉得萧某会说普通话简直如同太阳从西边出来一样不可能。我就这么“破罐子破摔”了二十多年。百度汉语来了，辅以标准读音，我时不时拎出几个跑了调的汉字跟着百度“识字”，尽管许多字音至今读不准（有些会永远读不准），但四声读作他声的概率减少了许多。还有人名、地名、历史事件等，百度就像无所不知的“圣人”，随时随地传道、授业、解惑，这对没有多少知识积累的我来说何其幸哉！

百度带来的好处数不胜数，但也让我吃过诸如张三说成李四、活人说成死人、子虚乌有说成千真万确以及经典著作断句文字错误、重要引文随意删改等苦头。“一朝被蛇咬，十年怕井绳。”我不再完全“信任”百度，仅将它作为线索来源，凡是经典著作和重要引文，都要找原始出处仔细校对方才放心。我一股脑儿将责任全部推给百度确实有失公允。互联网共享共治的特点，决定了解决这一问题需要作者、百度、监管部门共同努力。

作者“谨言慎行”。互联网时代人人都是麦克风、人人都是评论员。谁都希望自己出手的文字（影像）有更多人关注，但如果为点击率而点击率，一味迎合受众，吸人眼球，就可能像某记者的《春节纪事：一个病情加重的东北村庄｜返乡日记》一样胡编滥造，某教授关于国乒队退赛的《血性高于是非》一样混淆是非。写什么、怎么写是个人自由，却体现着一个人的社会良知和责任担当。文字（影视）是作者的名片，写成之后宜多看几遍，问问自己事实失没失察、观点偏不偏激、表达脱没脱序？吹的是“进军号”还是“泄气号”？条件允许还可听听师长、同事、家人的意见。“夫君子爱口，孔雀爱羽，虎豹爱爪。”作者慎之又慎，既是文责自负的关口前移，更是对受众和社会的认真负责。

百度“窗明几净”。互联网的横空出世挑战着传统模式，对网民的求知途径、思维方式、价值观念等产生了深远影响，为稳增长、促就业、惠民生等做出了重要贡献。但如同“打开窗户，新鲜空气进来了，苍蝇蚊子也进来了”一样，百度网站也或多或少存在着网络谣言、淫秽色情、虚假广告、攻击谩骂、暴力恐怖等不良现象。“网上信息管理，网站应负主体责任。”百度承担过很多社会责任、道德责任，还须一如既往地从人防、物防、技防入手，完善准入、监督、纠错、退出、诚信等机制，洒扫庭除，清理门户，还网络世界山清水秀的良好生态环境，努力实现经济效益与社会效益双促进、双丰收。道理非常简单，你块头越大，社会责任、道德责任就越大，受众对你的要求就越高。

监管“疏堵并举”。如今非白即黑的东西越来越少，能简单回答 YES 或 NO 的问题越来越少，中性的东西越来越多，灰色地带越来越大，网络管理的难度越来越大。图省事就不省事，怕麻烦麻烦会更多。这就要求新媒体主管部门与时俱进，完善政策法规，因时因地因人施策，防止“一放就乱，一管就死”。如果有人触犯底线，必须旗帜鲜明制止。但如果是非原则性问题，则宜多引导少封堵，疏堵结合，以疏为主。现代社会人们压力这么大，应该有他们释放压力的空间和出口。这个灰色地带关系执政基础，谁争取到了大多数，谁就争取到了民意基础。主官部门、互联网企业要建立密切协作协调关系，明确各自责任，走出一条齐抓共管、良性互动的新路，共同促进互联网持续健康发展。

标题“且信且疑”，大意信七疑三，疑而不弃。我希望百度的准确性权威性高些高些再高些、影响力公信力大些大些再大些，网络平台百花齐放、百家争鸣，天清气朗、惠风和畅，滋养人心、滋养社会，成为亿万网民吐故纳新、乐在其中的共同精神家园。

（原载 2017 年 9 月 10 日《北京晚报》）

夜读“英雄谱”

施　亮

夜半展读朱小平的历史随笔集《历史脸谱——晚清民国风云人物》（他不久前还出版了《清朝，被遗忘的那些事》），仔细品味，引人遐思。在这部书中，一桩又一桩历史事件娓娓道来，一个又一个历史人物的脸谱清晰生动，一篇又一篇史实的零章短简谐趣横生，恢弘激扬的文字极有力地拨动着读者心弦。

朱小平兄可称得上是对北洋水师历史素有研究的文史专家。他对中国历史上第一支近代海军舰队历史进行了有系统、有见地的多方面考证研究，对其军制、武器装备、指挥官与水兵、外籍雇员及后勤给养等都做了详尽的史料考据，而且是在阅读大量北洋水师的中外各类史料文件基础上进行的。

甲午海战的失败是清朝统治者的政治腐败而造成的，这已经是公论。不过，人们为北洋水师在甲午海战的惨败而扼腕唏嘘，却也常常忽略了北洋水师很多官兵慷慨为国捐躯的英勇事迹，甚至还有人写文散布无稽之谈，故意贬低那些抵御敌寇的先贤壮士们。在北洋水师的“英雄谱”中，“致远号”巡洋舰管带邓世昌在黄海大东沟一战舍身殉国的行为，由于电影《甲午风云》的传播，已经是世人皆知。此外，另有“镇远号”管带林泰曾，在海战中发射高爆炮弹击中日舰“松岛号”，曾经建立很大的功勋，后来却因为“镇远号”铁甲舰触礁，此功就被一笔抹杀！可他的军事才干却被日本海军界一致赞誉与敬畏，甚至称他为“中国海军的岳飞”。而北洋水师的另一位将领“定远号”管带刘步蟾虽然有不少毛病，心胸狭窄，偏激忌刻，但他的军事才干、能力及谋略可谓是北洋水师中屈指可数，他在大东沟海战亦立有战功。最后，这两艘军舰“镇远号”“定远号”沉没，林泰曾、刘步蟾二人亦无愧于军人本色，先后自杀成仁。特别值得一提的是，“济远号”水兵王国成、李仕茂的英雄行为。在丰岛海面一战中，面对日本舰队的伏击，“济远号”管带方伯谦贪生怕死，擅自逃脱，还扯起白旗投降。日舰“吉野号”却仍然穷追不舍，王国成在“济远号”军舰上挺身而出，操纵大炮并高喊：“谁帮我送炮弹?”同舰水兵李仕茂上前填弹，两位水兵连发四炮，三炮均击中“吉野号”，“吉野号”燃起大火仓皇逃遁。另有不为人所知的史实断章，北洋水师仅有的一支海军陆战队，人数仅仅二百人至三百人，他们在突袭南帮炮台之战中，以寡击众，在日军优势兵力围攻下，无一人退却，无一人投降，所有军人全部战死，伤者亦自杀，使得日本人无不为之动容。

朱小平兄在书中还专门撰写了一篇文章《甲午海战中牺牲的外籍雇员》。他不满意一些作品书籍及影视媒体，仅只是揭露某些外国人对北洋水师包藏祸心的行径，却未能够公正地记载那些被清政府雇佣的外籍军官也曾经与中国官兵并肩作战的史实。甲午战争时，仍然有 8 名外籍雇员在北洋水师的军舰上服务任职。他们都忠于职守，英勇作战，其中二人阵亡，四人负重伤，无一人临阵脱逃，体现了令人钦佩的高素质与敬业精神。后来，在甲午海战中负伤的英国军官戴乐尔——曾经在北洋水师“定远号”任帮办副管，还在战后著有《甲午中国海战见闻记》，分析了此战的失败教训，也记述了北洋水师官兵的英勇精神，给今人留下了珍贵的第一手史料。

这些描述北洋水师的文史随笔，其实也是学术随笔。其深厚客观的学术性，丝毫没有减损其随笔文章恣肆洋溢的文采风格，反而更增添了其笔触的理性色彩。作者以依据史实资料考证得来的深刻见识评价历史事件，重现历史事件，更能够使读者心悦诚服。学者叶匡政先生认为，近年来史学领域的突出特点是，“统一的宏大叙事开始退场，历史学呈现的更多是一种片断式的研究，关注的中心也各有不同。”所以，人们越来越多从各种视角观察那些重大历史事件，通过那些历史细节来重新评价历史事件，“历史事件是无法重复的，只有汇集各种视角的资料，只有拥有各种类型的历史证据，我们才可能逼近历史真相”。譬如，作者对北洋水师提督丁汝昌的描写，就充分展示了其人性格的复杂性。他既写出了丁汝昌奢侈腐败的荒唐丑闻，比如与“济远号”管带方伯谦同逛妓院，互相争夺青楼妓女，而且还私养戏班，吃花酒等，对北洋水师的军纪废弛负有极大责任；同时也不讳言丁汝昌在甲午海战中虽被炮弹震倒击伤，却依然坐在甲板上镇定指挥，对鼓舞官兵士气起到激励作用。人是复杂的，生活是复杂的，历史真相也往往是复杂的。只有重现那些历史细节的真实，才能恢复历史记忆的完整真相。这其实也是一个学风与学术态度问题。一位著名学者曾经感叹，学风与学术态度可以很缓慢地改变社会风气。浮躁功利的学风可引来庸俗谬见的世风，甚至还会造成具有危害性的错误思潮。说实话，我很忧虑目前文史界盛行的轻薄之风、戏说之风、以论代史之风，对待历史采用实用主义或虚无主义态度必定会扭曲历史的真相。因此，我也特别钦佩朱小平兄的严肃认真的学术态度，钦佩他殚精竭虑地搜寻史料，梳理史料，严谨考据的治学精神。

（原载《北京日报》2017 年 4 月 18 日）

文道与仕途

聂鑫森

“湖湘学派”从宋以来，延绵至今，影响十分深远。其核心为继承中国文化的优秀遗产，立足于求实务本、学以致用。不尚空谈以炫渊博，重在实用，也就是我们常说的理论与实践相结合。

曾国藩在历史上是个杰出的人物，在执政、领军上皆有过人之处，并培养和引荐了诸多方面的干才。他对“湖湘学派”的精髓知之甚深，在从政、治军的人才选拔上，特别强调“文士之涉于虚空不可用”；“不用文人之好大言者”（《曾国藩日记类抄·庚申八月》）。所谓“虚空”“大言”，是指有些文人有大学问，但所涉及的是纯粹学术意义的领域，却不接“地气”，不能解决执政、领军、生产、生活中的具体问题，类似于魏晋时的“清谈”“玄学”。

“清谈”“玄学”，乃魏晋文化的一大特征，为当时一种辩论哲学的形式。善于清谈的人，往往才思敏捷，吐言玄远，长于辩说，深谙老庄哲学的意蕴。《世说新语·赏誉第八》：“王太尉（王衍）云：‘郭子玄（郭象）语议如悬河泻水，注而不竭。’”点赞的是郭象的清谈。“王丞相（王导）招祖约夜语，至晓不眠。”祖约也是一个善清谈的角色。

“清谈”“玄学”当然是一种学问，却不能解决任何与国计民生有关的实际问题，也就是曾国藩所称的“虚空”与“大言”。

古时候常以打猎训练军队。“桓大司马（桓温）乘雪欲猎，先过王（蒙）、刘（惔）诸人许（处）。真长（刘惔）见其装束单急（轻便），问：‘老贼欲持此何作？’桓曰：‘我若不为此，卿辈亦那得坐谈？’（《世说新语·排调第二十五》）

王蒙、刘惔皆为清谈明星。桓温对于他们的责问，回答得极有意味：没有军人的保家卫国，你们能这样潇洒地清谈吗？

王徽之，字子猷，既是名门之后，自身也是文人，任桓冲的骑兵参军。

桓冲问他："你都管些什么事?" 他答："不知管什么，时常见牵马来，好像是管马的。" 又问他："府中有多少匹马?" 他马上想到孔子因马厩被焚，只问伤人否而未问马的故事，便答："孔子不问马，怎么知道马的多少?" 桓冲再问："近来马死了多少?" 他又用孔子的"未知生，焉知死"作答。从中可看出王徽之是个有学识的人，可以"虚空""大言"，但无法做好分内的工作，这个官当得稀里糊涂。

自许清高的文人，往往看不起那些只会埋头忙于实务的人。

王蒙、刘惔、支遁，一同去看望何充。何充忙着阅读文书，没有太理睬他们。王蒙说："我们特地来看你，希望你能放下俗务，一起来清谈，你怎么能只顾低头看文书呢?" 王充回答得很有说服力："我不看这个，你们靠什么活下去?" 意思是说没有各级官员去做应该做的事，社会就会混乱，你们能有这种清闲的生活吗？这三个人都称这话说得对极了。

在选拔官员上，有德行有学问又肯干、会干实际工作的人，当然应得到重用。但只有学问，善言辞，却不愿务实或缺乏实际工作经验的人，正如曾国藩所称："好大言虚空之文人不可用。"

《世说新语·轻诋第二十六》："王中郎（王坦之）举许玄度（许询）为吏部郎。郗重熙（郗昙）曰：'相王（司马昱）好事，不可使阿讷在座。'"

许询，字玄度，小名阿讷，他学问很好，而且是清谈的行家里手。当王坦之要举荐他任吏部郎这个重要职务时，郗昙马上予以否定，理由是相王司马昱是个喜欢干事的人，许询只会清谈而不喜务实，一旦厮守在相王身边，会耽误很多重要事务的办理。

典籍中有"空谈误国""清谈误国"的说法，并非没有道理。

（摘自《文学自由谈》2017 年 4 期）

知足须忍痒

程学武

“知足常乐”这一古老的命题，在当今纷繁杂乱、诱惑多多的世界里，我看应是我们立身处世、自制自律的金玉良言。

曾读过“齐人攫金”的故事，说齐国有个财迷，整天想着要有许多金子。一天，他来到集市上，看到一家金店，直奔柜台，揣起金器就跑。几个路过的巡吏将他抓住。县官审问他：“当着那么多人，你竟敢去抢别人的金子!”那人这才清醒过来，答道：“我拿金子的时候，只看见了金子，除此之外，什么也没有看到。”

明代的刘元卿曾撰写《王婆酿酒》的寓言，读来颇为有趣。王婆以酿酒为生，有个道士常到她家借宿，喝了几百壶酒也没给钱，王婆也不计较。一天，道士说，我喝了你那么多酒也没钱给你，就给你挖一口井吧。井挖好后，涌出的全是好酒，王婆自然发财了。以后道士又问王婆酒好不好，王婆说，酒倒是好，就是没有用来喂猪的酒糟。道士听后，笑着在墙上题了一首打油诗：“天高不算高，人心第一高。井水做酒卖，还道无酒糟。”写完之后，这口井再也不出酒了。

这些故事、寓言告诉我们，当一个人该知足而不知足时，就会目眩神迷于五色之惑不能自拔，成为贪欲的奴隶。古人总结教训“知足不辱，知止不殆”，就是说知道满足的就不受辱，知道适可而止的就不危险、可以保持长久。“人贪酒色，如双斧伐孤树，未有不仆者!”一个人，尤其是执掌权力的人，一旦对自己的地位、待遇仍不知足，欲壑难填，迟早会出事。那么，如何识高低、知满足？这道问题确实考验着每个人的抵抗力和免疫力。

现实生活中，知足之乐是以忍痒换来的。权力、地位、金钱、美色，对人的诱惑和杀伤力极大，见之“心痒”可以理解，关键是对非分之利要忍痛煞痒。有位县官死后留下一只小木箱，后人打开一看，是满箱血迹斑斑的草纸，以及一封信件。原来这位县官生前面对贿银，内心也曾一次次发痒。为戒贪拒贿、刹住心痒，他以锥刺股，以纸拭血，久而久之，集满木箱。信末，他以苏轼名言告诫儿孙："忍痛易，忍痒难!"

极少数位高权重的"聪明人"，书读得比别人多，见识比别人高，可关键时刻，忘记了祖宗的良言，忘记了前车之鉴，见利便如蚁挠心，奇痒难支。一些几十年一尘不染的干部，最终经不住诱惑，由"心痒"到"手痒"。结果"伸手必被捉"，成了阶下囚。

其实，"知难不难"。古人云："一念收敛，则万善来同；一念放恣，则百邪乘衅。"对一个具有正常思维的人来说，忍住痒，守好清正廉洁的总开关，关键是要修身慎行、怀德自重、清廉自守。各种"诱惑的痒"少了，才能心明眼亮，识别出什么是鲜花、毒草，什么是阳光大道，什么是陷阱；才能在人生的任何关口，都经得起诱惑，躲得过围猎，守得住底线。

（原载《大江晚报》2017年7月19日）

辑三

袜子的“妙用”

刘吉同

150 年前的一个上午，法国一个风情小镇上，几位青年男女正嘻嘻哈哈、打打闹闹漫步在街道上。其中一个女孩对有着魔鬼般身材的姑娘安爱丝说：“你若敢在这街上裸奔 300 米，我打赌 100 法郎。”安爱丝没有受过“三从四德”的浸染，一旁的男友肖恩也不是道学先生。于是，在男友的鼓励下，安爱丝果然接受了“挑战”，脱光全身，在众人的注目和欢呼声中，跑了 300 米。最后赢了那 100 法郎。

下午官司便来了。安爱丝被社区主任告到法庭，说裸奔有伤风化，已明文禁止，依法应罚款 100 法郎。法庭上，肖恩充当了女友的“辩护律师”，双方围绕着“裸”的定义唇枪舌剑。肖恩说：只穿短裤不叫裸，戴了乳罩更不叫裸。什么是裸？法律并没有明确、严格的界定，只能说全身一丝不挂才叫裸。而安爱丝“裸奔”时，脚上还穿着肉色袜子（实际上是忘记脱了）。既然穿短裤不叫裸，那穿了袜子的也不能叫裸，“法无明文规定者皆可为”。最后法官竟判安爱丝胜诉（中国法制出版社，吴忠《将法律进行到底》第230页）。

不听不知道，世界真奇妙。一双袜子，竟被安爱丝“妙用”成了保护自己免受惩罚的“挡箭牌”。在我们看来，这实在是太奇葩了，乃典型的强词夺理。但仔细一想，里面还蕴藏着不少道理呢，它所昭示出的司法价值和取向，还真值得一说。

法律只认事实。法庭在审判这个案子时，紧紧围绕的就是“裸奔”的事，没有涉及民意，也没有扯上道德，更没有与政治挂钩。就是说，“裸奔”之外的东西本案概不采纳，故案情非常“单纯”。试想，如果与舆论、风化乃至政治联系起来，案子就会走形变向，就会做出与事实相违背的判决，这显然有悖法治的宗旨。当然，法国是个很浪漫的国家，乃至德国、澳大利亚等国，少数公民提倡天体主义，社会也能容纳和接受他们这种理念和生活方式。此案的审判完全不谈“裸奔”之外的事，而且也相当宽容，估计与这样的“国情”也有关。

涉及公民权力，法律还是“死板”些好。所谓死板，就是不能随意将法律的条文延伸、扩大和“灵活”运用，切实做到“法无明文禁止即自由”。既然穿短裤算穿衣服，那么，“袜子虽小，也算衣服”，只不过是裸了小腿以上罢了。反过来说，假如法官可随意解释裸奔，那就糟了。穿超短裤的属于裸奔，穿比基尼的更属于裸奔。那么，最终肯定会造成“裸奔”扩大化，从而压缩公民的自由空间。“灵活”的要害就在于，法律原本规定人的自由半径是一百公里，经法官这么一裁量，恐怕就只能剩下五十乃至更小的范围了。区区“裸奔”，也不算多么大的事，但这种“灵活”若扩展到政治、经济、文化等方面，那肯定会造成全社会的灾难。

作为个体的公民，就其力量而言，与强大的国家机器相比，是不成比例的，犹如路上的行人与汽车的关系。“汽车”稍擦一下，“行人”就会受不了。轻轻一碰，就可能折骨断腿。稍一用力，就会生命不保。直冲而来，则必死无疑。这就对制度设计提出了要求，在公民权利四周，要有一道严实、坚固的“保护墙”。严禁公权撒野和乱来，严禁法律随意“灵活”，无疑是其重要内容。法国这起“裸奔”案，则让人看到了“保护墙”的功能和良苦用心：宁可令法律“无能”，也不可让公民权利受伤或受到威胁。

话再说回来。按我们的思维，这个案子也可理解为肖恩和女友“钻了法律的漏洞”。这种“钻”好不好呢？窃以为无所谓好，也无所谓不好，但有一条却一定是不好的：那就是法律的“漏洞”所造成的后果，由安爱丝们来承担。那么，怎样修复这些“漏洞”呢？只能是发现了这些“漏洞”后，按法定的程序修法去堵塞，这也是法律走向进步、文明和完美的必由之路。在这个过程中，可不能忘了律师因利用“漏洞”而对法治所做出的贡献。再想一想，理论、制度乃至真理的成熟与发展，又何尝不是这样？

（原载《乡土·汉风》2017 第 3 期）

如果大家都万岁

赵宗彪

追求永生，是人类，也是所有生命自觉不自觉的本能和梦想。孙悟空当年在花果山的时候，之所以要出国留学，一个重要原因，就是感叹生命短暂，不能永存于天地之间。孙悟空学成归来后，立马就到阎罗王处上访，将猴类的名单，从生死簿上一笔勾销，也算是自我落实了政策，实现了永生。

人类最大的痛苦，莫过于死亡。除了传说中的彭祖活了800岁，我们人类现在有据可查的人瑞，是浙江临海的王世芳，活了140岁，是清初的“三朝元老”，家里“七世同堂”。他在94岁的时候，曾出任遂昌县的教谕一职。《西游记》中，倒有一位僧人，有270岁的高寿，他就是直北观音禅院的金池长老，但因贪图唐僧的袈裟，不得善终。追求长寿，是人类进步的最根本的动力。人类如此，妖怪们也不例外。那些修炼了千百年、可以活几千岁的妖魔，凡听说吃了唐僧肉可以长生不老的传说之后，无一例外都刀口舔血、奋勇向前，最后，又无一不以失败告终。

人类又何尝不是如此？人类最荒唐的口号是“万岁”，几千年来，从未见过不死之人，但万岁声从未断绝过。最可笑的是太平天国中，几个头目分别自封了万岁、九千岁、八千岁、七千岁等级别，官越大，命越长。号称王（即千岁）的人数以千计，弄得可用作封号的、意思好一点的汉字都不够用，为中国历史之最。那个号称九千岁的杨秀清，为了增加一千岁，不惜火拼原来的战友韦昌辉，自相残杀了近三万人，他俩死时，分别是35岁和33岁。那个连名字都改成了天王的万岁爷、精神病人洪秀全，死时也不过55岁。

人类想长寿，所以渴望自己成仙，哪怕妖怪也是如此。但从《西游记》看，万寿无疆的神仙们、佛国的菩萨罗汉们、地上地下不用为长寿发愁的妖魔们，虽然他们都比人类长寿，但他们的痛苦，一点也不比人类少。不管过去还是现在，人类的许多价值观、人类最神圣的东西，都是建立在死亡基础之上的。人如果永生，历史就没有了意义。如果都能千秋万代地活下去，移山的愚公与反对的智叟就没有了区别。

如果人类能够永生，哪怕能活一万年，那么这个世界将是一个怎样的世界呢？我非常悲观地相信，如果人的寿命有一千年，那将是一个疯狂的世界。如果人的寿命有一万年，那么，这个人间，将是一个伸手不见五指的黑暗地狱。

对绝大多数人而言，长寿是灾难，是祸根，是深渊，是苦海，是地狱。人只有在不断拥有的过程中才能认识自己。没有得到过名利的人奢谈淡泊名利是可笑的。而长寿，则为每个人提供了更多的可能。从来没有接到过死亡通知的人，怎能知道自己是否怕死？没有经历过夜半携百万巨款上门的人，你如何肯定自己并不贪婪？没有遇到过心仪的美女投怀送抱的人，怎能说自己对爱情有多少坚贞？只有手握枪炮面对自己的仇人时，你才会知道自己是否真正地拥有慈悲！为什么许多平素软弱和善的人，一旦开着名车轰轰隆隆地上了路，有了傲人的利器，立马就霸气十足盛气凌人不可一世？

国王与乞丐、元帅与士兵、富翁与穷汉、英雄与小丑，他们的区别在哪里？

在机会。

机会，决定了一切。

永生，就使所有人都有了机会。许多人的善良、单纯，是因为他们无知、无力和短命。处处忍让别人者，因为他本身就是一个弱者。一切没有选择权利的结果，都没有意义。人只有拥有的东西越多，才能更清醒地认识自己。太监不想女人，并非品德高尚。秃头不做发型，是因为别无选择。许多人心平气和、适可而止，是因为他们明白，人生不过百年，大限已到，徒劳无益，是因为“来不及了”。什么绝代红颜、万贯家产、琼楼玉宇，都会随着生命的终结如风而逝。如果人有万年寿，能够永生，生命就会充满更多的机会和可能，人的贪婪之心，就会如太阳一样光芒四射，就会如宇宙中深不可测的黑洞，吞噬世间万物。

对人而言，时间会改变一切。

一万年的时间，足以让每一个人经历种种可能，人的欲望会一一释放，种种诱惑会次第而来，人的自私和贪婪，会将整个世界染成一个漆黑的地狱。有人说，金钱是万恶之源。其实，改成万岁是人类罪恶之源更为贴切。

幸亏，我们这个世界没人能达万岁。

（原载《联谊报》2017年8月5日）

“政治资源”是什么

宋志坚

“政治资源”这个词汇，得知于电视连续剧《人民的名义》，觉得有点新鲜。先前听说的是“权力资源”，也有过这种新鲜感，还为此写过《“权力资源”是什么》一文，载于《南方周末》。那种新鲜感如今已渐次消失，因为“政治资源”的出现，方才想起“权力资源”，于是套用前文的标题，写下此文。

“政治资源”与“权力资源”有联系也有区别。区别在于向度。“权力资源”是向下的，在下面，存在于某种权力管辖的范围之中，说得通俗些，就是“地盘”。大凡某种权力可以染指，可以巧立名目获取利益的对象，就是某种权力的“资源”，简称“权力资源”。“政治资源”是向上的，在上面，说得通俗一点，就是“靠山”，或曰“后台”。亲爹或业师在上，可以是自己的“政治资源”，这是现成的；“干爹”或“恩师”照样可以是自己的“政治资源”，这是后找的。与“地盘”一样，“靠山”或“后台”虽然通俗，但很露骨，称为“资源”就雅得多了，听上去还很有学养。之所以冠之以“政治”二字，因为“靠山”或“后台”的权力，能保护或扩大他们已有的权力，帮助他们在政治上不断“进步”。所以，这种“政治资源”，就是某种权势人物的“权力资源”能够得到巩固和拓展的“资源”。这就是两种“资源”的联系或相通之处了。

除了处于上位的“政治资源”和处于下位的“权力资源”，还有一种不上不下的“人脉资源”，俗称“团团伙伙”。可以是某“籍”的，也可以是某“大”的，但这都是表面的，把他们联结在一起的，其实还是“权”和“利”。他们都掌握着某种权力，并靠这种权力互惠互利。既互为“权力资源”，也互为“政治资源”。这种“团团伙伙”，或明或暗的都有个把明显处于上位的大人物作为自己的“政治核心”或“精神领袖”，这种“政治核心”或“精神领袖”，其本身就是“团团伙伙”的“政治资源”，而“团团伙伙”

中的每个成员，也就是这种“政治核心”或“精神领袖”的“权力资源”。这种“团团伙伙”作为一股政治势力，其实也是包括“政治核心”或“精神领袖”在内的每个成员的“政治资源”。

《辞海》上说，资源即“资财的来源，一般指天然的财源”，可见，它属于经济的范畴。而“权力资源”作为“资财的来源”却不是天然的，而是权力。“政治资源”作为“资财的来源”也不是天然的，而是政治势力。权力是平衡的力量、平衡的能力，而“权力资源”所谓的“权力”，本当是政府的公权力，属于政治的范畴。从这个意义上说，“权力资源”其实也是“政治资源”。政治经济学是一门显学。我虽然未曾专攻此学，却也知道，经济基础决定上层建筑，上层建筑反作用于经济基础，这是政治与经济的关系，说的是整个社会的政治与经济。谙熟“政治资源”与“权力资源”的人物，却完全扭曲了政治与经济的这种关系，在他们眼中，“政治”就是升官，“经济”就是发财，他们把自己手中的公权力当作“发财”的资源，又把“靠山”或“后台”以及他们手中的公权力，视作升官的“资源”，与此相应，乐于充当“政治资源”的人物，也把这样的下级当作自己的“权力资源”。这些人都会说“权为民所用”，但他们的权力都用来开发“资源”了，还拿什么来“为民所用”？这种人都懂得“领导就是服务”，但当领导的如果都像他们那样用手中的权力互惠互利，手中没有公权力的平民百姓，就只有充当“资源”为领导“服务”的份了。

早些年，曾有“文化与经济联姻”的说法，诸如“文化搭台，经济唱戏”。这个口号以后被人利用，慢慢走样变味。例如，某些权势人物为企业题字，一字千金万金地进账，也叫“文化与经济联姻”。一旦倒台了，他们所题之字也就随之被人铲去，“文化”也就不再是文化了，可见此类“文化与经济联姻”只是一张遮羞布，其实乃权势人物的“权力与经济联姻”。也有的党政机关以“文化发展公司”作为“二政府”，在他们的权力可以染指的范围中创收，并将此称为他们的“资源”，于是就有“权力资源”这个词汇应运而生。事隔多年之后，又有“政治资源”这个词汇悄然出现。虽然出自《人民的名义》这部电视剧，生存在现实生活之中的我，依然感到这是现实的反映，有一种艺术的真实。

我甚至以为，要不是近几年反腐力度的大幅增强，这种善于利用“政治资源”，深谙政治与经济的畸形结合的权势人物，或许会像当年的张二江写《下级学》一样，根据他们的实践与心得，写出一部另类的“政治经济学”来。

（原载《党支部书记》2017 年第 6 期）

永远美丽的日内瓦

孙贵颂

日内瓦是瑞士一座风景秀丽的城市，也是世界贸易组织的所在地。中国“入世”以后，有关部门开始在日内瓦寻觅建立代表团馆舍的地址。也是功夫不负有心人，竟然买到了日内瓦湖畔仅剩的一块地。令中国设计师犯愁的是：这块地不大，而日内瓦政府又有规定，市中心建筑限高三十七点五米（这是建于一百年前的圣彼埃尔教堂的高度），任何个人和团体都不得违背。设计师托人去打探日内瓦市政府的底细：“如果违反这个规定，盖高了房子会怎么样?”回答是：“很简单，把你的房子拆了，永远取消你在瑞士买房盖房的资格。”结果，中国代表团只好建了一栋三千多平方米的二层小楼。

日内瓦州州长在中国馆舍开工剪彩时，很抱歉地说：“我知道，这么小的面积，驻一个中国代表团，的确难度很大。可是如果你违规一点，他违规一点，日内瓦就不再是日内瓦了。”

从这一件事情中，我们至少可以受到两个方面的启示：其一，规则高于一切。瑞士是一个很文明的国家，也是一个很友好的国家。它早在一九五〇年就与我国建立了外交关系，两国在经济贸易上的往来更是与日俱增，每年我国要进口多少瑞士人产的高级手表哇。但外交友好归友好，经济往来归往来，政府既然制定了规则，就是一条硬杠杠，谁也不能突破，谁也无权变通。规则面前一视同仁，一律平等。

其二，政策的连续性。一个建于一百年前的教堂，居然能够制约现任政府的决策，在我们看来，真有点匪夷所思。他们不会改革创新吗？他们不知道形势在发展吗？外商要来投资，怎么就不能来点灵活性，却那么死心眼呢？甚至把那座教堂拆了又有什么了不起？但瑞士人根本不屑于我的上述假设，他们的心中，只有政策的一致性、连续性和不可逆性。祖宗留下的东西，祖宗定的规矩，后生的责任是让它万古长青，不到万不得已，不容改变。崽卖爷田心不疼，那是败家子作风。

某种意义上说，保守的决策才是站得高望得远的表现。某年，作家潘向黎访问日本，她十一年前曾在东京留学，这次再次踏上那片土地，感触颇深：“我觉得东京变化不大，而且我很高兴东京没什么变化。原本那么繁华的街区、那么合理的布局、那么发达的交通、那么完善的功能，为什么要变？……他们就是这样，只要是合理的，效果好的，就会一直实行下去，不会没来由地折腾。可能为了节省时间成本，也可能没有人需要从这种‘虚忙’里制造政绩的泡沫。”看看我们，决策者有多少人有这种远见卓识？有多少珍贵的历史遗产和文物古迹，是我们经手破坏和埋葬掉的？可是我们似乎并不惋惜，并不觉得是个大不了的事情。

不要一听到有人说“变化太大了”，就乐得合不拢嘴，以为那里面包含着120%的表扬和赞美。有时候，人家说不出来或不屑于说就是了。其实，变化也是一柄双刃剑。可以变好，也可以变坏。不好的事物和制度，当然要变革，要改造；而对于好的东西，最佳的选择却是保持和维护。这就要借鉴人家瑞士人的经验了：坚决执行原则规定，而且一条道走到黑，走到底。不，是走到亮，走到光明。

一个民族要继承、光大其特点和传统，除了抵御外来的殖民、同化以外，其本身还要坚持自己的立场、原则。这种立场是一贯的、始终的、一成不变的，无论如何也得咬紧牙关守住，甚至要像打仗一样，做到人在阵地在。

我们不得不佩服瑞士人的远见卓识，不得不佩服他们在原则面前的固执己见。正是因为有了这一切，他们才永远拥有一个美丽的日内瓦。

（原载《大公报》2017年3月5日）

读什么，怎么读？

柳士同

近年来，提倡“阅读”的呼声与日俱增。许多有识者都强烈地感觉到，当今的社会普遍地存在一种不读书、不愿读书的现象。与世界上许多发达国家相比，我们的阅读率实在太低了。据媒体披露，近年来我国成年国民纸质图书阅读量每年仅为4.77本，远低于韩国的11本、法国的20本、日本的40本和以色列的64本。尤其对于一个年出版量动辄三四十万种图书的国家来讲，“4.77”这个数字就越发显得有些寒碜。不过，这个数字似乎还不能完全说明问题，因为所指的“纸质图书”包不包括杂志在内。书的厚薄不一，100页是一“本”，500页也是一“本”，仅以“本”计算似乎太笼统。其实，人们读书不仅仅在于读多读少，更重要的是读什么和怎么读。那些有着丰厚的知识容量和睿智的思想深度的书，一个人哪怕一年真能认真地阅读完五本，也算不错的了。而对于那些文字垃圾，恐怕读得越多反而危害越大；即使某些好书，若只顾走马观花或一味死记硬背，那读了也是白读。

所以，在笔者看来，多读书是件好事，但更重要的是应该懂得读什么和怎么读。读得少一点不要紧，怕的是书倒是读了不少，结果读的多半是些文字垃圾，那就不如不读了。有位外国汉学家不是曾经说中国的当代文学都是些垃圾吗？这话说得似乎有些绝对，但仔细想想倒也不无道理。几十年来，我们出版的那些粉饰现实歪曲历史，充满了谎言和假象的作品，难道不都是些“垃圾”吗？这些垃圾文字对丰富我们的知识、提升我们的思想、陶冶我们的性灵有丝毫益处吗？所造成的社会影响恐怕只能是负面的吧？按理说，随着时间的推移，随着人们思想认识和审美品位的提高，书籍在流传中会自然而然地存优汰劣。然而，事实并非如此，有许多文化糟粕不仅未被淘汰，反而大有死灰复燃卷土重来之势。就拿被今人所热捧的《弟子规》来说吧，它不过是清代一个叫李毓秀的乡间秀才所撰，跟“经典”根本就不沾边儿！

当年之所以得以广泛流布，不过是因为它的内容切合清朝统治者控制人们思想的需要。倘若今天我们还让小学生乃至成年的员工来阅读和背诵，岂不是在扼杀儿童自由烂漫的天性，让广大民众都成为俯首帖耳的驯服工具？人类社会虽然积累了极其丰富的文化宝藏，但真正能列入“经典”的毕竟是少数。为沽名钓誉，不少伪经典便乔装打扮鱼目混珠，更有无数所谓“阐释”经典的文字狐假虎威招摇过市。比如儒学，被孔子认作经典的仅有“六经”（《乐经》亡佚，只剩“五经”了），可两千多年来，注疏传笺的文字却已汗牛充栋，其中叠床架屋、误读曲解者颇多。至于那些为维护专制统治定制的各种“鸡汤”，除了让读者越喝越迷糊之外，真不知还有何用。

实际上，即使对于“经典”，我们也不能奉为圭臬盲目接受。就连孔子都坦承他宣扬儒学的目的就是“固王位，束苍生”，我们今天岂能再用四书五经来束缚我们的思想？再说了，我们读书没必要也不可能只读经典。古时之经典未必能成为现代之经典，同样，今天被认作是“经典”的，明天未必还是“经典”。书的质量差别是客观存在，不朽之作毕竟是少数。关键在于我们怎么去读，如何深入地去思考文本的内涵；不能一味地追求读得快读得多，更不能照本宣科死记硬背。比如，今年春节期间央视连续播出的《中国诗词大会》，名曰弘扬中华传统文化，实际上不过是比比谁的记性好反应快罢了。对那些出口成诵的诗词，参赛者是否都理解了呢？不得而知。往往是主持人还没把问题问完，所列的相关条件才说出一半，参赛者已按动按钮“抢答”了。这难道是一种可取的学习态度吗？夺冠者是位年仅16岁的女孩，据称已能背诵2000首诗词。试问，对这两千首诗词，她究竟真正读懂了几首，抑或说有几首她是真正领悟到了其中的诗意的？我们常说中国是一个诗的国度，此言不虚。可中国诗词所印证的数千年中国历史、所内蕴的历代中国文人的心路历程，参赛者又有几个从他们所背诵的诗词中领略到了？更不要说去体味每一首诗词的艺术造诣。这类“诗词大会”，往往将知识碎片化、经典娱乐化，对于青少年学习古典诗词并无多少裨益，弄不好还会误导人们的阅读。对一些经典著作，倘若学习时只知道死记硬背，将来研究时势必就会自以为是地妄加阐释，某些不良的学术风气恰恰就是这样逐渐形成的。真正的阅读，乃读者和作者之间，远隔时空的一种精神交流。这里既有领悟与共鸣，又有质疑和批判。在阅读过程中，感性和理性均不可或缺，前提则是独立思考而不轻信盲从。

鲁迅先生在《拿来主义》一文中曾说，“我们要运用脑髓，放出眼光，自己来拿”。此话同样适用于阅读，只须将“自己来拿”改成“自己去读”就行了。

（原载《社会科学报》2017年4月20日）

败将的脸谱

周　彪

少年时读《水浒》，对一个又一个大宋军官前赴后继征讨梁山好汉的情节印象深刻，他们出征时无一不是信心百倍，发誓要一鼓作气荡平反贼，两军相逢时无一不是大义凛然，大骂“反贼”，可几个回合后落马被俘，脸色就变了，经不住宋江几句好言相慰，刚才还正义凛然、横枪立马的朝廷命官立马就伏地而拜，和宋江称兄道弟起来。老实说，每每看到这一幕幕相似情节时，年轻的心灵对宋江的人格魅力有一种顶礼膜拜的神往，甚而至于有一种隐隐的遗憾——生不逢时啊！要是自己生在北宋末年，哪怕山高路远也会投奔到公明大哥麾下去。

中年再读《水浒》，理性多于感性，对大宋军官的“变脸”之快，有些不一样的感受。心中常常生出这般疑问：那一干归降宋江的朝廷军官究竟是感于宋江的“大义”呢，还是奉行“识时务为俊杰”的活命逻辑呢？我以为属于第一类情况的几乎没有，更多的是属于第二种情形。勉强归入第一类情形的，小李广花荣、镇三山黄信可以凑数。如果不是知寨刘高设局相逼，他和宋江的关系顶多是江湖朋友而已，至少不会那么早上宋江那条贼船，毕竟朝廷命官和江湖豪杰是两个完全不同的概念，身份转换上有诸多障碍。黄信呢，受恩师秦明“拖累”，顺水推舟上了宋江的贼船。属于第二类情形的占多数，呼延灼、关胜、索超、董平、宣赞、韩滔、单廷圭、魏定国等皆可归入此类。他们都是正儿八经的食君之禄的在职军官，有的还是“将门之后”，落草为寇的心理障碍有多大可想而知。以关胜为例。当关胜领兵讨伐梁山，阵前见到宋江时，立马义正词严：“汝为俗吏，安敢背叛朝廷？”听了宋江的辩白后，大喝：“天兵到此，尚然抗拒！巧言令色，怎敢瞒吾！若不下马受降，着你粉骨碎身！”可谓言辞厉厉、威风凛凛，完全是一个正统观念、国家大义的捍卫者。可兵败被俘后，他的面孔就大不同了。当宋江以礼相待，好言抚慰时，他“连忙答礼，闭口无言，手足无措”，当呼延灼“前来伏罪”时，他的内心早已动摇，但他得找个台阶，于是装模作样地征求起手下二将宣赞和郝思文的意见：“我们被擒在此，所事若何？”当二人答道：“并听将令。”此时，关胜虽已有打算，但还得撑撑面子，邀手下二将一同赴死，对宋江道：“无面还京，俺三人愿早赐一死。”宋江道：“何故发此言？将军倘蒙不弃微贱，一同替天行道。若是不肯，不敢收留，只今便送回京。”关胜道：“人称忠义宋公明，话不虚传。今日我等有家难奔，有国难投，愿在帐下为一小卒。”这段对话虽然不长，但咀嚼一下信息相当丰富。关胜为何“求死”？首先是做给手下二将看，毕竟他是主将，如果爽快地归附宋江，担心会被手下瞧不起；其次是做给宋江看，我关胜并不怕死，我不是怕死才归附你；第三是回去也难免一死，与其死在朝廷手中，不如死在宋江手里。“无面还京”就是最好的注脚。一个“将门之后”“朝廷命官”，身负王朝重托，信誓旦旦，要荡平贼寇，结果丧师败绩，即使被宋江放回去，也是败军之将，罪责难逃、性命难保。“有家难奔，有国难投”表明关胜是一个“清醒的败将”，既然回去也是九死一生，还不如先活下来再说。

如果要在水浒败将里找一个“识时务者为俊杰”的典型，我认为关胜应当是首选。秦明、朱仝是被梁山好汉设计逼上梁山，董平则与长官不合被俘后受到优待归顺宋江，其他降将，虽然最初和梁山好汉对阵时个个直性子，张口便骂、挺枪便刺，但兵败被俘后，归顺起来也同样爽快，双膝跪地、口喊大哥，没有关胜那么多弯弯绕绕。

少年时读《水浒》，没有注意关胜归顺宋江时的那么多细节，只是觉得连关羽的后代都投到梁山阵营真一个叫爽，当然更不会去想那一干朝廷败将为何会归顺得那么爽快，变脸得那么迅速。中年读《水浒》才稍稍明白，那一干降将都是另一个江湖中人，都是“识时务”的“俊杰”，什么时候说什么话，什么时候做什么选择，都是心中有谱的，变脸如翻书，乃本能驱使，不足为怪。古往今来，古今中外，这般“江湖中人”数不胜数。

透过《水浒》里大宋军官兵败后的脸谱，可以窥见遥远的大宋王朝军官队伍的素质，也就能够理解商业发达、经济繁荣的大宋王朝，为何会有“靖康之耻”！所幸《水浒》是小说，并非真实的历史，不然真的可以推导出很多让人惊诧的结论来。

（原载《杂文月刊》2017年第8期上）

关于诚信的成本核算

王国华

《庄子》中讲，“尾生与女子期于梁下，女子不来，水至不去，抱梁柱而死”。一个叫尾生的人，和美女约好在梁下见面。这里的“梁下”，可以理解为桥下。上游发水，淹没了桥，而女子还没来，尾生抱着柱子，不肯离开，被活活淹死。这是一个感人的爱情故事，更是一个感人的诚信故事。但为什么像尾生这样的古人这么轴？不懂得变通？

主要是违信成本太高。如果不诚信，后果会很严重。尾生找个地方去避雨，女子来了怎么办？那时候没有电话、手机、微信，联系不上。即使距离不远，电闪雷鸣的，她来了也看不到你。互相看不到，等于你没来，你就是违约了，再也没有机会了。或曰，我先躲到安全的地方，她来了喊一下就行了。我小时候生活在农村，相信三四十岁以上的人对没有手机的生活还有记忆，通信基本靠吼。喊一嗓子最多几十米远。再说，一个女子，在荒野里大喊大叫另外一个男人，也不现实。古人要比现在的人有羞耻心。交通基本靠走，君住长江头，我住长江尾，终日思君不见君，共饮长江水。这么远，约好了某月某日在哪里见面，人家得提前多少天准备行李，苦苦走好几个月，舟车劳顿，到了那里，你有事来不了，让人家在那里干等？你这不是耍人家吗？对人家的伤害太大了，两人以后就只能断绝来往。要是现在，打个车，乘坐飞机，一会儿就到了，临时有事，打个电话，也能提前通知一下。

古人安土重迁，出行成本高，联系成本高，所以事先约好的，必须遵守。做生意也是如此，因为出行不易，很多人一辈子最远去过县城，生活圈子就是四邻八乡或者某个村子。你在这个村子里做生意，没有流动人口，你的客户基本就是村子里的人，完全靠他们这些回头客。你不讲诚信，缺斤短两，用“地沟油”，用耗子肉冒充猪肉做包子馅，万一走漏风声，顾客口口相传，谁也不来了，你的生意就黄了。村民是你唯一的朋友圈，他们没了，你的消费群体就没了。现在不一样。在这里骗完了，换个地方继续骗，中国这么大，骗了这一拨人，还有下一拨；中国人这么多，够你骗一辈子的。好在信息发达了，微信、微博成了便捷的沟通方式，无论你在天涯海角，一个微信就把你勾回到现实中。你骗吧，大家在朋友圈里一发，如果你足够恶劣，全天下的人都知道了，你越恶劣，传播的速度就越快。所谓地球村，就是这样，又回到了大家生活在一个村子里的时代，办了坏事，不讲诚信，让你无处躲藏。

人们讲诚信，不仅是个道德问题，更是一个经济问题。失信就要进行成本核算。你不讲信用，有可能吃亏。趋利避害乃人类本能。你告诉百姓这样做会有好处，他当然愿意做。若是把诚信当成一种必然损害自己利益的行为，时间长了，人们一定避之不及。《渑水燕谈录》记载，宋朝官员王元之替西夏王朝的奠基者李继迁主持起草了一个文件。李继迁送给他五十匹马做润笔，润笔就是稿费，这里可以理解为劳务费。古代没有什么“反四风”的概念，这种费用可以正大光明地拿。但王元之拒绝了。后来，王元之调任福建，本地一个素有文名的诗人郑褒徒步来拜访王元之。他回去的时候，王元之买了一匹马送给他。当地有人说，王元之买这匹马少给买主钱了。宋太宗赵光义听说了此事，笑道，王元之能推却五十匹马，还能差买主马钱？肯定扯淡。

这里，诚信两个字就有了联系。你诚实，讲信义，就有了信用。连皇帝都帮着他说话。别人信任你，你就好办事。归根结底，诚信对个人是有好处的，是有利的。

汉代的并州（今太原）太守郭伋，出巡西河一带，路遇一帮玩耍的儿童。闲聊时，儿童们很喜欢这个和蔼的小老头，便问他什么时候返回。答曰某月某日。儿童们说，好啦，那天我们会在这里迎候您。数日后，郭伋返回，走到此地的时候，想起跟儿童们约定的日期还差一天，便夜宿野外的亭子中，等待约定的日期。《古文观止》中对此评价道：“以太守之尊，与竹马童儿道旁偶语，乃以不肯失信于儿童。先归一日，宁止野亭以候期，可谓信之至矣。”

孩子没有报复能力，失信于孩子，欺骗孩子，违约成本最低，危险也最低。作为一个太守，他的身份比这些乡村孩子高很多。但他依然遵守承诺，证明他有敬畏之心，他敬畏信用，把信用当成自己的行为标准。他这么做就会形成良好的示范。孩子们会有样学样，深受其遵守承诺的影响。我们常常教育孩子要怎样怎样，其实说一千道一万，不如做给他看，所谓言传身教，身教重于言传。

孩子们都讲信用，规则就建立起来了，对社会发展自然有利。所以，说“诚信”两字的时候，以利益明示之，不是什么坏事，而是符合人性的。

（原载《证券时报》2016年12月21日）

我们需要更多的“不成功”

梁　煖

近日，工商总局、教育部、公安部、人力资源和社会保障部四部门印发的《关于开展以“招聘、介绍工作”为名从事传销活动专项整治工作的通知》指出，开展为期3个月（8月15日—11月15日）的传销活动专项整治行动，严厉打击、依法取缔传销组织。这样的力度可以说是前所未有，在三个阶段的行动中，大学生群体被提及三次，可见十分重视。整个八月，被诱骗至传销窝点的大学生死亡消息不断见诸媒体，非常沉重。

用高回报为噱头，以产品为幌子聚集钱财，通过层级制、拉人头等形式，传销这一商业社会的“恶之花”畸形发展，并逐渐成为毒瘤。利欲熏心是陷入传销后的典型表现。在很多媒体的报道中，很多人到后来主动不愿意离开传销组织，是想把损失的钱财再给“赚”回来，他们相信自己不会是最后一个被骗的人。

2016年的魏则西事件让人唏嘘，急需治病的魏则西相信了百度搜索竞价而来的排名第一的“莆田系”医院，导致病情被耽误，最终死亡。“莆田系”医院通过各种运作把自己包装成最好的医院，利用治病心理进而忽悠别人。而使用互联网，借用知名企业名号，通过简历招聘大学生的传销假公司，很大部分是利用了大学生对知名企业的渴望，经济压力如急于改变自身口袋空空的困境和奋斗的需求，加上高薪的诱惑，一步步诱导他们进入传销，偏离正常应有的人生乃至导致如此多悲剧的发生。

求职少年李文星之死撕开了传销的罪恶。在误入传销组织前，李文星曾经有不少机会可以回头，也不是没有怀疑过。媒体报道中，在前一份工作薪资不如意的情况下，“认为将来能拿到30万以上年薪”、对自己经济上有着远大目标的李文星开始急躁，也有了一些盲目。在去传销窝点遍布的天津静海区面试之前，李文星曾经对好心提醒自己的朋友说：“已经没有退路了。”出身农村、贫困、名校毕业，作为家里的骄傲，渴望成功留在大城市，对于李文星来说，他太需要这样的工作。在这样的压力下，李文星其实是不允许自己失败的。

另外，与他一样被同日发现死亡的还有一个大学生张超，他陷入传销组织后染病被抛在路边，最终死亡。张超的家庭背景与李文星相似，有着不小的经济压力。张超的父母是“地里刨食”的农民，面对农村彩礼二三十万的标准，张超想的就是“快挣钱”。“穷啊，小孩就是想赚钱。”张超的亲戚如是说，正是因为这样，所以张超才急切去天津面试。张超的家里贴满他学习路上得来的奖状，这样优秀的孩子，身上充满着家人对他事业成功的期盼。就在出事的前几天，他的奶奶还对别人说孙子找到了一份不错的工作。

世事无常。对于成功的定义或许有很多不同，但是“快速”“钱多”的两大标志应该是不变的。传奇、创富的故事往往最受欢迎，故事里的人白手起家，最后好似一夜暴富，最后都坐在豪车里。依稀记得，在大学新生入学的开学教育环节，学校的大学生职业规划部门通常会请月薪几万或者是在知名企业担任要职的校友回校演讲，让其讲述其奋斗经历，实现其学生身份到社会高薪、成功人士的转换需要的时间和技能等。看似激励，实则是另一种形式的“成功学”。刚进入大学校园就让涉世未深的他们学习如何成功，但是“失败”的教育却往往缺席，甚至到被忽略的地步了。我们的大学生，真的需要着急成功吗？充满诱惑力的“成功”之下，有多少是“不成功”的呢？

学校从来没有教我们如何承认失败，接受失败。如同此前的校园贷的套路，很多人看到原本家境并不富有的同学通过贷款得到了一定程度的经济独立，外表光鲜亮丽，也动心了，没有多一点的谨慎和思考。各大社交群里的谣言通常会带有一句话，“我刚试过了，是真的，你也赶紧行动吧”。在奋斗神话和财富传奇风行的今天，低成本改变命运那是少数，我们理应培养更多理性对待所谓“成功”的孩子，摆脱王侯将相宁有种乎的悲情，开拓更温润、沉静、善意的思考，教会他们如何面对每次的“不成功”，而不是让他们被传销打中人性的弱点，成为集体疯狂的祭品。

（原载《潮州日报》2017 年 7 月 8 日）

让学问行走在大地上

游宇明

做研究的人必须渡过两条河流：一是如何做学术，一是做什么样的学术。

如何做学术，牵涉到的是职业态度，一般的要求是必须诚实，是自己的就是自己的，是别人的就是别人的，不能拼凑，更不能抄袭。这些年，媒体之所以对“论文拼凑”“学术抄袭”大加鞭挞，本身就有为学术原创清场的意思。做什么样的学术，关注的是学术质量，它要拷问的是我们的学术成果能否“有用”。回答是肯定的，学问就有意义；回答是否定的，学问的意义就值得怀疑。

之所以想到这个话题，是因为最近读到郑戈写的一篇介绍美国哲学家查德·罗蒂的“惊世预言”的文章。1998 年，理查德·罗蒂出版了一本书，叫《筑就我们的国家》，这是根据他 1997 年在哈佛大学所做的讲座内容编辑而成的。书中这样写道：工会成员和未组织起来的非熟练工人总有一天会意识到，他们的政府从未努力采取措施来防止他们工资减少或失业。同时，他们也将意识到，那些住在城郊高尚社区的白领们也很害怕失业，他们并不打算为社会福利交税并让其他人受益。到那时，形势将会恶化，那些生活在底层的选民们将认定当前的体制失效，转而寻找一个强人，这个强人会向他们保证：一旦他当选，社会将不再由自鸣得意的官僚、花言巧语的律师、收入畸高的金融产品推销员和后现代主义的教授掌控。极有可能发生的情况是：非裔和拉美裔美国人以及同性恋者在过去四十年间争取到的权益会付之东流，侮辱女性的荤段子将会再度成为时尚……没有接受过良好教育的美国人对大学毕业生们教导的繁文缛节一直心怀不满，而这种愤怒也将找到一个发泄口。一句话，在罗蒂看来，随着民主党所代表的左翼自由主义政治的异化，未来某个时刻一定会有非主流的“强人”当选总统。罗蒂的预言 2016 年终于印证了，这个“强人”就是从未担任过公职的地产商人特朗普，特朗普的铁杆支持者具有三个特征：男性、白人、贫穷，罗蒂也因此被人戏称为“预言帝”。

我对罗蒂是不是预言帝并不关心，我感兴趣的是他学问中的那种“烟火味”。罗蒂的学术没有凌空蹈虚，没有一套一套的让人只能猜谜的概念，他只是实实在在地告诉我们：美国的问题出在哪里，应该如何面对，不解决会有怎样的事情出现。换句话说，他做那些讲演，出这么一本书，不是为了完成某个课题，更不是为了评职称，换取某个荣誉称号，而是希望为社会开出自己的药方，使之变得理性、善良、公正。美国社会虽然没有按照罗蒂的思路去走，但特朗普的当选却证明了一个知识分子见识的卓绝和对社会的不凡意义。

说到这里，我们还得谈谈如何理解“学术原创”的问题。学术无疑需要原创，没有原创，学术就会失去起码的价值。不过，除了原创，学术还得建立在有益世道人心、有利社会远行的基础上，它必须与我们天天生活的世界发生血肉联系。如果我们的学问只是为标新立异而标新立异，对社会的物质与精神没有半点实际的帮助，它就不应该领取“准生证”。我这样说并非多此一举。事实上，有“原创”而无价值的学问在我们的生活中并不罕见。比如早年有人说：中国人的图腾龙张牙舞爪，不符合现代文明的要求，他要去研究出个新图腾来，这样的“原创”就是纯粹的垃圾。道理很简单：民族图腾是历史形成的，而不是某个学者在书斋研究出来的。就算你研究了出来，也没有谁去膜拜，成不了真正的图腾。

真正的学问永远是行走在大地上的。

（原载《联谊报》2017 年 2 月 7 日）

孩子，你就是我们的精神家园

丁　辉

晚明张岱有名言曰：人无疵不可与交，以其无真性也；人无癖不可与交，以其无真情也。我说：一个人面对小孩子若从无感到羞愧，亦不可与交，以其无真性情也。

几乎所有宗教都推崇小孩子，自然是不无缘由的。笔者小的时候夜间乘凉，铺席子于乡场上，躺在上面仰望星空，幼小的灵魂便开始了与宇宙的对话。其实我们每一个人都一样，是先体会到深邃与浩瀚，然后时隔多年之后，才知道"深邃"与"浩瀚"这两个人间词语。面对深邃、浩瀚的星空，便是在面对这个世界至深的秘密，那种惶惑、恐惧中夹杂着憧憬与向往的感觉其实就是所谓"诗情"，只是还无法找到适当的表达的出口。

我现在年已过不惑，可每当想到"无限"这一类词的时候，我的感觉便是又回到了童年，或者说是与多年前、乡场上、星空下那个幼小、孱弱、惶惑、无助的灵魂重又建立起精神联系。无限？无边无际？有某种东西没有边界，无所谓开始，也没有结束，多么不可思议！这些"不可思议"显然远远超出人类的理解能力。

据说，人在没有学会直立行走之前，像动物一样四脚爬行。后来学会了直立行走，此一人类进化途程上的关键一步，于人类的意义并不全是生产劳动意义上的；人一旦直立起来，便第一次看到了天空，也便开始了对意义的眺望，并以此和动物世界划清了界限，而意义问题便是人活在这个世界上的至深的疑难。然活在喧闹的市廛，置身于钢筋水泥的森林，你已有多久没有仰望星空？借此或可测量出我们成人跟孩子之间的距离，其实也是我们迷失的路程。

佛家常把人的心灵比喻成一面镜子，所谓"心如明镜台"；这岂不意味着，人的心灵原本如明镜，能照见这个世界的真理（佛家讲"佛"，讲"真如”，基督教讲“上帝”“神”，名目不同，其指则一），后来所以不再能照见真理，皆因这面镜子上蒙上了灰尘，也即我们人的各种欲念；修行的过程无非即是把心灵这面镜子上的灰尘擦去，让它重现光明，从而也重新照见这个世界的真理。这或可用以解释所有宗教所以都异口同声地赞颂孩童——孩子的心灵宛如明镜，面对这个世界的至深的神秘，每一个孩子都是诗人。

小孩子无知无识，只是我们成人那点可怜的所谓“知识”果真值得夸耀？小孩子的无知无识固然可以说是一团混沌，但也可以说是一片澄明。泰戈尔诗云：“儿童总是居住在永恒的神秘里，不受历史尘埃的蒙蔽。”小孩子往往更能看到这个世界的真相，非成人所能及。我曾在文章中谈及战争文学的儿童视角，以小孩子的眼光来表现战争甚至成为文学的一个叙事母题。成人拥有了关于爱国主义、民族主义、阶级斗争等诸多的“知识”，于是成人之于战争，重要的是分清哪边是“我们”，哪边是“敌人”，哪边是“革命”，哪边是“反动”；小孩子不懂这些，小孩子看到的是：人在杀人。而“人在杀人”正是关于战争的“真相”和“常识”。

有一个现象是，近代以来，伴随着西风东渐而起的，便是多有诗人赞美孩子，甚至视孩子为灵感的源泉，为人生的轨范。清代诗僧八指头陀诗曰：吾爱童子身，莲花不染尘。骂之唯解笑，打亦不生嗔。对境心常定，逢人语自新。可慨年既长，物欲蔽天真。丰子恺曾把这几句诗刻在自己的烟斗上，丰氏本人亦曾曰“天上的神明与星辰，人间的艺术与儿童”，此亦人间难得的得道之语。

“我见到的人越多，我越是喜欢狗。”说这话的是法国大革命时期的罗兰夫人。罗兰夫人的另外一句名言“自由自由，多少罪恶假汝之名以行”曾让我感受到思想的力量；但我还是要对她的“人与狗”之说深致不满，因为在生理学意义上小孩子也是“人”，这句话对小孩子并不公平。所以我愿意把这句话改为“我见到的人越多，我越是喜欢孩子”，这一来像是犯了逻辑上的毛病，难道孩子不是人？你说对了，孩子不是人，是神。虽然孩子终有一天会长成“人”，让人尚堪告慰的是孩子会一代代生出来，所以我们人也就永远不会缺少可以照见我们的丑陋的一面镜子。

我们经常被要求向这、向那学习。其实我们最应该做的是向孩子学习。父亲节那天，女儿在她的星期作文里表达了对父亲的感谢。孩子，你哪里知道，是我们做父母的应该感谢你。自从有了你，我们是多么幸福！而这幸福是你赐予我们的。你非但赐福我们，你且教育我们。在你的“绝假纯真”（明李卓吾语）面前，我们的算计和贪欲、奔谒和荣宠、忧患和得失，乃至我们的焦虑与苦恼，甚至我们的暧昧的努力与进取，非唯可笑，亦复可悲。《红楼梦》里说“身后有余忘缩手，眼前无路想回头”，孩子，你就是我们的救赎之路，你就是我们的精神家园。

放眼当前，如狼似虎的教育已然成为孩子们的噩梦；穷凶极恶的生意经已然使得孩子沦为我们成人利益游戏的牺牲。我是在一个对不起孩子的时代里，写下我对孩子的赞美。不合时宜是显然的。向孩子学习，最起码对孩子心存一份愧疚和敬意——套用台湾作家杨照最近一篇文章的说法——“至少可以使我们少浑蛋些”。

（原载《杂文月刊》2016 年第 11 期）

看　　云

——英伦随想

傅国涌

回到杭州，连日不见蓝天白云，即使有阳光，天空也是灰蒙蒙的，分外怀念在英国的旅途中，蓝天白云带给我们的那种惊喜和安慰。出门之前，其实没有期待，因为时序不对。1936 到 1937 年曾在英留学的储安平就说，英国有半年晴朗、和暖、美丽，半年潮湿、阴寒、晦涩，而我们正好赶上后者。1 月 31 日出发前在网上查天气预报，未来的十多天几乎都是雨天，偶有两天是多云。没想到前人的经验和天气预报也有不管用的时候，从 2 月 3 日，我们出伦敦去剑桥的那天起，整个旅程中，有阳光的日子占了大多数，以致有同行者怀疑英国到底是不是那么会下雨了。因为天晴，无论是在乡村，还是小镇、城市，一路上，看到的都是蓝天白云，尤其是那大团大团的白云，大朵大朵的白云，真是久违了。小时候，在故乡山里时常可见，那云悠闲极了，安静极了，是画家的笔画不出来的，在中国的山水画中，很少看到有画云的。诗人写云的倒不鲜见，“白云千载空悠悠”，我们远隔两万里，在异国看到曾是那么熟悉的蓝天白云，产生的究竟是一种空间的距离感，还是时间的距离感？我说不出来。但我心中有一个强烈的念头，如果生命中常常有这样的蓝天可看，白云可看，就当满足。定居英国的一位朋友却说，我们看惯了，已经习以为常，不觉得什么。

就是在同样的蓝天、同样的白云下面，在空间隔绝的情况下，两个不同的民族发展出了极为不同的文明，当 1793 年，英国派遣马戛尔尼勋爵带领的使团来到中国时，彼此之间几乎一无所知。马戛尔尼对中国的观察即便今天看来依然不失参考价值，当时正处于所谓的“康乾盛世”末端，他却说：“帝国已发展到不堪重负，失去平衡，不管它多么强大有力，单靠一只手已不易掌控局势。……无论何时出现民变，鞑靼统治者都必将进行血腥镇压，……从奴役到自由，从奴才到主子很难稳妥、慎重地突变。地位的每次变化应当温和渐进，否则必定会害及自身，别人也不会允许。取得自由须有充分的准备，……因此中国人如不是逐步获得解放，而是放任激情奔流，必将掉进蠢行的环境，为自己的种种疯狂行动伤害，最后发现不能像法国人和黑人一样享有自由。”

马戛尔尼指出的从奴役到自由之路，取得自由须有充分的准备，是中国人那时尚未思考过的，而对英国人来说，早在1215年他们就有了《大宪章》，千百年来，他们迈向自由的脚步都没有停下，他们的知识分子也一直在思索自由的问题，并形成文字。我想到弥尔顿，首先不是因为他的《失乐园》，而是他的《论出版自由》。他不无骄傲地宣告，说英语的民族在自由方面的成就是独步古今的。他要为他所珍视的言论出版自由辩护，他认为，“杀人只是杀死了一个理性的动物，破坏了上帝的像；而禁止好书则是扼杀了理性本身，破坏了瞳仁中的上帝圣像”。这本小册子的中译本不过五十多页，却有着穿透时间的力量。小册子是他1644年写成的，中国正处于满族八旗兵入关、明王朝灭亡的那年，中国还没有人思考同样的问题。在弥尔顿之后，又有约翰·密尔写了《论自由》的小册子，那已经是1859年，四十多年后，这本书被留英出身的严复译成中文时叫《群己权界论》，从时序上说，中国读者先读到的是约翰·密尔的《论自由》。

马戛尔尼是在那样一种民族文化里成长起来的，他看待古老中国的眼光也自不同。中英之间经过两次鸦片战争已有了最初的认识，但是对于英语民族孜孜以求的自由，我们依然无比陌生，对于《论自由》中做出的论断：“国家的价值，从长远看来，归根结底还在组成它的全体个人的价值。”直到今天对于多数人而言恐怕还是一笔糊涂账。

二战期间，萧乾在剑桥大学，一度住在距剑桥小镇不远的弥尔顿村，这个村名也许与弥尔顿毫无关系，不过他早年曾在剑桥上学，剑桥上空的白云是否引发过他对自由的遐想，也不可能去追问了。

在英国的日子，我看着那些无忧无虑的白云，常常想起的是三十年前在故乡的蓝天白云下读过的那些书，其中有弥尔顿的、密尔的，也有洛克、休谟、亚当·斯密的，他们的所思所想与中国的先贤是如此不同，联系到马戛尔尼说的取得自由须有充分的准备，他们的研究、思考和写作，无非都是为争自由所做的准备，却在无意间启发了其他的民族。相隔百余年乃至数百年后，一个中国读者来到他们的故乡，看到的白云不正是他们看到过的吗？云还是昔日的云，他们的思想也如天上的云静静地在那里。

（原载《今晚报》2017年4月30日）

你的苟且或是他的诗与远方

刘诚龙

世界那么大，我想去看看，看了则如何？世界客房那么远。

这不是我活得多，感慨就多，我活得多，感慨一直不多；见到的都是别人在活，顺便替别人感慨。各位还记得两年前，河南省实验中学顾少强老师吗？顾老师曾以十个字，载入“史册”：世界那么大，我想去看看（人称史上最具情怀），你在远方，还好吗？

还好，还好。两年后，顾老师，呵呵，应该称顾老板娘吧，在四川成都郊县一个叫街子的古镇，开了一家“远归客栈”；去年底，生了孩子小鱼儿。“现在，每天，她早上带小鱼儿去市场赶集买菜，新鲜的蔬菜水果，放心的猪肉，和当地人一样过着简单的生活。下午，带小鱼儿去老街逛逛，和镇上的小朋友玩耍。傍晚，带小鱼儿去广场看跳舞，几千年的银杏树就在眼前。”

嗯。这就是顾老师的诗与远方？相夫教子，买菜煮饭，逛逛老街，看看广场舞，各位，这不也是你目前的生活？我看到顾老师一张比较“远方”的玉照是：顾老师背后是一处小湖（小得有点像口塘噢），湖后是一片花山（山有点小啊，菜园一般）；而非常“远方”的是：顾老师腹前，箍着一片围兜，围兜里有个袋子，袋子里装着“小鱼儿”，顾老师笑得挺腼腆，小鱼儿笑得挺开心——这或许是最具远方感的诗了吧？

是挺远方的。山区那些农村的新妈妈，用的不是围兜，是小背篓，小背篓晃悠悠，多少次孩子睡在背篓里，尿湿了妈妈的背；我老家没那小背篓，只有簸箕与谷箩，我娘去高诗拗（诗是同音词，老家肯定不是这么写的，我且诗意一下）上锄红薯土，便一头压块石头，一头挑着个人头，一路晃悠于开满鲜花的山路——这个这个，离我挺远方了，想来蛮诗意啊。

想着这诗意，我的心充满惆怅，不为别的，只为那弯弯的月亮，只为那今天的村庄，还唱着过去的歌谣。我老家很多像顾老师一样的姑娘与新娘与初为人母的蚕娘，在今天的村庄，依然过着这种生活，她们的谷箩与簸箕里，担着孩子，也满溢着幸福，不过，停锄拄下巴，月夜坐西窗，她们也遥望着城市里的红男绿女，无限羡慕，时不时粉拳捶着她男人：你有没有本事，带我去远方？农村是广阔的天地，那里大可作为，可是，亲爱的，谁想在广阔的天地里大作为？多想的是在小小的车间，在小小格子间，耳不听流水单曲回放，脚愿在流水线双腿来回。

车间与格子间，恰是我往复站啊，来回走啊，让人想剁穿的地点，我苟且生活的地方，便是他期待着的远方？我的远方一点也无诗意；我现在也相信，我想象中的远方，也定然是吃喝拉撒，衣食住行，柴米油盐，说话聊天，拽坝扶锄，案牍码字，与老婆大吵三六九，小吵天天有；老婆是别人的好，你也是他人的别人——他人是你的远方，你也是他人的远方。

我丝毫没有取笑顾老师的意思。跟你讽刺我的不一样，我对顾老师格外羡慕嫉妒恨，以前的顾老师吃“国家粮”，住省会城市郑州，而她毅然辞职，去了一个小镇，自食其力，嫁作人妇，洗衣做饭，相夫教子，享受恬淡、巴适、安然的生活。

我敬佩顾老师的是，她曾经有过远方，放弃眼前的苟且，去寻找自己的诗意，这要有胆量，要有闯劲；我更敬佩顾老师的是，她不曾永远都望着远方，放弃远方的诗意，来过着自己的苟且，这要有定力，要有担当。若是嫁了老公，天天在路上，若是生了孩子，夜夜去他方，那生活如何过得下去？

我想说的是，人生要有远方，人生尤要过好日常。清朝张履祥曰：“米盐妻子，庶事应酬，以道心处之，无非道也。”生活中，我们最应该学习的，复习的，温习的，是习以为常的日常课。辞职一回可，二回可，三回四回，还可？离婚一回，可，离婚二回，可，三回四回，还可？出走一回可，出走二回可，出走三回四回，还可？熟悉的地方没有景色，去了不熟悉的地方，变成了熟悉的地方，也一样没有景色。

远方是提供我们过脚的，不是给我们落脚的。我们要去远方看看风景；但生活不会都是风景，看一看，你就回归吧，生活永远是日常。与永远在路上之标语比，我更喜欢：永远在日常。“把念头沉潜得下，何理不可得？把志气奋发得起，何事不可做？”下班回家，把卷书房，那三尺之地，也是天宽地阔；清早上班，钻研一事，那枯燥流程，或也事功流传——把一件事做得最好，你就走得最远——不是地走得多远，才算走得远，而是事干得多好，你才能走得多远。不是你走得多远，你生活才过得好，而是你生活过得多好，你人生才走得多远。

要把念头沉潜下去，要把志气奋发起来，则不论在远方，还是在脚下，理都可得，事都可做。我们多想想活在当下吧，不老是想着玄远；我们多想想活在现场吧，别老是想着梦幻。世界哪里大？当下为最大；世界哪里大，兴趣为最大；世界哪里大，热爱为最大；世界哪里大，事业为最大；世界哪里大，孩子爱人为最大；世界哪里大，日常生活为最大。

这话酸？不酸；这话不酸？也酸。远方挺酸的，日常自也酸，生活本来就是酸甜苦辣。可是，安顿我们的不是远方，而是日常。

（原载《黑龙江日报》2017 年 7 月 5 日）

古典诗词与文化自信

阮　直

上海复旦大学附中的16岁高中生武亦姝经过三轮比拼，击败四期擂主《诗刊》编辑彭敏，最终获得央视《中国诗词大会》的年度总冠军。这也让有中国古典文化情怀的人对才女的幻想兑现了，“颜值与才华齐飞”。武亦姝成了众人崇拜的“才女型偶像”。而累计11.6亿的收视率，也让节目的策划者始料未及。

为什么本是古典小众化的中国传统诗词能够以如此大众化的方式脱颖而出？人们都以为当下的民众不再读书，就别说读诗、背诵旧体诗了。央视记者在采访一位观众时，他的回答精彩、准确：“诗词是小众的，但在某些家庭、某个人的心灵岛屿里，诗词却是千山万水，是他们的‘主旋律’。”

65岁的农民王海军，一边摆着修车摊，一边和众人“推敲”诗词语句，如果有帮他改一个字，又改得好，他就请对方喝一瓶啤酒。看到这样直播的画面，让好久没有心头一热的王海军，眼眶湿润了。每个人成长的经历，都有诗心相伴，都有远方与梦想，都有中国古代伟大诗人的召唤，这是人的“诗性心灵”所在。中国古典诗词中的人性温暖、个体真情、细微感悟、准确表达是能穿越千年的，并与当下任何一个个体的人生、命运发生勾连，并在个体面对生活的烦躁、困惑、焦虑时给予他们平静与慰藉。

生活清贫不会低头，可面对经典我们只能俯首称臣，对文化的敬畏是因为我们内心永远矗立着一个个文化巨匠与大师，他们的生命与智慧，他们的精神与风范是民族精神的典范。

诗心的灵感是个体的，而诗意的审美却是共同的，诗歌意境是古今一脉的文化印记，但是当代诗人许多作品却不能赋予我们这样的人生精神给养。从50后、60后到00后，他们的心中都储存着若干首古典诗词，那些脍炙人口的诗句成为了他们共同的文化记忆，构成了审美价值的一致。所以《中国诗词大会》才能让亿万观众跟随节目一起回味那些年背过的唐诗宋词，让我们重温储藏心底的古典韵味。

诗言志、歌咏言。中国古典文学作品的价值是散文大于小说，诗歌大于散文。古典诗词不仅使中华文明在语言文字上达到了登峰造极之美，其创造审美上的“中国意境”更是几千年来中国美学对世界美学的独特贡献。

从“窈窕淑女，君子好逑”的纯真质朴，到“路曼曼其修远兮，吾将上下而求索”的初心不改；从“老骥伏枥，志在千里”的壮志豪情，到“心远地自偏”的自我慰藉；从“黄河之水天上来”的大唐豪迈，到“帘卷西风，人比黄花瘦”的婉约自怜。每一个中国人都能从这些隽永、深情的诗词中得到精神与灵魂上的滋养。

重温传统诗词，不是因为经典在凋敝，也不是借古抒怀，而是这些经典记载着我们民族所特有的精神世界与人文情怀，是我们民族审美方式的独特表达，是心灵永不荒芜的渴求，是我们走向复兴的精神支撑。

北京师范大学文学院教授康震在评价古典诗词时讲道：我们更加坚定了一个信念和事实，那就是中华民族的优秀传统文化，依然牢牢地扎根在民间，这就是我们这个民族文化自信力重要的源泉和来源。

诗歌书写内心，改变需要行动。我们的生活，不仅取决于我们的心态，更有赖于我们的作为。

（原载《中华读书报》2017年2月22日）

托翁的第十三卷文集

邓跃东

如果不去俄罗斯，我是不是一直成天纠结着，为感情上的得失？现在，一切畅通了。这是参观托尔斯泰故居所获得的力量，不是我自己决断的。

几个月前，朋友邀我去俄罗斯，说年轻的时候要走远一些。我觉得此话有道理，看了行程安排，眼睛又大放光，到达俄罗斯的第三天就参观托尔斯泰故居。我在托翁的书里流连太久了，当然要到他栖身的地方去看看。

托翁故居是一座很大的庄园，占地几十亩，高树遮天，绿荫匝地。花草芬芳的后花园旁，是一栋普通的二层小楼，几经修缮，门墙间仍见岁月沧桑。这就是一个思想先驱生活半辈、写出皇皇巨著、点亮世界夜空的地方。现在，小楼全部开放，一层存储生活用品，也供用人居住，还摆着一辆托翁骑过的自行车，跟我们的载重单车相似；二楼是写作、用餐和居住的地方，房间很小，床也很小，但物品整齐，窗台上摆着鲜花。这跟我在托翁自传里看到的几乎一样。托翁是个安静的人，我老远地来看他，他用一片安宁迎接我。

因为是写作之人，我对托翁的书房多看了一会，发现书桌宽大，明显感觉很矮。陪同的友人说，托翁眼睛不好，个子又不高，就把桌腿锯低了，这样才能看清纸上的字。想不到托翁几百万字的著作就是这样弓腰写下的！我退后几步，对着书桌深鞠一躬。友人说，托翁一生只想做个自由的平民，生活上喜欢自己动手，吃苦耐劳，不愿养尊处优。说罢友人带我来到一个玻璃橱柜前，里面摆着一双黑色的长皮靴，说是托翁自己做的。托翁做皮靴，劈柴、赶马、下地干农活等，我在书里读到过，但友人问我，托翁的皮靴除了穿还有一种作用，你是否知道。我纳闷了，皮靴还有穿在脚上以外的功能！他说，还可用来藏日记！

我迷惑不解，对友人说，托翁日记的事我听说过，他有很多真实的想法记录在日记里，原来还给夫人索菲娅看，但夫人觉得他想法古怪，两人说不到一起，后来托翁就不给她看了。索菲娅觉得丈夫不信任她，甚至怀疑丈夫移情别恋。友人接着我的话说，索菲娅经常吵闹，要求丈夫将日记交出来，托翁到处隐藏，最后干脆藏到穿在脚上的皮靴里，但也被夫人发现了。

日记是记录自己灵魂的文字，阅读对象是自己，写作者活着的时候，一般是不公开的，要是他考虑有人阅读，就会写得不够真实。托翁晚年越来越走向真我，只能在日记里自言自语。托翁一再警告索菲娅，再要翻看他的日记，他就出走。但是索菲娅不听劝告，不断吵闹，托翁最后一次发现书房被夫人翻找后，在雪夜出走，再也没有回来！

我心里感受着一种震撼：灵魂是不容任何东西侵扰的。友人说，托翁就是从这个地方出走的，为了自由。我点点头，慢慢地走出小楼，来到前方十余米的地方，安静地端详着，托翁踏上马车的地方，应该就是我此刻驻足的地方吧！

我被什么击中了，脚步软绵绵的，好久没有说话。我心里明白，我到托翁的故居来，不是偶然的旅行机遇，而也是一本日记引起的波澜，我不敢出走，只想出来透透气。

我的思绪陷入悲哀中，偌大一个庄园怎么安放不下一颗自由的心灵。但是，托翁走出了心灵的困境。

托翁的力量从何而来？他晚年是十分忧郁的，他的平民理想无法实现，又无法放弃。托翁离家出走的事我知道，但没想到日记是导火线——他有过几次计划出走，因牵念家庭又都放弃了。他曾在此前三年给索菲娅写过一封信："我已年届古稀，我一心一愿地想着宁静、孤独，如果得不到完全一致的话，至少不要有那种我整个一生和我的良知之间的不一致。如果我公开地离去，那你们又是哀求又是争辩，我会心软的，该实行的不会去实行……索菲娅，让我走吧，不要找我，不要恨我……我将永远怀着爱意去回想你所给予我的一切。别了，我亲爱的索菲娅。我爱你。"托翁是矛盾的，他想出走，又深爱着索菲娅，只好把这封信放进一件家具里，上面写着："待我死后，请将它转交给我的妻子索菲娅。"

我理解托翁的这种纠结，一个有责任心、体会过家庭温暖的人，是不能轻易放弃这处港湾的。托翁给索菲娅的信里还说："直到目前为止，我都未能疏远你们，因为我在想，我要是离开了，对我的尚且还小的孩子，会带来影响，会给你们大家造成很大的痛苦。"我也是这样担心，感情上的事，法院能疏通么？判决能抚平心灵么？

托翁对家庭怀揣着希望，他期望平息风波，把心灵安顿下来。索菲娅却不甘心，歇停几天，又旧事重提，因为托翁将十年的日记放在好友切尔特克夫那里，她要丈夫拿回来，交给她保管；要么就认为托翁在日记里把她写坏了，否则怎不给她看，过去对她有赞美诗，日记是可以看的。激烈的冲突过后，托翁同意拿回日记，但交由女儿塔尼娅，寄存在外地的一家银行。

索菲娅得不到丈夫的日记很不愉快，更加想知道丈夫内心的想法，想着办法要看到他新写的日记。托翁实在没地方藏了，就把日记放到了自己的皮靴里，但在晚上索菲娅照料他就寝时被发现了，又是一场大闹。这次皮靴事件，托翁十分愤慨，再次警告索菲娅，如果还要翻看他的日记，就离家出走，绝不含糊。

为了不留下烦恼的记忆，托翁把这双亲手制作的皮靴送给了大女婿苏霍金。女婿把皮靴摆在书架上的托翁文集后面，因为托翁出版了十二卷文集。他后来对人介绍说，这是托翁的第十三卷文集，专谈自由的！

"要出走，要流浪，要当平民"，索菲娅觉得这种话丈夫说得太多了，实际上是无法做到的。她在自己的日记里写道："我无法不深切地同情列夫给自己和其他人提出的道德准则，但我没有看到，也看不到这些道德准则能在实际生活中实现。"索菲娅想要改变丈夫，时刻洞察丈夫，便一意孤行，最终导致了托翁风雪夜的出走。

想不到，托翁的故居，是一个生命的终点，却又是一个自由的起点。现实是这样，生命的终点每个人是不能知晓的，但自由的起点是可以确立的。

我身上一阵阵地舒松，又一阵阵地寒冷。我点上一支烟，咳了几下，快步离开了托翁故居，不用回头，身后是漫天飞舞的雪花，这世界里，谁能听见我的咳嗽！

（原载《文汇报》2017年5月16日）

“在官，俸金外皆赃也”

沈　栖

大凡读过《官场现形记》《廿年目睹之怪现状》，大体都能窥察到晚清吏治的腐败。其中描写的各色官僚莫不是廉寡耻鲜、卑劣龌龊之徒，诸如做贼的知县、盗银的臬司、媚洋的制台、贪色的候补道、卖官的观察……读这些谴责小说，确实犹如看一幅幅奄奄待毙的封建帝国的社会图卷。“政由贿成”，陕西粮道张集馨《道咸宦海见闻录》以这四个字总结晚清的每况愈下的现状和最终覆灭的成因，还是颇有见地的。

客观而言，“爱新觉罗”刚打下江山时，注重吏治，官场还是比较清明的。大小官员一律按官级拿取“俸金”，即年收入，史书称之为“正俸”或“常俸”。自雍正二年（1724 年）始，实行了“廉俸制”，即除正俸外，另给所谓由“耗羡”转变而来的“养廉银”，而且后者远远超过前者，这便给官场贪腐打开了巨大的空间。

晚清时期，整个官场形成了这么一种态势，“有政则有贿，无贿不成政；有政皆贿，以贿为政”。光绪贵州举人胡东昌曾愤激条陈：“当今之六部各院堂官，具有天良者无几。其平日进署当差，司员之贤否勤劳不问，专以贿赂之厚薄为其优劣。”康熙治吏时有一个极为荒谬的论点：“所谓廉吏者，亦非一文不取之谓也。”以致形成“上以贿求之下，下以贿献之上”的“贿赂公行”的官场颓势。

尤其值得一提的是，清代诸多“陋规”如别敬、冰敬、炭敬、节敬、文敬等，形成了官场灰色收入的常态。康熙五十六年，江西巡抚白潢按要求在奏折中向皇帝禀报自己每年有五项“陋规”收入：一、节礼五万两；二、漕规四千两；三、关规两千四百两；四、盐规一万两；五、钱粮平头银八千两，总数达七万四千四百两。顺治、康熙时代的吏科给事中林起龙曾这样概括一个州县官员所需敬送的礼金：“参谒上司，则备见面礼；凡遇时节，则备节礼；生辰喜庆，则备贺礼；题授保荐，则备谢礼；升转去任，则备别礼。”连以清官著称的林则徐也避之不及，有公然收受“陋规”的劣迹。《道咸宦海见闻录》一书云：“道光二十六年，陕荒，督抚将军陋规常如支送。”其中的“抚”即是时任陕西巡抚的林则徐。张集馨说，支送巡抚大人“每季白银一千三百两”，另有“三节两寿”的“表礼、水礼、门礼，年逾万”。

当然，清代还是有清正廉洁的官吏，如世人熟悉的“天下第一廉”于成龙。这里，我要特别推崇顺治年间在福建任知县的李爔，此人以耿介自矢，从不敢于额外妄取一文钱，他在家书中交代：“在官，俸金外皆赃也，不可以丝毫累我。”李知县不只是自己远离贿赂，还严厉要求家人把各类“陋规”拒之门外，否则便是“累”我——辱了我英名，害了我仕途。他长年穿黑布衣，坐竹柴车，吃糙米饭，其上司以为他家眷多，俸禄不够开销，派人送上千金，还批文给他增加“食邑”，李爔一概谢绝，他说：“贫而不贪，以贫为师。”从这个意义上说，“贫官”与“清官”的距离是非常近的，几可画上等号哩！诚如清代学者戴远山云：“官到能贫乃是清。”

应当指出，封建社会的清官“以贫为师”，虽有“不负民”的动因，但首先他是维护地主阶级的根本利益，使国家机器在封建统治的秩序内运转，其境界自是无法与共产党的领导干部相提并论。尽管两者的信仰、宗旨不同，但“官到能贫乃是清”的为官之道则是古今揆一的。

习近平总书记在省部级主要领导干部学习贯彻六中全会精神专题研讨班上提出：“领导干部必须加强自律、慎独慎微。”“慎独”和“慎微”是一名领导干部“自律”的两个方面，如果说，“慎独”是测定领导干部在私底下、无人时能否做到“心存敬畏”，那么，“慎微”则是考验其在细微处能否做到“手握戒尺”。

大凡贪官在落马之后，忏悔自己堕落往往归咎于两个字：贪欲。从缺失“慎微”而贪欲渐长，最终收受巨额贿赂，这是一批贪官犯事的基本轨迹。北京市委原副书记吕锡文在狱中忏悔时说：“我现在想想，真的是从‘小意思’拿起，一点点地放松、放纵，直至落入万丈深渊了。”试想：没有了“慎微”，人生打开了贪腐的豁口；没有了“慎独”，理性完全让位于欲望，何来抵腐定力？看来，我党的领导干部还得接受“在官，俸金外皆赃也”这一箴言，并不妨列其于座右矣！

（原载东方网2017年3月26日）

留住端午传统文化的仪式感

马长军

农历五月初五是端午节，按照传统习俗，在这一天，人们要赛龙舟、插艾草、吃粽子，进行多种多样的纪念活动。2006 年，经国务院批准，端午节被列入第一批国家级非物质文化遗产名录。不过，记者走访发现，对于大多数人而言，端午节的种种传统习俗渐行渐远，这个节日所留下的仅仅是吃粽子这样简单的意味了。(5 月 28 日《法制日报》)

就跟春节一样，端午节的传统味道也越来越淡了。这让我突然很有感触，包括春节在内的传统节日尽管被列为法定假日，但传统意涵还是越来越淡，关于端午节的传统恐怕没多少人熟悉了，甚至可以说，传统文化的传承正在断裂，不仅在传统节日坚守传统仪式的人越来越少，平时生活中传统文化的影响力也在式微，现在的很多老年人对传统也是马马虎虎应付了事。

就说过端午节吧，北方和南方其实原本有不同的习俗。作为中原地区的河南，相对而言属于北方，30 多年以前，我还在乡村老家生活。端午节那天，我们这里虽然没有什么隆重的仪式，没有龙舟赛也不会包粽子，但一整天的生活自有特色。日出之前，家家门前都插上了苦艾，十五六岁以下的少年儿童都要起早去深深的茭草地用露水净身，回到家里要用泡着石榴花瓣的水洗脸；然后还要在耳朵、脖子、手腕、脚脖抹上雄黄酒，有人还会喝一点雄黄酒；12 岁以下的孩子们脖子、手腕、脚脖全都要系上五色线，胸前还挂着一个包了苦艾叶、茴香籽之类的五彩香囊，这都是母亲们自己亲手做的；早上各家都要煮鸡蛋、蒜瓣；等等。很多老年人对这些事还相当认真，比如雄黄酒抹脖子、手腕、脚脖，每个地方一定要抹够一圈，五色线不是自己掉的话一定要出了五月才剪掉，而且不能随便扔。有人说这都是“封建迷信”，但其中包含的文化价值恐怕不是“封建迷信”能概括得了的，人们对美好生活的追求，对邪恶的抵制，对捍卫人生价值的尊崇，以及家国情怀，等等，就通过这一节日这些仪式来表达。

然而，这些看上去很简单的仪式现在还有谁在乎？甚至没几个人知道了。近几年在学校观察发现，整个小学中，极少有孩子身上佩戴传统端午节的饰物。这是一个县郊小学，问他们端午节怎么过，都说不出什么，也只有个别听说是纪念屈原的，但屈原有什么故事，只有到学校听老师讲一点，而很多老师为了“分数”为了“成绩”，也不肯“耽误时间”多做解释，精彩生动的传统也变得枯燥了。在孩子们眼里，端午节是个吃粽子的节日，一个很模糊的节日。我曾经问老家如今过端午节的情况，乡亲们对传统也知之甚少，除了买粽子煮鸡蛋，好像也没别的内容了。老年人也嫌传统的过节方式“太麻烦”，干脆也就不应付了。这些老年人大多从小就接受了传统属于该打倒直至摧毁的“四旧”文化和封建反动文化这样的教育，哪里还会坚守和维护传统？他们往往已经无力传承传统文化。

“过不过节不都一样吗？”我经常听到这样的说法。随着仪式被遗忘，传统节日的意义也被忽略，传统悄然间就这样被丢弃了。虽然传统节日都要放假，但人们无论对哪个节日，都万变不离其宗地围绕着购物和游玩说事，如此把传统节日简单化，实在看不出文化传承的影子。更何况年轻人生活城镇化乃至城市化，几乎完全颠覆了传统，即便南方热热闹闹的赛龙舟也不过是一道旅游风景，包粽子也只是电视上的饮食节目，而北方的端午节很少有人提起，端午节街上卖的香囊也很少有人光顾。指望正在老年化的乡村，又如何挽救传统？东邻韩国日本保护传统文化的做法也许值得借鉴，但忧虑传统遗失并有志倡导传统的人们，能否不只是坐而论道，而是身体力行给大家认真做个样子重拾传统呢？

（原载湖北日报网 2017 年 5 月 28 日）

高育良，一面艺术的“镜子”

张桂辉

电视剧《人民的名义》播出后，好评如潮，热议不断。不少网友在击掌喝彩的同时，对剧中反派人物之一的高育良，各执一词、看法不一，有的干脆发出“高育良到底是好人还是坏人”的疑问。

仁者见仁，智者见智。但以为，简单的用“是好人还是坏人”来界定高育良，或多或少受到“非此即彼”思维定势的影响。我们知道，文学艺术，源于生活，高于生活。毋庸讳言，《人民的名义》中几个腐败分子，都可以在现实生活中找到“原型”，都足以发人深思、引以为戒。尤其是高育良这个角色，对各级领导干部而言，端的是一面活灵活现、不可多得的艺术“镜子”。

高育良，早年曾任H大学政法系主任，后任汉东省省委副书记兼政法委书记。表面看，他道貌岸然、充满正义，一心为民、冠冕堂皇；实际上，他老谋深算、处事圆滑，隐藏很深、秘密很多。在前面的剧情中，他还是一个清官。直到后面，他才慢慢露出“庐山真面目”。《诸葛亮心书》中说：“夫人之性，莫难察焉，善恶既殊，情貌不一。有温良而为诈者；有外恭而内欺者；有外勇而内怯者；有尽力而不忠者。”高育良就是这样一个以善掩恶、内外不一、尽力不忠的人。

赖昌星当年曾经说过，“不怕领导讲原则，就怕领导没爱好”。领导干部也是人，也有七情六欲以及情趣爱好。但是，领导干部手中有权，倘若不能管控好自己的情欲，不能培育起健康的爱好，就可能“授人以柄”，让人找到“突破之口”。高育良便然。赵瑞龙摸清他的爱好后，立马与杜伯仲联手，使出撒手锏，给高育良送上一个通过突击塑造成为知书达理、善解人意的小可人——原本土里土气的渔家姑娘高小凤。从而，为老高与小高的“浪漫故事”，拉开了序幕。

英雄难过美人关。打从高育良与高小凤讨论《万历十五年》、高小凤倒在高育良怀抱的那一刻开始，高育良就陷进了深不可测、脏不可言的泥潭。而且，随着时间的推移、故事的发展，越陷越深、失去自我。最终，交上“桃花运”、尝到“大甜头”的高育良书记，大笔一挥，批准了美食城项目，且就建在吕州市风景区“月牙河”的边上。在他看来，只要自己活得风光潇洒，管他污染不污染环境……

高育良不愧是法学教授。不但能说会道，而且言之有道。只可惜，他与许多贪官一样，心存侥幸，死不悔改。在大结局中，当侯亮平抱着一线希望，来到高育良办公室，想让他主动交代时，高育良侃侃而谈、滔滔不绝地教育侯亮平：要讲定力，讲原则，讲底线，要留一份敬畏在心中！看别的或许可以模糊，但看底线一定要清楚。不能与法律作对，无论做官为民，要活得踏实，过得安心！多么慷慨激昂，多么义正词严。

腐败如同吸毒。只要有了第一次，就会有第二次、第三次……第 N 次。高育良有知识、懂政治。初入官场的他，小心谨慎，严以律己。后来，在钱色面前，慢慢变质了。以致不得不戴上一副假面具，借此掩盖腐败的丑陋面目。其所以然，既有环境浸染的原因，也有自身失范的原因。最后落得“被捉”的可悲下场，正如汉东省纪委书记田国富所说的那样，最大的问题是权力不受监督，特别是一把手的权力。可谓入木三分、一针见血，振聋发聩、发人深思。

各级领导干部，尤其是“一把手”，手中多少有点权力或者资源。因而，难免有人讨好巴结、有人阿谀奉承、有人投其所好。正所谓，常在河边走，难免不湿鞋。更何况，金钱既是神仙，也是魔鬼。从这个角度讲，有人监督是福不是祸。浙江省杭州市余杭区原副区长马惠明，落马后心有“四怨”。其中之一是，埋怨党内监督不得力、不到位。言外之意是：如果党内监督到位些，也许他会悬崖勒马，不至于被判处无期徒刑。这一埋怨，虽然有点本末倒置，但也算是一种醒悟。

《旧唐书·魏征传》中写道：“夫以铜为镜，可以正衣冠；以史为镜，可以知兴替；以人为镜，可以明得失。”人生在世，尤其是人在官场，如同漫长的旅行，虽然风光无限，却也危机四伏。信马由缰，痛快是痛快，自由是自由。殊不知，稍有放纵，不能把握自己；稍不警惕，不能认清方向，就容易“一步错，步步错”，甚至掉下悬崖峭壁，摔得粉身碎骨。高育良就是这样的悲情人物。从某种意义讲，对各级领导干部来说，他是一面不可多得的艺术“镜子”。

（原载《北京杂文》2017 年第 2 期）

摆渡人

洪门雨露

前几周去看陈凯歌的《道士下山》，观后实在是唏嘘不已，几个朋友扶着茶杯只道江郎才尽，想起当年《霸王别姬》的风采，我喟叹几声，再不作声。

其实一个导演制作一部影视作品，就是给我们呈现他的价值观与人生观。实际上陈凯歌并没有什么变化，只是《霸王别姬》是他的巅峰罢了。就像我看了李安与王家卫许许多多的电影，却永远只记得《断背山》与《东邪西毒》一样。

常说人生如戏，戏中总有高潮，将戏里的故事情节推到一个巅峰。只不过我们身处人生这场迷局之中，而不自知。

在我写这篇文章的时候，我去翻阅了我九岁到十岁时的文章，如今细细读来，实在是自愧不如。并不是我在后退，而是如今我过于卖弄文采见识。心境与当初大有不同，当时的我与现在的我都处于一个极端。往日我满腔热血，绝不会感慨世事无常。忆起旧时我看满世界皆是倾盆大雨，青色油柏路上泡沫涌起破裂，当晚记日记，寥寥数字：今日下午大雨倾盆，路上朵朵泡沫破裂。我一边看一边笑，想起半年前台风席卷落雨之时，雨汽漫天，氤氲四寮。随手记下几句话，特去翻阅一番。大意与往日那篇并无大异，只是字里行间多了几分愁绪，大有伤春悲秋之意。

过去我看泡沫破裂，就是泡沫破裂罢了。而搁在半年前，我眼望大雨瓢泼，泡沫破裂，定是心生悲凉，感慨世事无常。若是如今，我看泡沫破裂，也不过就是泡沫破裂，定不会再愁绪万千，心比易安居士。

我一共看了三遍《霸王别姬》，头一次看是我九岁时随母亲浅薄一观，而后便是我疯狂迷恋张国荣那段时间，但我只是反反复复翻来覆地去看《霸王别姬》里张国荣最后毒发那一段，也不看其他。

我记得最后一次看《霸王别姬》，哭得很是伤情。

“我本是女娇娥，又不是男儿郎……”程蝶衣的性别意识是模糊的，他头一次唱成了“我本是男儿郎，又不是女娇娥……”因此被师傅毒打，而程蝶衣本是男儿郎，但他却身为旦角，这也为他今后的同性恋情埋下伏笔，因为他的性别意识在幼时已经处于一个混沌状态。

程蝶衣一生入戏，直到最后唱《思凡》，他才终于脱离那个不疯魔不成活的世界。他过于入戏，而段小楼又过于现实。这注定了他们不可能走到一起。所以段小楼最后和菊仙凑了一对，而程蝶衣以悲剧收尾。

陈凯歌在《霸王别姬》中使用反复蒙太奇的手法，几段不同的时间段反复循环。当初我看《霸王别姬》，沉浮之间懵懵懂懂。也不深究电影手法，只觉得恨极了段小楼与菊仙，尤其是后半段四儿背叛程蝶衣，上台与段小楼唱戏之时。我看得泪流满面。

今年六一我独自去了星光大道与哥哥跳楼的地方，去吃了当年他去吃过的车仔面。希望能走过他走过的街道，看他看过的风景。

我走在维多利亚港旁的星光大道上，蹲下身把手印在有张国荣名字的地方。耳边好像是他唱当《爱已成往事》的声音。我看次看张国荣的戏，总会觉得他就是为戏里的那个人而生的，换种角度来说，他就是戏中人。

在某些地方，他和程蝶衣是有异曲同工之妙的。

最后一次看《霸王别姬》，我想起了王国维。在电影中，《霸王别姬》这出戏，在“文革”时期几度想被改成样板戏。古老的文化与演绎传承这文化的人无一不受到迫害。

而王国维的遗书中讲道：五十之年，只欠一死。经此事变，义无再辱。

王国维对于世事看得过于透彻，活得极其明白。他过世后家人整理遗物，发现了他自杀前的遗书，遗书条理清晰，思维缜密，这与张国荣生前表现相同。他们皆无异常举动，以至于给世人留下重重谜团。

梁启超曾说：“他（王国维）平日里对时局的悲观，本极深刻。最近的刺激，最近的刺激，则由两湖学者叶德辉，王葆心之被枪毙。”

由此看出，他也是“文化”的牺牲人之一。

王国维之死与程蝶衣之死，有一部分原因是因为当时的思想运动。也有一部分原因是因为自己的心境。

在我看来，不论是电影里的程蝶衣，还是现实里的王国维与老舍，其实都是摆渡人的一种。他们在人生这出戏中扮演各自不同的角色，为世人演绎属于他们的光怪陆离，声色犬马。他们的戏都十分出彩，并为世人所永久传诵。

但在他们自己人生的那出戏中，他们一败涂地。摆渡人，摇着船桨把人从这边摆到那边去，他们把自己的毕生精力用来传送他人。而自己却始终要回到原点。

人从哪里来，就要回到哪里去。我们来自土地，终究要沉眠于地下。人这一生，不过数十载，心境决定了你在未来的那条路上可以走多远。

往世不可追，来日不可待。

（原载《北部湾文学》2017年第三期）

辑四

该不该褒美暗杀?

黄　波

安徽青年吴樾行刺出洋五大臣是晚清史上的一件大事。当年革命党人主办的《民报》毫无意外地大力给予了颂扬，后来革命党推翻清政府，直至国民党掌握全国政权，吴樾这样的暗杀者在官方主流史学中所得到的评价自然只会越来越高。这也是毫不奇怪的。不如此，国民党政权的合法权资源到哪里去寻找呢?

然而回到当时之语境，却全然不是这样。除了革命党自己的报刊，中外舆论对吴樾的暗杀行动多持谴责态度。《申报》的文章说：“彼党之主义，在于倾覆满洲政府，故日夜伺中国内乱之起，有间可乘则举革命之旗以起事，其宗旨与立宪如水火之不相入。康有为、梁启超以持立宪主义而为彼党唾骂者屡矣，今见立宪之意出自朝廷，而将有实行之期也，必大惊骇，以为中国一立宪，则国民平日不靖之气将自兹消弭，皇帝神圣不可侵犯之尊将为全国民所同心公鉴，而爱新觉罗之统绪永无可以倾倒之机，是则彼党宗旨将全归失败，其必欲出死力以阻遏之也固宜。”《时报》则评论说：“五大臣此次出洋考察政治，以为立宪预备，其关系于中国前途最重且大，凡稍具爱国心者宜如何郑重其事而祝其行。乃今甫就道，而忽遭逢此绝大之惊险，虽五臣均幸无恙，然此等暴徒丧心病狂一至于此，其罪真不容诛哉！”各地各界对五大臣之慰问也纷至沓来，如上海复旦、南洋等32所学校即联合发了慰问电。这就是当年不可抹杀之事实。

然而，直至到了二十一世纪的今天，仍然有人迷恋暗杀的暴力美学，为其大唱赞歌。其中以据称专研民国史的伍立杨最有代表性。伍立杨所著《铁血黄花》是褒美暗杀的专著，《读史的侧翼》中也有多篇为暗杀大唱赞歌的专文。伍氏的立论依据是，“清末民初的暗杀之辈又远不止有公心而已，它作为一种革命的方法科学，始终贴近最大的最后目的。……进人类于大同，坦然向文明迈进”。而吴樾更是他深致倾倒的对象，他在《读史的侧翼》中将《暗杀时代》捧为“推倒一世豪杰，开拓万古心胸”的“不朽奇文”，说行使暗杀的“确为国人中不可多得的贤人精英，是最有头脑的优秀分子，其余则不必寄予希望”。……在人的基本权利越来越得到张扬的今天，这样的赞歌的确让人毛骨悚然。

为暗杀唱赞歌的人，几乎毫无例外地高举着一面名叫“目的”的大旗。暗杀虽然是一种暴烈而又卑怯的手段，可由于行使者是革命党人，因为他们是要推翻腐败无能之清廷，“救济人民之苦难，贯彻兼爱主义”，所以，他们的暗杀就崇高起来了。然而讨论历史公案的是是非非，其实更应考察手段，因为手段是否正义在当时就可以检测，而“崇高目的”云云却常常虚无缥缈。而即使是落到“目的”上，“目的论”也十分牵强。革命党人之暗杀不外两个目的，直接目的是推翻清政府，远的目标是如伍立杨所谓“救济人民之苦难”。这个远的目标，历史事实俱在，就不说了；推翻清政府的直接目的当然是实现了，但其中暗杀的作用似也甚微，革命党所行使之暗杀不知凡几，最后逼得清政府倒台的，不是还得靠武昌一役，靠新军与清军真刀真枪的对垒？

像吴樾这样，为了一种主义一种符号，其舍生取义的精神自然值得敬重，然而，历史的吊诡往往不是当事人自己可以预料的。革命党人攻击清廷预备立宪过程太长，是假立宪，可孙中山先生建立民国后，其规定的从军政到宪政的过程，比清廷还要缓慢，蒋介石主政后，宪政更是遥遥无期，吴樾若地下有灵会做何想？

应该反对一切形式的暗杀，哪怕是为了以暴易暴，这不仅仅因为暗杀在易暴方面作用甚微，更因为，几乎所有暗杀等恐怖活动中，都会有平民的血泪，而这又恰恰容易被我们的史家所忽略。

清末民初，革命党所行使之暗杀不知凡几，可是几乎所有的资料都只记录暗杀是否成功，而对被误伤的平民却完全不予理会。难道真的没有被殃及的“池鱼”？不可能，众所周知，革命党人的暗杀，除了用枪，很多时候用的是炸弹，谁会天真地以为，天女散花般的弹片会长了眼睛，不伤无辜？冯自由所著《革命逸史》中记载了一次广东的暗杀行动，暗杀对象“及其卫队多人均炸毙，邻近各店倒塌者约六七间”。多人被炸毙，店铺倒塌者达六七间，可见炸弹之威力，那么完全处于懵懂状态中的平民竟会毫发无损？以吴樾这次暗杀为例，戴鸿慈日记中感叹，“随员萨郎中荫图及其内弟、从弟、子女、车夫、家丁均重伤，一家七口，遭此意外之厄，亦云惨矣”。这不都是无辜者吗？然而《民报》在高调颂扬吴樾时，却连一丝一毫的歉意都没有表现出来。……过去提这些问题也许会被视为荒谬，可是在公民个人权利越来越受到重视的二十一世纪，我们是否还应该不屑一顾？

入民国后，国民党领袖宋教仁死于袁世凯所主谋的暗杀中，这诚然是天人共愤之举，然而，愤怒的国民党人如果能以此为契机，对清末民初以来层出不穷的暗杀进行深刻反思，对自己历来奉行的暗杀政策进行认真检讨，那很可能会赢得道义和民心，比他们发动的讨袁战争更有效，并由此使污浊的中国政治得到清洁。可惜，中国人没有等到这个机会。

（摘自《被打断的近代化：晚清探隐》，东方出版社 2017 年 8 月版）

“潜规则”里的曾国藩

游宇明

在晚清，曾国藩算得上是个清官。他以两江总督兼湘军统帅之尊，手握数千万两白银的军费，死后仅给家人留下一万八千两银子，这种数额不到两江总督之职一年的养廉银。然而，有一点我们可能想不到：曾国藩律己严格不假，但对官场的某些“潜规则”却也身体力行。

人治社会，人脉被视为升官、发财、出名的基本资源，想让人脉关键时候顶得上去，平时就得不断创造利益关联。曾国藩深知这一点。他做了地方官之后，特别重视给京官送礼。同治五年（1866年）十二月，他在给曾国潢的信中说：“同乡京官，今冬炭敬犹须照常馈送。”在这方面，每年要花数千两银子。同治七年（1868年），曾国藩由两江总督改任直隶总督，出发之前，身上带了一张二万两的银票，就是为了给京官们送“别敬”。此时的曾国藩已离京多年，那些与他有点沾亲带故关系的穷京官，眼睛早望成了一条长城。他在日记中多次记载自己如何“核别敬单”“定别仪码”“定分送各单”。给曾纪泽的信中，他这样说：“余送别敬一万四千余金，三江两湖五省全送，但不厚耳。”一万四千多两银子，大约相当于今三百万人民币，曾国藩依然觉得“不厚”。可见给每个京官送多少钱，礼轻、礼重是什么样子，他心里早有一杆秤。

曾国藩也颇能容忍胥吏的敲诈勒索。清代由朝廷任命的官员数量很少，而且这些人是从科举里爬出来的，熟读经书、诗文，却对专业一窍不通，这就形成了清国特有的胥吏制度。胥吏虽然是懂得专门事务的人，但他们是衙门里的“临时工”，朝廷既不给编制，也不发工资。然而，人总是要生存的，遇事敲一把也就成了胥吏的入门功课。曾国藩打仗多年，花了三千多万两银子的经费，军费虽是自筹的，却也是依赖朝廷开政策口子，本质上还是属于使用公款，向朝廷报账理所当然。想报账，得经过胥吏这一关。将胥吏打点到位了，他们心情好，即使账目不合规矩，也能顺利过关；将他们惹毛了，你的账目做得再漂亮，他们也有办法吹毛求疵。在此次报销前，曾国藩就托李鸿章进京打听一下户部打算要多少“部费”，得到的反馈是近四十万两白银。四十万两白银实在太多了，不便筹措，做账也是个问题，曾国藩只好命江宁布政使李宗羲托人请户部办事者吃吃喝喝，联络感情，最后双方商定的“部费”是八万两。正在此时，皇太后的批复到了，说是念在湘淮军平定太平天国、捻军的分上，且其军费多为自筹，同意他们免于审核，直接报销。曾国藩对此感激涕零，给儿子写信说：“真中兴特恩也。我朝酬庸之重，以此次最隆。”既然免于审核，直接报销，等于无须再经胥吏之手，“部费”可以不送，然而，为了下次办事方便，说好的八万两银子的“部费”，曾国藩还是一分不少地给了。

曾国藩之所以遵守官场上的潜规则，自己当清官，却不要求别人同样廉洁，有想做圣贤之人的考虑在内。韩愈说：“古之君子，其责己也重以周，其待人也轻以约。重以周，故不怠；轻以约，故人乐为善。”在儒家看来，一个人严格要求自己，是修身与让家庭安全的需要，是留名后世的基本方式，如果对别人过于严苛，则可能失去宽容。曾国藩既然有意做圣人，自然也会研究前人的为人处世之道。

清代是个高度糜烂的社会。京官大收“冰敬”“炭敬”“别敬”，利用调配人财物的权力谋取私利。地方官更是收受陋规成风。欧阳兆熊、金安清《水窗春呓》里详细记载了各级官员一年可以收到的陋规数目。比如总督以两江为最，一年可收陋规三十万两白银，次则两广、四川。巡抚这一级是两广地区最有油水，一年可达白银十万两，其余则是浙江、江苏；布政使是江浙灰色收入最多，一年有五六万两白银，其余是四川、陕西、山东、山西。有时经济活跃地区的道台也能年收二十万两白银。大官如此，小官也有自己弄钱的路子。史载，有管粮权的官员接手一个地方，会向上级报告说官仓中的粮有霉变，要求降价出售，一万石、两万石、五万石不等。上级批准后，地方官员会将这些粮以正常价格卖出，交给国家的就是打折款。清时粮食部价一石一两，官员卖出两万石本来有两万两银子，但官员只须拿出七八千两给商人生息，其余的统统装进个人腰包。

身处这样的污浊中，曾国藩只有三种选择：一是像和珅一样，不管国家、民族变成什么样子，自己狠狠捞上一把再说；一是像海瑞一样，自己清廉还要求别人干净，然后被同僚与上级一次次收拾，终生郁郁不得志；一是自己洁身自好，但不要求别人也同样这样做，有明规则的地方按明规则干活，有潜规则的地方按潜规则走路。第一种人是想做圣人的曾国藩所唾弃的，第二种人是渴望出人头地的曾国藩不敢选择的，于是他便只能做第三种人。

我这样说，绝无为走入“潜规则”的曾国藩辩护的意思。我只是觉得在一个高度糜烂的社会里，要做一个完全冰清玉洁的人真的很不容易，即使像曾国藩这种有心向善的官员也只得变得圆滑。想让一个社会清清爽爽，唯一的办法是用无所不在的政治“监控器”看守权力，使官员时刻面对民意的阳光。

（原载《湘声报》2016 年 11 月 11 日）

翁同龢的觉醒

乐　朋

晚清两朝帝师的翁同龢，由守旧的清流士大夫与时更化为力倡变法的维新派首脑，折射出近代中国知识精英走过的崎岖而痛苦的思想嬗变之路。那么翁同龢是怎样觉醒的呢？

我以为，有三大因素促成了翁同龢的思想转变。

变法图强的西学新书开阔了视野，此其一。翁同龢对传统儒学烂熟于心；而手不释卷的读书习惯和生活方式，使他较早接触到近代一些变法图强的进步新书。其中最重要的，就是冯桂芬所著的《校邠庐抗议》。这位苏州同乡、翰林院编修的"采西学""制洋器"，"改革当先从内政始"的见解，吸引苦苦寻求自强之道的翁同龢。自1865年接触冯桂芬著述，至1885年认同"法刓必变"，他确信《校邠庐抗议》"最切时宜"。肩负启沃明君重任的翁同龢，对同治和光绪授以《帝鉴图说》《治平宝鉴》，或指导读经史、写诗词，乃帝师职责所在；而对稍长的光绪帝，翁同龢则引进"经世时文"，既有魏源、徐继畬、林则徐等的著述，复有冯桂芬、陈炽、薛福成、康有为、王韬等改良、维新派的著作，甚至推荐了洋人李提摩太、赫德等介绍西学的新书以及曾纪泽、何如璋、李尘等出国考察游历的笔记。读书、荐书的变化，彰显着翁同龢的思想视野开阔许多，突破了"尊夏攘夷""以夏变夷"的传统文化藩篱，走出了华夏中心主义的文化沼泽。1889年底，他将《校邠庐抗议》10册送呈光绪帝，又把其中汰冗员、改科举、采西学等6篇抄录装订成册、置于案几，以备光绪研读，后来几为戊戌变法的预案。

广交洋务派、实地参观洋务企业，此其二。思想转变光凭读书不行，还须以相应的感性认识为基础。翁同龢早年对洋务新事物抱着抗拒心态，视洋人为"蛮夷"。如开设同文馆，翁与倭仁、徐桐等一起向太后进言"不可办"；对办铁路、开煤矿等，他均否定说，"直是失心狂走""诚以不办为宜"。1869 年 4 月，斌椿记述游历欧洲十国见闻的《乘槎笔记》，被他斥责"盖甘为鬼奴耳"；1886 年新春，翁参加有各国驻华公使参加的总理衙门新年团拜会，仍贬公使为"一群鹅鸭杂遝"，1895 年在总署行走，犹在日记中说"终日在犬羊虎豹丛中，可称恶劫"！盲目排外，一览无余。但是，当他结交文祥、丁日昌、宋育仁、汤寿潜、黄遵宪、谭嗣同、马建忠等一批洋务、改革派朋友之后，情况发生了变化。尤其是江苏巡抚、洋务实干家丁日昌对翁影响很大。1868 年秋初识丁日昌，两人十分投契、引为好友；1873 年回常熟丁忧的翁同龢，专程赴上海参观江南机器制造局，浏览公共租界、徐家汇法式公园，并在 1889 年再次赴沪参观丁日昌创办的造炮局、洋枪局、织布局、造纸局等洋务企业，以及招商局码头、船坞等，令翁大开眼界，感知到西方科技、实业的先进。1875 年春、夏间，丁日昌奉命进京参加海防建设御前会议，翁与之交往频繁，相互招饮、长谈达十多次；丁离京前，与翁同龢、潘祖荫三人结下"金兰之交"。对兴办铁路、轮船、煤矿等洋务实业，翁的态度也由抵制、反对转变为赞同、支持。友人的帮助、洋务勃兴的事实，都使翁同龢敞开了学西方、图自强的心扉！

其三，最为关键的因素，是"数千年来未有之变局""数千年来未有之强敌"，逼迫翁同龢的思想不得不改弦更张。所谓时势比人强，什么教材都比不上现实生活这部大书。清王朝日益加深的危机，让翁同龢面临着国家生死存亡的选择：是继续抱残守缺、故步自封，像徐桐、刚毅之类死硬顽固派，"宁可亡国，不可变法"？还是顺应世界潮流，通过改革、改良来刷新政治、变法图强？世沐皇恩、一心报国的翁同龢选择了后者。如果说两次鸦片战争和中法战争的割地赔款、丧权辱国，已让翁同龢感受到列强瓜分中国的威胁，给他原本持有的"天朝大国"优越感以重重一击，那么 1895 年中日甲午战争的惨败，《马关条约》的签订，对翁同龢这类政治兼知识精英的心理打击，更是毁灭性的。一种前所未有的危机感，迫使其做出文化的制度的深刻反省！亿万国人痛定思痛：泱泱天朝缘何不敌蕞尔小国？洋务运动又何以不及明治维新？大清国何去何从？"上无以对大造之恩，下无以慰薄海望""叹息抑郁，瘀伤成疾"的翁同龢之文明自大、自傲，全被日本炮舰轰毁。他从迷梦中惊醒了："不变法，不大举，吾知无成耳。"他的觉醒、觉悟虽迟了些，但非顽固不化。这成为他日后力挺康梁、助光绪变法的最大动因。"唤起吾国四千年之大梦，实则甲午一役始也。"翁同龢的觉醒正是中华民族觉醒的一部分，其所凸显的历史坐标意义不言而喻。

觉醒不易，改革更难。戊戌变法的失败令翁同龢痛心疾首，他被罢官，复遭革职、交地方官府管束。"六十年中事，伤心到盖棺。不将两行泪，轻与汝曹弹。”弥留之际翁同龢口占的绝命诗，道出他的无尽幽怨和孤愤。但其觉醒的时代和文化意蕴，我们今天仍不可小觑。

（原载《湘声报》2016 年 12 月 23 日）

光绪的诗与远方（外一题）

王俊良

人一旦身陷囹圄，大都会洞彻人生。音乐人高晓松，因醉驾入狱，明白了“生活不只有眼前的苟且，还有诗和远方”。光绪皇帝“维新变法”失败，被囚禁“瀛台”，到死没明白为何生活只有苟且，既没诗，也没远方。

就光绪而言，诗与远方就是通过“维新变法”，改变贫弱的社会现状，使国家走向富强。应该说，这一想法既符合国情，也暗合“诗与远方”主题。然而，理想与现实之间，总是存在一定的差距。实现理想，除了不懈的努力和坚持，天时、地利、人和等诸多因素缺一不可。成就一件事，涉及的每一个环节，都必须保证不出任何纰漏；败坏一件事，涉及的环节一个环节出问题，就足以屏蔽“诗”与“远方”。

具体到十七岁亲政的光绪，接手“日之将夕，悲风骤至”的大清残局，面对“三千年未有之变局”，内心有“诗”情自不必说，关键是如何用手中的权柄，保障实现属于自己的“远方”。这一点，从光绪亲政后对政局的误判，倚重翁同龢、康有为两位“语言巨人，行动矮子”任事，其决策既脱离实际，又缺乏对全局的掌控。满足于颁布“变法政令”，实际“政令不出紫禁城”！随着甲午战败，“维新变法”夭折，慈禧借“训政”重掌权柄，光绪被禁“瀛台”，宣告了光绪“诗与远方”的破产。

然而，光绪“梦断瀛台”，甲午一役输掉了大清“洋务运动”积攒的老本。表面看来，是两国实力的博弈，实乃两国制度较量。1894 年，光绪皇帝与明治天皇面临的，同样是被西方列强炮轰国门，蚕食威逼的烂摊子。变法维新，使国家富强是他们别无选择的“诗与远方”。如今，还原历史格局，更容易看清他们之所以成功与失败的脉络。

首先，是光绪与明治治国理念和眼界的不同。光绪学的是“帝王之学”，明治学的是“经世致用”的西方文明。其次，是中日两国改革目的不同，思想解放的深度和广度有本质区别。中国以洋务运动为标志的改革，在“器物层面”，主张“中学为体，西学为用”，认为制度优于西方。日本明治维新改革，不止步“器物层面”，对典章制度、思想观念方面的革新更加重视。天皇提出“脱亚入欧”，推动从朝廷到民间的思想解放运动的深入，为制度改革创造了条件。

看清了中日两国的制度差异，就明白大清甲午战败原因。当时，两国军队在管理和训练上，已不在一个水平。日本明治维新改革军队编制，陆军参考德国训练，海军参考英国海军编制。1873 年，日本作战部队动员可达 40 万人。大清帝国军队，以北洋水师为例，依然用亲缘代替现代组织，以乡情凝聚军心，士兵、舰艇管带，大都来自李鸿章淮军班底。1894 年甲午海战，北洋水师一触即溃，也就不难理解。

可悲的是，光绪在新政改革中，内心既没“诗”也没“远方”。103 天的新政，颁发上谕 100 多道，改革内容从政治、经济、军事、文化、教育，以至修理街道等琐事也涉及了。仅从机构改革看，康有为主张不裁减旧衙门，只添新衙门，主张官爵分离，给冗员爵位与优厚物质待遇。光绪意气用事，一次就下诏裁撤十多个衙门。这样，威胁到大批官员的特权和地位，反对变法的力量一时壮大。天真的光绪帝，满足“发号施令”之“诗性”惬意，无意间把可争取的力量推向了反面，让维新变法连同内心的“远方”走上不归路。

光绪三十四年（1908 年）十一月十四日，光绪驾崩于瀛台。相隔不到二十四小时，慈禧太后也驾鹤西去。四年之后，在中国延续了两千多年的封建皇权体制也落下帷幕。后人多哀光绪夭折的“诗与远方”，却不知“人治”终将败给“法治”。“人治”没赢家，更没“诗与远方”。光绪没有，慈禧没有，钟情于“人治”的袁世凯、蒋介石也没有。

（原载《上海法治报》2017 年 7 月 25 日）

梁启超师徒的“乌托邦”

1937 年，梁启超在清华大学的学生，后来成为客家学奠基者的罗香林，在学术期刊《禹贡》上发表《罗芳伯所建婆罗洲坤甸兰芳大总制考》一文。认为华人罗芳伯在婆罗洲坤甸建立的华人自治体“兰芳公司”，是传统文化浸润下的“完全主权之共和国”。甚至想象“兰芳大总制与美洲合众国，虽有疆域大小之不同，人口多寡之各异，然其为民主国体，则无二也”。

罗香林何以把“兰芳公司”与“美国”相提并论，无非想证明，中国传统文化也能结出“民主国体”硕果。这与近年“21 世纪是中国人的世纪”“中国可以说不”诸多提法一样，纯属“走夜路唱歌”，自己给自己壮胆儿。罗香林发表论文这一年，日本侵华战火已燃遍大半个中国。在“救亡图存”关头，罗香林的言论特别耐人寻味。即：华人罗芳伯，在婆罗洲坤甸建立的“民主共和”国体，比美国建国还早 12 年。

这样的结论，特别适宜增强国人的自信。远的，可举晚清刘锡鸿为例，将“西夷”科技进步归于受《淮南子》启发，认定“今者西人因中国圣人之制作，而踵事增华”；近的，有从月球上唯一能看到地球上的建筑物，止万里长城的谎言。想象一下，在“亡国灭种”渐成主流，罗香林在《罗芳伯所建婆罗洲坤甸兰芳大总制考》中的这个结论，无异大众眼中止渴的“梅子”。

然而，罗香林笔下的“兰芳公司”共和国，到底啥样？原来，广东梅县书生罗芳伯，因屡试不第，“乃怀壮游之志”。于乾隆三十七年（1772 年）携同乡百余人，由虎门出海，下南洋到西婆罗洲（今加里曼丹岛上）谋生。当时，岛上华人、帮会势力、土著居民之间派系林立，各自形成了稳固的行业垄断。想立足岛上，必须建立“自己说了算的地盘”。

如何打造“自己说了算的地盘”？罗芳伯的做法，有历史的影子，结合现实需求。一是成立兰芳会。兰芳会对内是兰芳会社，对外则称兰芳公司。兰芳会的组织形式，以洪门帮会为蓝本。讲“忠义”，崇“关羽”，将非血亲关系凝聚成胜血亲关系。二是公开造神。罗芳伯仿韩愈《祭鳄鱼文》，作《祭诸神驱鳄文》，用“半人半神”方法做降鳄表演，从心理上征服兰芳会众。三是大讲“有福同享，有难同当”，树立“大总制”绝对权威。

创业之初，罗芳伯趁岛上 14 家华人公司联合组成和顺公司，与岛上霸主天地会血拼之机，乘机吞并岛上最具实力的张阿才金矿公司，黄桂柏老铺头公司，刘乾相明黄公司，一跃成为岛上的大公司之一。后来，罗芳伯凭兰芳会庞大组织和行业垄断，成为岛上公司的龙头老大。乾隆四十二年（1777 年），在西婆罗洲东西约四百里、南北长约百余里范围内，罗芳伯“自己说了算”的会社经济组织“兰芳大总制”初具规模。

这就是罗香林笔下的“共和国”。若按荷兰东印度公司标准衡量，“兰芳公司”既不符公司规范，更与“共和”无缘。如今，再现东印度公司成立的巨幅油画，依然珍藏于阿姆斯特丹博物馆。原因，就在该公司的创立，在人类历史上具划时代意义。1602 年，公司决定向社会招股，成为股份制企业和股票交易的鼻祖。公司章程规定，无论股份多寡，股东的权利都会得到同等尊重。人人都是老板，责、权、利在一个规则内，共同遵守。这样的公司标准，“兰芳公司”在经营中，一条也做不到。

说“兰芳公司”有“共和”因素，答案同样是否定的。“共和”的宗旨，在“选举制”。而“兰芳公司”大总制的产生，靠“推举制”非“选举制”。宗旨不附，共和焉存？连“宗旨”都没了，更遑论与依据《美国宪法》选举产生的华盛顿总统？因为，依据立法机构选举产生的总统，与凭借对创建公司贡献大小推举的“大总制”，有着本质的区别；况且，“兰芳公司”，只是经济组织。并不具备国家司法、国会制度、军队和能与世界对话的政府职能。

事实上，在罗芳伯的社会管理探索中，传统文化经历了与在本土别无二致的挫败。原因在于，罗芳伯始终没走出传统文化中会社、血亲和“一个人说了算”的坎儿。这有点像罗香林的老师梁启超，在写《中国殖民八大伟人传》时，着眼点未超出唤醒国人的民族意识。梁启超师徒的局限，始终忽视契约的力量。危害在用“理想”当现实，做事不计成本，迷恋“乌托邦”。

一生追求民主宪政的梁启超，批评李鸿章“不识国民之原理，不通世界之大势，不知政治之本原”，然而，李鸿章贵在自知，明白“朕即天下”语境下，自己“只是一个裱糊匠，面对一个破屋只知修葺却不能改造”。其实，李鸿章的成败，是制度结果，更是文化使然。身处书斋的梁启超师徒，做“乌托邦”式的学说，在“民族危亡之际”，假文化之名，把彩虹说成桥，难逃“隔江犹唱后庭花”之嫌。

（原载《湘声报》2017 年 4 月 28 日）

彭玉麟的初心

刘诚龙

刘皇叔三顾茅庐，诸葛亮曾亮出参加革命的初心：奉命于危难之间，不求闻达于诸侯；孔明先生践行初心了吗？怎么说也兑现了一半：果然是奉命于危难之间（很多人只奉命于享福之间——什么去最艰苦的地方？他早逃之夭夭了），终究可赞；另一半“不求闻达于诸侯”，并没做到，封侯拜相，至死没身退，当了武侯——哎，我也不是来堵孔明先生嘴，老人家身未退，有故，功未成呢——霸业未图身先死，长使英雄泪满襟。

刘皇叔有个三顾茅庐故事，曾国藩也有，很多都有。我最近有个发现：革命事业若不要成功，有个三周律（亡，兴，亡）；革命事业若要成功，有个三顾律（请，请，请）：领导得屈尊纡贵，三请四拜，去拜请诸葛亮，去拜请彭玉麟。各位以为然否？不然，吾不以为然也。三顾律表达不蛮准确，准确当是：事业初创，三顾律才是对的；朝廷守成，还有甚三顾律呢？有之，也是反的：诸葛亮与彭玉麟得三拜华堂，四拜贵胄了——虽然禁曰不准跑官要官（这词得忌口，换口唤为“汇报思想”），但你一次都不去跑，天下不会掉面包。

曾国藩三顾茅庐，顾的是彭玉麟，老彭不曾高卧隆中，没谁听说他自比管仲与乐毅。曾国藩墨绖出山，于咸丰三年（1853 年）组建湘军。大清干部多，不缺当官的；大清人才少，最缺干事的。曾国藩便去请彭玉麟，老彭其时，不是干部，在务农，又恰逢母亲亡故，正自居丧，他不肯出来，禁不住曾公反复申说大义，重复表达私谊，终答应了。

答是答应了，却有一个条件。条件？要给个师长旅长？要给华堂庙堂？要给车子、房子、妹子、金子、银子？不是呢，“臣本寒儒，佣书养母。丁母忧，闻粤逆之乱，激于义愤，慷慨论兵。曾国藩谬采虚誉，强令入营。臣勉应其招，墨絰从戎，初次谒见，即自誓不求保举，不受官职”。曾国藩一顾茅庐，彭玉麟即表初心，在家国层面上是，为天地安心，为生民立命；在个人层面上，不求保举，不受官职。

只干事，不当官？只卖自个老命，不领朝廷诰命？有这般高华士？不会是傻瓜蛋吧。曾国藩拇指往上蹿，蹿，蹿，恨不得拇指蹿得齐天大伸，以示夸赞之诚，内心里未必不打鼓，不发笑。曾公官场混得也久，这般人见得太多了：举右手，拍胸脯，剁左脚，发大誓，手足并用，言脸相随，曰天下为公，为私雷打；云为国捐躯，为己毙我（此句非我杜撰，是有出典的，原福建省上杭县女副县长罗凤群誓言也——我若贪污一分钱，就将我开除党籍；我若受贿一分钱，就将我枪毙，并可以一直枪毙到我的孙子），猛发慨叹慷慨激昂，尽唱高调词调铿锵。是吗？比如这个罗副县长，便是忘了初心，受贿是几千万倍之“一分钱”呢（此处，我不将票子换算孙子——其言太恶毒了）。

彭玉麟表初心，初心表达还蛮激动，按他自说是“自誓”，表态到“誓”这级，那是语言最高级了（一诺千金解不了套，是天打五雷轰）。往往是其誓也高，其行也卑。彭玉麟是不是这样的，他是言出行随，誓高行高，初心初定，终心仍如初心定。曾国藩曾讥评大清大人物：李少荃（即李鸿章）拼命做官，俞荫甫（俞平伯曾祖）拼命著书。说来，曾公记得两个拼命的，还忘了另一个拼命的：彭玉麟拼命辞职。

不对啊，彭玉麟做了官，还做了大官呢，他是湘军水师创建者，近代海军奠基人。官至两江总督兼南洋通商大臣，兵部尚书，封一等轻车都尉。隆誉之外，不也当了高官？官，对于他人说，那是五子登科，那是福禄寿喜；对彭公来说，这是责任担当，这是做事之具。官即权力，权力可捞钱，权力可干事。要捞钱，要权力，要干事，也要权力。小人性非异也，善捞于物也；君子性非异也，善假于权也。权力，权力，彭玉麟当官，要的不是捞钱之权，而是干活之力。

彭公干活，不劳置喙，所建事功，功在中兴（大清有四大中兴之臣，曾左彭胡是也），可撰砖著，此处要说的是，彭公拼命不做官。咸丰十一年季春，朝廷擢之任广东按察使，官书好几卷，呼他上京领命，彭公不受；是嫌官帽小？是年十一月，湖广总督官文上奏朝廷，荐其任方面大员，当安徽巡抚，他说我干不了，我只会指挥水师，不会玩行政那一套。这有甚干不了的？我家隔壁牛尿常撒裤裆的阿三，当了七品县令，威压威压的，回避肃静，升堂掷签，依儿哟，呀儿哟，干得呼呼吼，喂喂叫。李鸿章说过嘛：天下最容易的事，便是做官，倘使这人连官都不会做，那是头褪毛猪了（只要不曾褪毛，便会）——顺便说句，朝廷任命李鸿章做巡抚，是在拟任彭玉麟之后一年。

彭玉麟不是不会当巡抚，而是不想当，朝廷便收回成命（后面排着队伍，你给让出位置来，朝廷蛮高兴呢）。不过，此时朝廷正是用人之际（这话好听，不好玩，要人给卖命呢），还要彭玉麟当官。同治四年，朝廷下红头文件，拟命其署理漕运总督，这职务大，管得宽，掌管鲁、豫、苏、皖、浙、赣、湘、鄂，是人羡称的八省总督，富庶之地，江南半壁，江山都归其打理，想来爽歪歪呐。彭玉麟推，推，连推两次，推了肥缺。哈宝啊，你不要拿给我嘛。谁要谁拿去，我老彭不要。

乱局基本肃靖，天国或大不太平，大清大体太平了，彭公不再慷慨论兵，他要践其“不求保举，不受官职”八字初心，同治七年（1868 年），他上书朝廷，请辞一切官职，舟遥遥要回家去画梅花（彭公画梅上万幅）：“臣墨絰出山，创立水师，未尝营一瓦之覆，一亩之殖；受伤积劳，未尝请一日之假；终年风涛矢石之上，未尝移居岸上求一日之安。”我该回家了，“臣之从戎，志在灭贼，贼已灭而不归，近于贪位；长江既设提镇，臣犹在军，近于恋权；改易初心，贪恋权位，则前之辞官，疑是作伪；三年之制，贤愚所同，军事已终，仍不补行终制，久留于外，涉于忘亲。”前人栽树，阴翳众生，是谓后人乘凉，谢了你，且受我实拜；前人栽树，设杆收费，是谓后人发凉，谢了你，且留块空地。彭公非惺惺作态，作伪，作秀，卷起铺盖回家了——其初心是“予以寒士来，愿以寒士归”，其终心是“予以寒士来，终以寒士归”。其奏折中言，“臣闻士大夫出处进退，关系风俗之盛衰”。这话对极了，吃苦往后推，享福往前挤，这般风俗，不衰其世么？绝不会盛其世。

当年自誓不求保举，不受官职，不但彭玉麟如此表过态，誓言如何如何的，你也听得蛮多，壮言沸耳。有的初心即伪，前头举手曰为人民服务，转个背则高声宣言“当官不发财，请我都不来”；有的初心是真，刚开始还算勤勤恳恳，兢兢业业，规规矩矩，干干净净，到后来，干了点事（其实也领了工资），膨胀起来了，贪位，恋权，作伪，忘亲，背民，捞钱，乱性，枉法，徇私，没有坏事不干了。初心不再，埋粪土堆；素心不存，冲下水道；壮心无有钻臭鸡蛋，忠心无有，堕污沟渠。“夫天下之乱，不徒盗贼之不平，而在于士大夫进无礼，退无义。”进无礼（礼法），有利（礼金）则进；退无义（正义），无意（意思）则退，这是甚士大夫啊，便是国之盗贼嘛。

彭玉麟初定初心，中行初心，终诺初心，享年七十五，一把湘土（湘土者香土）埋忠骨，其友人黄体芳曾撰一联曰：

于要官、要钱、要命中，斩断葛根，千年试问几人比？

从文正、文襄、文忠后，开先壁垒，三老相逢一笑云。

千年试问几人比？三老当年相逢，或拊掌一笑。还能逢彭玉麟么？一笑不能，只堪一哭。

（原载《文存阅刊》2017 年 4 期）

陈宝琛的风骨

游宇明

闲暇时，很喜欢读老一辈学人留下的文字。史书大抵是概而言之，而老一辈学人的文字却往往蕴藏着栩栩如生的历史细节。陈岱孙先生的《往事偶记》（商务印书馆 2016 年 5 月）里，有一篇文章是专门记述他的伯祖父陈宝琛的，读了让人如临其境。

光绪四年（1878 年），满洲贵族都察院左都御史崇厚奉命出使俄国，索还为俄国侵占的伊犁。没想到在沙俄的威胁愚弄下，崇厚未经朝廷授权，于第二年擅自与俄国签订《里瓦几亚条约》。该条约规定，清国收回伊犁城，但伊犁西境霍尔果斯河以西、南境特克斯河流域以及塔尔巴哈台（今新疆塔城）地区斋桑湖以东土地却划归俄属。割了地还不算，还要赔偿俄国所谓“守卫”伊犁的兵费及其他款项五百万卢布（合银二百八十万两）。此条约一出，国内舆论大哗，清政府将崇厚革职拿问，定为“斩监候”。然而，由于沙俄的外交抗议和武力恐吓，不久，清廷居然准备将崇厚免罪开释。听闻此事，陈宝琛与同为“清流”的张之洞先后上疏，请求诛崇厚、毁此约。开释旨下，陈宝琛依然上奏痛陈“在强邻要挟下，太阿旁落 ，朝令夕改”，“耻辱四夷，蒙讥万世”，要求对误国的崇厚处以“人臣不赦之极刑”，对军机处和总理各国事务衙门的王公大臣“迟延贻误之咎”，“量以处分”。陈宝琛的上奏虽然没有取得成效，其胆量却令人敬佩。

皇权社会的荒唐事总是像春天的野草一茬一茬冒出来。光绪六年（1880 年），慈禧派太监李三顺为妹妹家送东西，违例直出午门，值班守门的撤军不肯放行。李三顺回见慈禧，撒谎说他被护军所打。慈禧当时有病在休息，立即派人请慈安太后来寝宫，商议怎样办理此案，并说，不杀护军，自己不愿再活下去。慈安下旨将此案交刑部会同办务府审办，并面谕刑部尚书潘祖荫，一定要杀掉护军。此案在当时备被朝野关注，尽管大家都觉得朝廷处理不当，但无人敢在太后盛怒时进谏。有清一代的名臣、时任工部尚书的翁同龢虽在日记中说："貂珰之弊，往往起于刑狱，大臣无风骨，事势渐严"，却也不敢站出来说话。陈宝琛在详细了解案情之后，上疏力争，说如果护军获罪，则"此后凡遇太监出入，但据口称奉有中旨，概即放行，再不敢详细盘查，以别其真伪，是有护军与无护军同，有门禁与无门禁同"，并引述嘉庆年间太监将盗贼延入宫内、乾隆年间太监盗窃库银的旧事，指出"此辈阉寺，岂尽驯良"，千万不可开其骄横之渐。慈禧觉得陈宝琛说得很有道理，只好给护军减刑，并将李三顺交慎刑司打三十板，了结此案。旨下，翁同龢又在日记中这样写"前日庶子陈宝琛……有封事争此"，感到自己"大臣失职"，"既感且愧"。

陈宝琛的这几次上疏，都是直接针对皇家人的错误决定而做出的。有清一代，诛杀读书人与言事大臣是家常便饭，作为一个已在京城为官十余年的人，陈宝琛不可能不明白对朝政说是论非的风险。然而，为了维护皇朝起码的政治秩序与一个社会的道统，他放下了个人的得失之虑，选择了直言相谏。

皇权时代，做官被视为光宗耀祖的极致，陈宝琛自然也在乎职位，但他坚持一点：不搞拉拉扯扯。宣统三年（1911 年）六月，陈宝琛被补授为山西巡抚。清代的巡抚是一个很有油水的岗位，一年得二三十万两白银的贿赂易如反掌。当时，庆亲王奕劻担任首席军机大臣，在朝廷呼风唤雨。外放的大员除了奏谢简授外，都得去拜谒军机大臣。奕劻贪财是出了名的，有人事先提醒陈宝琛：拜见庆亲王，须备一份厚礼。陈宝琛不听。奕劻果然非常不高兴。权势人物不高兴，后果自然很严重。在一次讨论为小皇帝配备老师的会议上，他极力"推举"陈宝琛担任，并建议改派陆钟琦任山西巡抚。于是，陈宝琛被任命为山西巡抚不足一个月就被开去职位，改任毓庆宫授读。陈宝琛一点也不在乎，他的"帝师"一做就是二十年，直到二十世纪三十年代，溥仪不顾他的劝阻，执意当日本人的傀儡，他才离开。

年少成名的人往往对某个时代有特殊的感情。陈宝琛生于道光二十八年（1848 年），咸丰十年（1860 年）考取秀才，时年只有 12 岁。同治四年（1864 年）参加本省补行甲子乡试，成为举人。四年后赴京会试，中进士。由翰林院庶吉士到内阁学士兼礼部侍郎衔，只用了十五年。那个时代的陈宝琛不太可能认识到学衔、官位都是公共资源，一个人得到了，是社会的一种认可，而会认为所有这一切都是源于"皇恩浩荡"。既然觉得皇家人待自己不薄，他自然希望自己做个好官，心清身正，并阻止别人破坏社会的基脚。

陈宝琛出身于一个士大夫世家，先辈都是读书入仕，其曾祖父做过刑部尚书，祖父当过云南布政使、父亲担任过刑部主事，"为天地立心，为生民立命，为往圣继绝学，为万世开太平"的儒者精神，无时不在激励他做一个有有操守、有担当的官员。做闲职时敢于进谏，做地方实权派时不屑于以金钱保官，都是这种心态的反映。这样的人，你要他保皇绝对没问题，让他做一个皇权旁边的木偶，面对荒唐的专制政治默不作声，很难很难。

读史书，常常看到一种做法：对政治上激进的人物，某些人千方百计渲染其品质的高尚；对政治上保守的人物，往往有意无意贬低其操守。其实，这是不符合历史真实的。王安石变法动机不错。如果原原本本地按照新法执行，北宋一定会变得比较强大。然而，参与变法的吕惠卿、章惇、曾布、蔡卞、吕嘉问、蔡京、李定、邓绾、薛问等都是奸邪小人，他们中的绝大多数名列《宋史》奸臣册。这些人确实推行着新法，却在权力运作中以权谋私，使新法的声誉一落千丈。曾国藩始终站在清朝统治集团一边，因为他平定太平天国，腐朽的清王朝苟延残喘了数十年，政治上是保守的，但曾国藩的个人操守不错，他为官清廉、非常勤政、待人真诚。陈宝琛其实也属于曾国藩式的人物。在政治上是一个典型的“老古董”，民国建立之后，他曾对人说：“民国不过几年，早已天怒人怨，国朝二百多年深仁厚泽，人心思清，终必天与人归。”甚至到了清朝被推翻二十年后，还希望溥仪有机会复辟。然而，就是这样一个人，在操守上，却不乏可圈可点之处。

真实的历史，许多时候都是混沌的。

（原载《湘声报》2017 年 1 月 6 日）

清末新政的夭折

许家祥

过去人们一直以为，清王朝自高自大，自我封闭，不愿向外国学习，其实事实并非完全如此。晚清在向外国学习的问题上脑子清醒，行动积极，比如戊戌变法和清末新政，也曾开展得轰轰烈烈。特别是清末新政，持续时间较长，重大举措很多，改革的步伐迈得也很大，可惜一涉及既得利益集团，就走样了，弄得民怨沸腾，最终无法收拾，其中的教训发人深省。

世纪之交的1900年，自我感觉良好的清王朝做出了一个石破天惊之举：向世界列强宣战。结果，世界列强只动了一个小指头，就把清王朝打得满地找牙，老佛爷和光绪皇帝仓皇西狩，朝廷威信一落千丈。痛定思痛，清王朝终于认识到“欲救中国残局，唯有变西法一策”，老佛爷因此抛出了“新政”这张牌。

1901年1月29日，尚在西安的慈禧以光绪皇帝的名义发布改革上谕，强调“世有万古不易之常经”，但“无一成不变之常法”，穷则变，变则通，是故必须学习西方制度之精华。同时规定了新政改革的根本宗旨、改革的深度与广度、具体推进策略等，可谓划定了底线，指明了路径。

接着，成立了改革指挥部——督办政务处，作为办理新政的“统汇之区”。在督办政务处的组织协调下，新政开始实施，传统衙门纷纷裁撤，新式机构次第建立。

1905年日俄战争结束，立宪的小国日本战胜了专制的大国沙俄，在清朝上下引起震动。有识之士认为，“国家强弱之分，不由于种而由于制”，“于是天下之人，皆为专制之政不足复存于天下”，“立宪立宪”，一唱百和，成为全国官绅民众的共识。

为了学习外国先进经验，“寻访宪制”，1905年废科举不久，清王朝就派出五大臣分赴东西洋各国，“考求一切政治，以期择善而从”。1906年，老佛爷认真听取了考察大臣报告，怀着追求富强、消弭革命、巩固政权、维护君权的复杂目的，下令预备立宪。直隶总督袁世凯奉召入京，主持改革官制事宜，改革顺序为先中央，后地方。首先组建了“官制编制馆”，成员囊括了当时的主要高层官员，下设“起草”“评议”“考定”“审定”四课。中央要改掉“权限之不分”“职任之不明”“名实之不副”等问题，地方要改掉“官署之阶级太多”“辅佐之分职不备”“地方之自治不修”等问题。在此基础上，清廷公布了《内阁官制及办事章程》，准备裁撤繁琐的官僚机构，后来又成立了谘议局和资政院等机构——改革终于进入了深水区。

可改革这个东西，改下面可以，改教育、废科举也可以，一旦涉及官僚集团自身，麻烦就来了，自身利益无论如何不能丢。于是，围绕“军机撤不撤”“道台留不留”等核心问题展开了漫长的拉锯战，一些关键问题也不了了之。

尤为让人大开眼界的是，1908 年 8 月，清廷在巨大的压力下公布了《钦定宪法大纲》，明令 1916 年为立宪预备期限。此部《大纲》以日本的明治宪法为蓝本，按照“国情”作了重要修改：皇权比日本天皇的权力大，臣民比日本臣民的权力小。“君上大权”等日本有的照搬，日本没有的往上加，增加了皇上“有宣布戒严权”“得以限制臣民之自由”等条款；对“臣民权利义务”，明治宪法列有 15 条，清廷减为 9 条，删掉了“书信秘密不受侵犯”“信教之自由”等条款，招来了立宪派的严厉批评，指其为“假立宪”“伪立宪”。但清廷一意孤行，对批评者实行压制，将官制改革主持者袁世凯革职，导致社会矛盾日益尖锐。

立宪派和绅商不承认《钦定宪法大纲》的合法性，率先发起了一次又一次得到社会各界支持的“开国会和平请愿运动”，仅 1910 年就发动了 4 次，波及 23 个省，数百万国民参与。但清政府坚持奉行“大权统于朝廷”的改革路线，指责请愿运动“浮躁蒙昧，不晓事体”，拒开国会，在全国通缉立宪派领袖，取缔“非法组织”，采取越来越激烈的手段镇压请愿运动。

1911 年 5 月 8 日，清廷颁布《内阁官制》，公布了第一届内阁名单。13 名内阁成员中，汉人 4 人，另外 9 人不是皇族就是满洲贵族。责任内阁变成了“权贵内阁”“皇族内阁”，与立宪党人的期待相差太远，反对的声音很多，各省谘议局联合发出《宣告全国书》，许多谘议局的议长、议员向朝廷提交陈情书。对各方呼吁，朝廷装聋作哑，不予回应，直到武昌城头的枪炮声才唤醒沉睡的朝廷。

在全国革命形势的压迫下，清廷不得不改变“钦定”路线，接受立宪派的“国民立宪”路线和诉求，朝廷下“罪己诏”，誓言维新革新，重新唤起人民的信任。可惜为时已晚——革命形势发展很快，清王朝土崩瓦解，再也没有了改正的机会。

鲁迅先生曾说：“这屋子太暗，须在这里开一个窗，大家一定不允许的。但如果你主张拆掉屋顶，他们就会来调和，愿意开窗了。”清王朝不愿意开窗，革命者就要拆屋顶，等到他们同意开窗，为时已晚，房子已然崩塌。

纵观清末新政，如同一个硕大无比的巨人忽然跳起，准备干一番伟大事业，但过了一阵，他又坐下来，“喝一口茶，燃起烟袋，打个哈欠，又朦胧地睡着了”。这个巨人想干伟业的认识很高，措施很得力，“路线图”“时间表”一应俱全，行动也比较快，取得了不少阶段性成果。遗憾的是，改革一旦深入，新政就开始扭曲、变异了——分权成了集权，民主成了独裁，改革比不改革还糟。这种改革即便不失败，也会带来混乱，最终加速革命的到来。

对于清末新政夭折的原因，众说纷纭，有人说是缺乏强有力的领导，有人说是过快过急，有人说是没有处理好中央与地方的矛盾，这些说法都有道理。但笔者以为，清王朝实行新政的最终目的还是维护旗人的特权，其改革不过是“大清专制主义”的自我完善和发展，无论怎么改，都不能稀释自己在政治上经济上的垄断地位。在这个思想指导下，符合专制集权的措施就落实了，需要“分权让利”的措施就被利益集团劫持或被老佛爷腰斩了。从这个角度看，既得利益集团的阻力才是改革失败最主要、最根本的原因。不光清末新政如此，中国古代历史中的改革，大多半途而废，原因也在这里。

（原载《同舟共进》2017年2期）

陆绩不仅仅是“清官”

徐　强

千里西江，浩浩荡荡，奔腾不息，如一匹巨练，从广西贵港市掠境而过。江的南岸，镶嵌着一座村庄，名叫南江村，绿树掩映、青草葳蕤间，还保留着好几处与三国东吴郁林郡太守陆绩有关的历史遗存，比如陆公井、怀橘坊、橘井名区等等。据文献记载，这里正是郁林郡郡治所在地，所以关于陆绩的故事与传说，千古而下，在村子里有口皆碑，传诵不已。

历史上，陆绩以为官清廉著称于世。不过我们在《三国志》陆绩的本传中，并没有看到相关的记载。这篇经过官方审核、位居“正史”里声誉最高的“前四史”中的传记，主要讲述了陆绩的几件事情：第一件是他6岁的时候，去见袁术，袁术拿橘子招待他，他偷偷往怀里藏了3个，结果在拜别时，橘子掉到了地上。袁术问：“你来我这里做客，怎么私藏橘子呢?”陆绩答道：“橘子好吃，我想带几个回去给妈妈尝尝。”“怀橘遗亲”的典故，由此而来。第二件，是孙策和宾客们正在商讨用武力荡平天下之际，坐在角落里的陆绩远远地大声说道：“今论者不务道德怀取之术，而惟尚武，绩虽童蒙，窃所未安也。”可见他是一个和平主义者，不喜欢打打杀杀，兵戎相向。再有一件事情，就是孙权当家的时候，他“以直道见惮”，为人过于正直，得罪了不少同僚，所以被调离京城，千里迢迢到郁林郡当了太守，加封“偏将军”，领兵两千。本传只是说他在郡守任上“著述不废”，写了不少书，此外并没有过多的记载。

直到《新唐书》的陆龟蒙传，人们才从正史中知道陆绩是一个大清官。书上是这么写的：“陆氏在姑苏，其门有巨石，远祖绩尝事吴为郁林太守，罢归无装，舟轻不可越海，取石为重，人称其廉，号‘郁林石’，世保其居云。”官居一郡之守，没有搜刮民脂民膏，衣锦还乡，还怕船太轻被海浪打翻了，只好搬来一块大石头压舱，确实是两袖清风，挥一挥衣袖，不带走一片银两啊。接下来的事情，大家都知道了，陆绩成为历代公务员为政清廉的学习榜样，那块用来压舱的大石头，则被命名为“廉石”“郁林石”，成为廉政教育的醒世木铎。

问题在于，官修正史关于陆绩如何施政、如何清廉的记载，实在少得可怜，语焉不详，这就难免会给人一种错觉：难道一名官员，什么事情都不做，仅仅因为不受贿、不贪钱，仅仅因为搬了一块石头上船，就足以领受世人的无上尊崇，千秋万代被铭记、被歌颂吗？事实并非如此。还好，南江村有陆公井，这说明，陆绩曾率领村民们开凿水源，解决饮水问题。还好，南江村有郁林城遗址，这说明，陆绩曾率领村民们修筑城池，改善居住环境，完善基础设施建设。还好，贵港地方文献有这样的记载：“俗不知学，绩迪以诗书，士慕其风，皆舍里居而学焉。”（民国《贵县志》）这说明，陆绩曾率领村民们兴办教育，开启民智，让身处桂东南偏僻荒远之地的人们，见识、学习到了中原地区先进的文化和技术。民智愚昧则社会愚昧，没有民智的启蒙，就没有社会的进步；陆绩兴教育、启民智，泽被后世，功德无量。

历史上对“清官”的诟病，代不乏人。李贽说：“故余每云贪官之害小，而清官之害大；贪官之害，但及于百姓，清官之害，并及于儿孙。”（《焚书·党籍碑》）刘鹗说：“赃官可恨，人人知之。清官尤可恨，人多不知。”又说：“天下大事，坏于奸臣者十之三四，坏于不通世故之君子者倒有十分之六七也！”（《老残游记》）他们是在语不惊人死不休，标新立异，反对为官清廉吗？非也。他们只是想从另一个侧面提醒世人，道德操守并不等于执政能力，清廉只是对官员最基本的道德要求，除此之外，还要看他有没有实干的本领。如果光是清廉，而不做事，或者胡乱做事，那这种清廉就是徒有其表而已，非但无益，反而有害。

陆绩不是这样的“清官”，他也不仅仅是个“清官”。如果他头上的“清官”光环，遮住了实干家的本质，那将是一种悲哀。

陆绩的心里，装着情怀，装着苍生，装着天下的疾苦。他把在郁林郡出生的女儿取名为“郁生”，可见他对这片土地爱得多么深沉。一个心里有大爱的人，决不会是甘于平庸、尸位素餐、碌碌无为之辈。南江村的青松做证，奔腾的西江水作证，陆绩配得上人们对他的深切怀念，生生世世，地老天荒。

（原载《贵港日报》2017 年 9 月 12 日）

辜鸿铭看女人

理　钊

学贯中西的辜鸿铭，自幼习熟西洋文化，一生获十三个博士学位，能操英、法、德等九种语言，但却是一位“名教道统”的坚定守卫者。他自1885年从南洋回国，直到1928年72岁时死去，42年间不改长袍、马褂和辫子的装束，用自己的行动维护着“名教道统”，而且很以此为荣。1920年，张勋66岁生日，他送去了一副对联：“荷尽已无擎天盖，菊残犹有傲霜枝。”这既是对另一根辫子的赞赏，也是他自己心迹的表白。辜先生维护的“名教道统”里自然少不了关于女人的道统。1878年辜鸿铭自西欧游学回到南洋，他的西班牙母亲嫌他不娶妻室。他说：“我要找一个百分之百、纯正的中国旧式女人做老婆。”这老婆“不要受过甚么教育，嫁夫生子是唯一的天职，要有一双用布精心缠过的纤巧玲珑的小脚。”“尤其是丈夫要讨小老婆，她还会帮着打点聘金，面带笑容……”（《辜鸿名传》海南出版社）辜氏的这一段“征婚启示”里就含着他的女人观，比如“女子无才便是德”“夫为妻纲”，裹小脚防止女人到外面乱走等。非小脚女人不娶的辜鸿铭直到30岁时才如愿以偿，娶了缠有一双三寸金莲的淑姑为妻。由此可见，辜先生的女人观并不是虚枉的标榜。辜鸿铭娶小脚女人为妻可不是叶公好龙，他是真心喜欢小脚的，娶妻不久他便养成了吸嗅小脚的嗜好。据说辜氏写文章时，一手把玩着夫人的三寸金莲，一手握管挥毫，思如涌泉，瞬间千言。在辜鸿铭的女人观中，很重要的一条便是一夫可以多妻，男子应该纳妾。这一条他也是“理论与实践”相结合了的。娶得淑姑不久，他便纳了第一个妾，年过半百时又从妓院“英雄救美”，再纳下一妾。很可惜，在辜鸿铭生活的上个世纪的交替之际，正是“名教道统”受到挑战和冲击的时候，西方文化渐进，东方传统文化中的陈规陋习，正受到从未有过的批判，直至影响到人们的日常生活，传统女人观中的缠足、纳妾等已开始受到质疑和批评。面对日益被抛弃的旧观念，辜鸿铭挺身而出了。他几乎是逢人便讲他的小脚的好处，纳妾的应该，而且还写文章鼓吹。1914 年，辜氏连续三次向英文报纸《北京每日新闻》投稿鼓吹“纳妾有理论”均被拒绝。为此他大为生气，他说：“一个茶壶配四只茶杯。男人恰如茶壶，女人就是茶杯，一夫多妻有何不可?”又有一次，几个德国妇人反对他的纳妾观，他反驳道：“你家汽车总有四只轮胎，那请问府上备有几副打气筒?”以维护东方文化为终身大任的辜鸿铭是将女子缠足、男子纳妾视为这文化的一部分的，如同他头上的辫子同他的身体一样。《红楼梦》是现实主义的伟大作品，其现实意义就在于，使我们在今天仍能看到那个时代里大家豪族生活的样子。据说，中国的文化是存续于官绅之家，正所谓“礼不下庶人”。所以，宁荣二府里的日常生活和文化观念便可谓东方文化的范本。大老爷贾赦一生之中“生命不息，纳妾不止”。他的妻子邢夫人便曾为大老爷讨小老婆做过媒人呢。就是威风如王熙凤者，也不得不在贾母面前假惺惺地为贾琏讨尤二姐。但不论辜鸿铭怎样用语言和行动维护他的女人观，也还是无法挽回已经逝去的大势。民国的成立，“五四”的兴起，人们还是将他崇奉的东西丢进了历史之中。“天不变，道亦不变”的孔教受到了从未有过的抨击和无情的抛弃——只好从国教的圣坛上走了下来。世事真是殊难预料。近年来，曾经被批判的孔教又披了“新儒学”的外衣卷土重来，使得一部分国人的“精神”为之一振，似乎中国已是这个星球上最大的赢家了。我不知道，要用“东方文化悬壶济世”的辜鸿铭，是不是也会成为人们再次推崇的人物，并从他手里接过他的女人观？我想，按照国人擅长的要么“一无是处”，要么“一好百好”的思维习惯，假如儒学真的重又登堂入室，成了盖了权力印章的“国学”，他的女人论是否会随着“新儒学”主导世界？也许眼下正暗中流行的“包二奶、三奶”，可能就正是这种“女人观”通行全球之前的试验。有高举着他“孔教必将支配世界”的理论的学者，有用行动悄悄实行着他的女人论的传人，活着时“愤世嫉俗”的辜老先生真可以安眠于地下了。

但他终于不能安眠。1928 年，辜鸿铭被肺炎折磨得奄奄一息了，他的两个女儿守在他的病榻前。躺在病床上的辜先生望着一双女儿，无限伤感地说：“我最放心不下的就是你们二人，你们要好自为之啊!”这位一生都在倡导女人缠足、男子纳妾的大儒，看到两个尚未出阁的女儿，他最放心不下的是什么呢？我们不得而知。只是在辜氏死后，他的两个女儿双双到苏州一座庙内出家为尼，古佛青灯、相伴一生。对于辜鸿铭的女人观，也许只有他的女儿理解得最为彻底的罢!?

（原载《湘声报》2016 年 12 月 23 日）

梁启超的1927年

傅国涌

1927年给王国维和梁启超这些学有根底、历经世变的学人带来的心灵震动，超过了辛亥之变，王国维投湖自尽与其说是为过去殉葬，不如说是对未来的绝望，在风云激荡的时代大变局中，他从内心深处感受到了恐惧，他冷静地选择了离世。与王国维不同，梁启超一生常处在政治旋涡中，对世变的承受力也更强一些，但从他写给女儿的家书中，我们也可以看到他当时的内心波澜。但他仍想为未来用力，也就在这一年，他对同门师弟伍宪子说了二点想法，一是做人方法，在社会上要造成一种不逐时流的新人；二是做学问的方法，在学术上要造成一种适应新潮之国学。他思考的重点还是人，培养人才，转移风气，建立新学术路数。这和他一贯的思路也是吻合的。

他在晚清提倡"新民说"，办《新民丛报》，自号"新民子"，他曾说："苟有新民，何患无新制度，无新政府，无新国家。"虽然戊戌变法以失败告终，但在他流亡异国的十几年间，以其"新民体"的文字为媒介，不断地将他的思想主张传递给国人，也确实产生了难以估量的影响。梁启超生于1873年，在比他小二十岁的这一代人，比如同是生于1893年的梁漱溟、毛润之、左舜生，这些人将来走的道路各不相同，而他们在成长的年代都曾浸润于他的"新民体"文字。在20世纪早期亚洲的历史上，像他那样对一个民族产生如此深远影响的读书人，似乎唯有印度的泰戈尔、甘地。

到1927年，梁启超虽然仍寄望于"新人"，却不再提"新民"，也不再提"国民运动"，而是"不逐时流的新人"，难的不是新人，而是"不逐时流"的新人。伍宪子如此理解："做人要不逐时流，此有同于曾涤生之强调诚拙、振拔向上的功夫。为学要适应新潮，即在沟通中西文化，从事人学与物学之间的会通调理。这两点都从求上进来。令人起敬。"

伍宪子追随梁启超多年，对他有相当了解，但这一解读并未触及他思考的内核。如果说，“新民”“国民”都还是群体性的概念，寄望于国族群体的觉醒，来改造这个国家，那么，“不逐时流的新人”则是个体性的，是能独立思考、独立判断的，不随波逐流的。伍宪子只是从个体修养的角度去理解，忽略了他当时提倡“不逐时流的新人”的时代处境，1927 年的中国群众运动的声浪一浪高过一浪，大江以南群情汹涌，藏书家叶德辉在湖南被戮的消息令人震惊。

梁启超瞻望未来时，当然会想到他所亲历的世变，他曾说清末十五年之变超过了以往一百五十年，其实何止是一百五十年。但 1927 年的冲击带有更多不可预测的成分，超过了他以往的经验范围。他的同事王国维自沉带给他的震撼不能忽略，虽然两人政治观点不同，人生经历也有很大距离，但在那一年他们的许多感受是一致的。这是他说出上述两点思路的背景，从这个角度去理解，他心目中的“不逐时流”当然不会简单地停留在曾国藩式的个人修养层面，而是想得更远、更深一些。

晚清大变局造就的梁启超在新的民国一直没有停止思想，在老大帝国瓦解之后，他所期待的“少年中国”尚未出现，唯有新人才配得上一个新的国家，他想到了“不逐时流的新人”，没有这样的新人，中国还将是那个老中国。两年后，五十六岁的梁启超一病不起，对于如何才能造就“不逐时流的新人”，他已来不及做更深入的思考了。

对他的过早离世，伍宪子深感惋惜：“他懂得中国历史，说得中国文化明白，同时又了解西方学术，他一定能提得出一个可能实现的理想人类社会的方案，让大家减少盲从和瞎碰。这于世界于中国的助益多大呢。可惜死早了，留给我们后死者这么一个沉重的任务——重新认识中国历史，估量中国文化的任务。”我由此联想，梁启超所说“不逐时流的新人”，其实就是不盲从、不瞎碰的人，他在 1927 年最担忧的就是国人盲从、瞎碰。

（摘自《杂文月刊》2016 年 12 月下）

刘文典戒鸦片

鲁建文

在民国时期，刘文典被认为是“瘾君子”中的“特许”对象，抽着鸦片授课。中华人民共和国成立不久，他却戒掉了已经抽了十多年的鸦片，且逢人便说“今日之我，已非昨日之我”。新社会让他获得了新生。这在当时的云南，特别是在云南大学成了一条特大的新闻。

刘文典是大学问家，先后在北大、清华、安大、云大任教，在古籍校勘领域造诣颇深。在安大担任校长时，曾因保护学生当面痛斥蒋介石，名震全国。他所著的《淮南鸿烈集解》和《庄子补正》堪称校勘之范本。胡适曾在《淮南鸿烈集解》序中说；“叔雅治此书，最精严有法……其功力之艰苦如此，宜其成就独多也。”后又在《中国思想史长编》中说，此书“收罗清代学者校著最完备，为最方便实用之本子”。陈寅恪在为《庄子补正》作序时说：“先生之作，可谓天下之至慎矣……然则先生此书之刊布，盖为一匡当世之学风，而示人以准则，岂仅供治庄子者所必读而已哉!”刘文典自己则是这样评价：“古今真正懂《庄子》的，两个半人而已。第一个是庄子本人，第二个就是我刘文典，其他研究《庄子》的人加起来共半个。”在当时，他最引人诟病的应是身为大学教授却好上鸦片。在庄严的大学讲堂上，他不时一边讲课，一边抽着鸦片，且称自己是“奉旨抽鸦片”。这在中国教育史上恐怕是十分罕见的。

据其同事、朋友和学生回忆，刘文典染上鸦片与痛失爱子刘成章直接相关。钱穆就在《忆刘叔雅》一文中说，刘文典“因晚年丧子，神志消沉，不能自解，家人遂劝以吸鸦片。其后体力稍佳，情意渐平，方立戒不再吸。及南下，又与晤于蒙自。叔雅鸦片旧瘾复发，卒破戒”。刘成章是刘文典的长子，自幼聪明好学，三岁能识字，八岁能作画，十岁能吟诗。中学时，他各科成绩总是考得满分，偶有失塌，就不好意思回家见父母。刘成章进入大学后，肺部发现问题，常常久咳不止，痰中带血。虽经一段时间的治疗调养稍有好转，但因连连参加学校敦促国民政府抗日的请愿，引发感染，不幸病情恶化，无力回天。刘文典特别喜欢这个儿子，不仅是因为他这样勤奋好学，成绩优异，前途看好，更为感人的是颇有孝心。母亲患病在床，他每天晚上都要偷偷起来在窗外打听母亲的动静，向天默默祈祷："愿以身代。"这样品学兼优、人见人爱的儿子，却只有二十出头就离他而去，这对刘文典无疑是巨大的打击。因此，为缓解痛苦，他一时染上鸦片也不难理解。

众所周知，抽鸦片的花销相当之大。刘文典作为大学教授，虽然薪金不低，但要维持这一嗜好自然不易。他补充家庭开支来源的渠道主要有两条：一是靠出版著作的版税收入。他除校勘《淮南子》《庄子》《论衡》等古籍外，还翻译出版了《生命之不可思议》《进化与人生》《宇宙之谜》和《进化论讲话》等现代科学著作。二是靠帮人撰写墓志等礼仪酬金收入。由于他骈文写得特别好，声名在外，许多有钱人都愿意出高价请他为先人撰写墓志铭，附庸风雅。在西南联大时，大盐商张孟希邀他到磨黑去，承诺保证供应他的鸦片和一家三口的生活费用，回昆时再送鸦片五十两作谢仪，据说其中最主要用意之一就是请他为先母写墓铭。不过，这次磨黑之行，虽然获得了不少的鸦片，但对于他个人来说，影响极大，落得个被清华解聘的结果。

刘文典之所以能在解放初期把抽了十多年的鸦片戒了，显然得益于当时开天辟地、摧枯拉朽的大环境。刚成立的中华人民共和国，以一种所向披靡的气势，对鸦片、娼妓、赌博、黑帮等社会丑恶现象进行毫不留情的整肃，让他感觉到了社会的变化。对于鸦片的危害，他本也清楚，曾还专门写过一篇《洪承畴之论鸦片》的文章，从史家的角度，指出鸦片在中国流通带来的恶果。但由于当时民国政府查禁鸦片只是一种表面功夫，对他这样的"国宝级教授"更是"睁一只眼，闭一只眼"，让他成了"特许"对象。他就曾这样公开地对搜查他的鸦片的宪兵说："你们没收我的鸦片可以，但请你们在三天内给我送回云南大学来。"还真不出几天被如数奉还。而中华人民共和国的查禁鸦片，却是一场把群众真正发动起来了的运动，政府连续下达两道命令，步步紧逼，声势浩荡，没有例外。他已深深地意识到，假如不与鸦片告别，自己就可能要与今天的新社会、新生活告别。于是，他痛下决心，坚决戒掉了鸦片。

据章玉政所著的《狂人刘文典》介绍，主意拿定后，刘文典先是撤了烟榻，尔后将家里所剩的鸦片和平时用惯了的烟枪，一股脑全部清扫出门，同时他向同事、朋友公开宣布，从即日起自己戒掉鸦片了。夫人张秋华也曾陪他抽过鸦片，看到他这么大的决心，也当即表示十分赞同。但戒鸦片并非小孩“玩过家家”，说停就停，有过亲身经历的人都清楚；鸦片瘾来了，简直宛如赴汤蹈火，真有一种痛不欲生、生不如死的感觉。如果没有一种坚强的毅志、顽强的定力，必然会瘾根难断。不过，他的决心是下定了的。瘾念一来，他便采取猛抽香烟、大喝浓茶、增服戒毒药的办法，缓解生理上和心理上的煎熬。为了分散自己的注意力，他坚持走出家门，回到同事、朋友、学生中间，与他们聊聊天、扯扯谈，增强信念。他常说：“处在反动统治的旧社会，没有别的消遣，我就吸上鸦片；如今社会主义新中国蒸蒸日上，心情舒畅，活不够的好日子，怎能吸毒自杀呢?”

品读刘文典吸鸦片到戒鸦片这段历史，让我仿佛看到了中华人民共和国当年那场戒毒运动的声势。中华人民共和国成立后，毒品、娼妓、赌博、黑帮等社会丑恶现象短时间都被革除，靠的就是摧枯拉朽、开天辟地的手段。刘文典能成功戒掉抽了十多年的鸦片，不能不说也正是乘上了这个大势。

（原载《湘声报》2017 年 4 月 22 日）

死了也是硬道理

马亚丽

这个题目有点不着调，也有点不靠谱，因为有太多的人说“活着才是硬道理”。活着是个硬道理我懂，但随着一天天变老我逐渐明白，死了也是个硬道理。这是我看到西晋朝时期著名的美女绿珠跳楼后，产生的强烈想法。

这个“绿珠跳楼门”事件，值得说说。

绿珠在西晋可是一位顶级文艺女青年，不仅身材曼妙，容貌倾城，更重要的是她多才多艺，歌，唱得好；舞，跳得妙；琴，弹得绝。这样一个人物，不是西晋科班出身，而是来自蛮荒之地的广西。一次偶然的机会，西晋三大富豪之一的石崇在视察这片土地之时，听说了这个盖世文艺女，一看真的大大非同寻常，用了三斛珍珠买回这个梁家女儿。看看人家买个人，都不用多少粒珍珠，要用斛。三斛珍珠到底值多少钱，估计百分之九十的人都不知道，大概算一下，十斗是一斛，一斗在汉代相当于我们现在的150斤到300斤之间，三斛肯定是个超天文的盖世数字。也是啊，盖世的数字，才能买来盖世的美女加才女啊，于是，梁绿珠不远万里来到了繁华的首都。

绿珠到了首都石崇家的日子，自然是我辈无法想象的荣华富贵，充当的是床上愉悦石崇，台上愉悦众人的角色。每次宴会，石崇一定命令绿珠出来歌舞侑酒，看见绿珠的这些男人们，不仅仅忘记了吃饭喝酒，张开的嘴巴都能轻松放进一枚鸵鸟蛋，还有冷冻一下可以变成粉条状的哈喇子。绿珠之美名就如柳絮一般在首都的上空飞翔，绿珠的点击率爆棚。这一爆棚不要紧，绿珠要完蛋了。

男人成名易获女人的敬佩，女人出名易遭男人的挂怀。在中国既能打败富翁抢夺其财富，又能轻松干掉文化人的除了权力，还是权力。这个权力在绿珠和石崇面前出现了。

在中国专制社会里，能用汽车拉多少车的银子，能将数台点钞机点坏的巨额银票，都不是勤劳二字能达到的。石崇那些说不清的巨额财产，当然也有背景可言。关于这点，我在后继的文章中会有更细致的阐述，在这里不详细说了。公元300年的4月，西晋的权力进行了大洗牌，“大王”落到了司马伦的手中。司马伦比那个“何不食肉糜”的白痴司马衷强不了多少，这样，幕后指挥司马伦怎么打牌的孙秀一遭得势了，便想起绿珠姑娘来，于是派人向石崇索取。此时，石崇在朝廷里的靠山该倒台的倒台，该靠边的靠边，该死的死了。但没有认识到自己的处境已经很危险，依然陶醉在自己往日的威势中，面对他人劝说“君侯博古通今，还请三思”，石崇还是坚决果断地拒绝了新崛起权力者的欲望诉求。

这一拒绝，吹响了绿珠和石崇死亡的号角。孙秀趁着司马允与司马伦火并失败后的机会，来发泄自己被拒绝的羞耻了。“同谋叛乱”是最好不过的帽子，石崇家被官兵包围个水泄不通。这时候，石崇才认识到问题的严重性：美人保不住了，自己的命保不住了，财产也保不住了。哀伤之时，石崇对文艺女青年说：“我为了你，犯下大罪。”绿珠很聪明，听了后马上立刻说：“我当死在你之前。”然后，终身一跃，“绿珠跳楼门”事件诞生了。

绿珠跳楼了，让我很郁闷。

这样一个人见人爱的解语花，瞬间香消玉殒，这样一个有巨额财产的富翁，也很快被砍头了，都没带走一片云儿。后来一想，这样也是最好的结果了，可谓死得其所。

石崇买绿珠，那是死契，买断了绿珠终生的所有权，不是“公共情妇”，只拥有临时“包养权”，或者诸多权力者可以“资源共享”。大难临头之时，石崇只能有两个选择，一个是将绿珠献出去，一个是坚决不放弃所有权。先来看最初如果石崇把绿珠给了孙秀，可以短时间获得安全，但是巨额的财富也不会让石崇能过几天安生的日子。这一点，石崇也清楚，对来逮捕他的执法人员说“那些奴才，只是贪图我的家产”。可知，绿珠只是孙秀个人的需求，而巨额家产才是权力集团人员的共同追求，而权力者的个人需求，常常要借助集团的力量来完成。孙秀策划的这场没收财富，掠取美人事件让我知道，绿珠不过是石崇被财富烧死前的一个引线。孙秀不来点火，别人也会在某个时间扛着火种跑来。再来看最后执法人员进入石崇家，石崇知道即使这时将绿珠给了孙秀，也于事无补，没一点用处了。石崇坚持到底绝不放弃所有权的结果，也是有两种可能，一个是绿珠自杀，一个是绿珠被自杀。石崇对绿珠说的“我为了你，犯下大罪”的深层意思，便是“你为了我，得去死了”，已经把绿珠裹挟到和自己一起死的路上。冰雪聪明之人，其实最不需要直白的语言来明示，直白的语言是对聪明智慧之人智商的贬低。即使绿珠死乞白赖地不跳楼，想继续活下去，也是不可能。石崇绝不会让她活下去。绿珠活下去，无疑是石崇的失败，岂可让所有权在自己死后轻松转让？将人推下去或是扔下去，都是很不费力气的事情。绿珠跳也得跳，不跳也得跳。她没有消失在茫茫人海中的能力，更没有携巨款潜逃海外的环境啊。看来，出生的年代，真的很重要。

这不是宿命，这是现实。

假使绿珠活下来，也好不了。从孙秀利用国家利器来报复石崇，到孙秀被杀，大约是八个月的时间。时间太短了，短得历史这双眼睛还没眨一下，就完蛋了。绿珠这楼跳得还是很正确、很及时、很英明。“绿珠跳楼门”事件，一下子晓得了为什么好多人，在“山雨欲来风满楼”之时，绝然地跳楼、上吊、抹脖子、被自杀了。

原来啊，死了也是硬道理。

（原载《各界》2017 年第 7 期上半月）

我的“藤野先生”

王东成

我今生得遇的第一位良师与恩师，是我的小学老师毛子山先生。

毛老师是日本人，原名叫铃木弘起。他的亲生父母是侵华日军的军医，据说光复时，被愤怒的中国民众打死了。毛老师和他的弟弟便成了日本战争孤儿。

据说，抗战胜利后，不论是朝鲜，还是韩国，几乎没有发生一例收养日本战争孤儿的事情。可是，在我们中国，尤其在我们东北，却发生了许多收养日本战争孤儿的故事。每每想到这点，我都备感自豪。

毛老师的弟弟被当时群生乡的一户刘姓农民所收养，这辈子没念多少书。而毛老师则被当时河口乡的一户毛家所收养。毛家对他视若己出，给他起名叫毛子山，供他读书直到大专毕业。

毛老师教数学，后来也教语文，教得特别好。我对数学的浓厚兴趣，就是他激发出来的。

得益于毛老师的培养，我参加各种数学考试，屡屡获得好成绩。1978 年高考，在几乎没有复习的情况下，我的数学考试成绩仍然是 60 多分，是报考文科考生中的佼佼者。

读三四年级时，毛老师开始当我们的班主任。

那时，学校组织学生勤工俭学，内容是割草卖钱，给班级挣班费。学校规定：每人每天必须割草 30 斤以上。对此，我很不满意，公开提出异议：人的体力和能力不同，要求每人每天必须割草 30 斤以上，不合理。我身体瘦小，力气小，每天割不了 30 斤草。

毛老师十分严厉地说：这是学校的规定，无论是谁，都必须完成，没有人可以例外。

气愤之下，我“义愤填膺”地怒斥道：“你是日本法西斯！你实行的是日本法西斯教育！你们日本人过去欺负我们，现在还想欺负我们，我决不忍受你们的欺负！"

当时，毛老师气得嘴唇直发抖，他大声吼道："我是日本人怎么了？党和人民信任我！"

之后，毛老师对我实行了严厉的"惩罚"：每天早晨上学，不可以先进教室，必须先到老师的办公室，背一首古诗。这种"惩罚"，持续了近两个月。如今想来，这是怎样美好、奇妙的"惩罚"啊。

有一次，全校上课间操之后，校长讲话。校长讲完话以后客气地问在场的老师和学生谁有话要说。不知怎的，我竟然举起手来大声说："我有话要说！"一边说一边快步走上前面的方形高台。为什么要说，都说了些什么，我至今也想不起来。我想，大概是我很想把妈妈刚给我买的一双非常好看的条绒鞋显示在全校老师和同学的面前吧。

这是一次颇有"轰动效应"的"校园事件"和"行为艺术"。从此，我就成了学校的"明星"和"名人"。对我的这一举动，毛老师很欣赏，他像慈父一样，笑着拍了拍我的肩，摸了摸我的头……

有一次，我问毛老师：红军长征是为了北上抗日，是要到抗日最前线，可日军并没有进入陕西，陕北并不是抗日最前线呀。

毛老师听了，压低声音说：这些，你一个小学生是不懂的，以后也不要再跟别人说了。从此，我知道了并不是什么话都可以说、什么问题都可以问的。

读五年级时，一次写作文，我有心无心地问毛老师：可以写诗吗？毛老师回答说：你想写诗吗？想写，你就写吧。于是，我就写了一首《歌唱大好春光》。毛老师给了我一个 5 分，写了一篇令我十分兴奋和鼓舞的评语。

刚上初中，我就很意外地收到了由毛老师转来的一封吉林人民出版社的来信、一本《吉林省中小学生作文选》和一支"金星"金笔。这本"作文选"，我一直珍藏着；而这支金笔，我把它作为最珍贵的礼物，送给了刚刚考取东北师大中文系的哥哥。

对于我，这是一个很大的惊喜。这是怎么回事呢？原来是吉林人民出版社组织全省中小学生征文，毛老师将我写的那首《歌唱大好春光》寄给了吉林人民出版社，结果，被选入《吉林省中小学生作文选》。这篇作文，是我今生公开发表的第一篇文字。它的公开发表，给我今生的"文字书写"举行了一个"奠基礼"；而毛老师，则为这个"奠基礼"铲了第一锹土。

后来，毛老师成了中学老师，在我市的另一所中学（第十六中学）任教。"文化大革命"中，他不仅被"触及了灵魂"，而且被"触及了皮肉"。

20 世纪 70 年代，中日邦交正常化之后，毛老师回到了自己的祖国和自己的故乡（山形县），继承了亲生父母和叔父的遗产，享受到政府的抚慰和补偿。

毛老师很快就把他中国的父母接到日本享清福。但是，他中国的父母想念自己的祖国和故乡，毛老师便把他们送回中国，自己也随他们回到中国，侍奉他们的晚年。直到两位老人去世后，他才回到日本自己的故乡。

毛老师很关心我。在我研究生毕业已在中国青年政治学院任教后，他还给我寄来许多资料，希望我到日本名牌大学留学。

毛老师很热爱中国，很想为中国人做些事。他就是在一次送别中国的一个教育代表团离开日本之后返回自己家的途中，心脏病突然发作去世的。这真叫人唏嘘不已。

毛子山老师的故事，是中国人富有博大爱心的美好见证。好树结好果子，毛老师把自己得享的爱化作自己的灵魂，把它“反哺”给了自己的中国学生。

鲁迅十分缅怀他在日本仙台医学专科学校留学时的恩师藤野先生。在我心中，毛子山老师，就是我的“藤野先生”。

（原载《湘声报》2017 年 3 月 10 日）

老蒋的“匹夫之勇”

刘吉同

1944年8月，驻扎在四川资中的“国军”后勤部运输二十九团一营一连，士兵严重缺编，便就地征调壮丁。补充满员后为防止新兵逃跑，连队移驻重庆。连队有个排长叫孙孝清，经常毒打士兵，连队到达重庆后，壮丁中一稍通文墨的，写信向上面举报，信很快到了蒋介石手里，他命侍卫长俞济时秘密调查，结果属实。

老蒋非常气愤，于当月30日9时30分，在政务次长钱大钧等人陪同下，突然到了一连。二十九团及一营的长官哪见过这般阵仗，又没有遮羞掩丑的时间，一个个都吓傻了。对着眼前一群面黄肌瘦、衣衫褴褛的“叫花子”兵，蒋介石压住怒火，开始讲话了：我是委员长，大家不要害怕，有苦诉苦，有冤鸣冤。很快，下面便争抢着发言，有的说自被征以来没有吃过一顿饱饭，餐餐都是清汤寡水。有的说常遭长官打骂，轻者拳脚、枪托侍候，重者吊起来毒打。有的说没有衣服穿，长官贪污军饷克扣食物药品。有的说沿途有士兵被打死，逃跑被抓回来的又遭枪毙，死了的壮丁没人掩埋。最后都把矛头指向了孙孝清。突然，蒋介石爆发了，上前扇了孙孝清几个耳光，接着又用手杖敲击他的脑袋，厉声大骂拉出去枪毙。后经军事法庭审判，孙被判处死刑（《世纪》2017第2期）。

蒋介石以委员长之尊扇一个小排长的耳光，通常来看有失风度，展现出的是匹夫之勇。不过，我倒喜欢这样的性格，不掩不藏极为本色。平生最厌恶那些故弄玄戏装腔作势之辈，戴着面具装扮成一副高深莫测的样子。蒋介石这一巴掌，——仅就这一巴掌而言，可谓打出了一位疾恶如仇的“青天”形象，对于面前这些饱受欺辱的壮丁来说，总算迎来了扬眉吐气的一刻。

不过，再想想，扇一个小排长的耳光，不要说对于一国之最高统帅了，就是对于一个师长旅长，恐怕也是“举手之劳”。很显然，老蒋太“大材小用”浪费政治资源了。他的“巴掌”应该派上更大的用场。那么，应该扇向谁呢？

且慢，先讲点历史。孙孝清遭扇后一年，抗战胜利了，普天同庆之时，国民党迅速派出多路接收大员，分赴各地接收敌伪政权和财产。然而，这些人很快变成了“劫收大员”，其丑行被老百姓讽为“五子登科”，“金子、票子、车子、房子、女子”一个都不能少。沦陷多年的市民这时方恍然大悟，“想中央，盼中央，中央来了更遭殃”。前文提到的那个钱大钧，乃蒋介石的亲信，日本投降后出任上海市市长，到职后“以各种手段抢得大批金条”，上海人因此称他为“钱大钧”（何晓鲁、铁竹伟《一个人和一个城市》）。

很显然，蒋介石的“巴掌”应该向“钱大钧”们扇去，他们作恶的能量要比孙孝清之流不知道要大多少倍。孙孝清的恶行了不起致“一连哭”，而“钱大钧”则要致“一市哭”。但是，面对“钱大钧”们的腐败，蒋介石的巴掌或抬不起来了，或抬起来又收回去了，或高高抬起轻轻落下。

但是，问题还不是这般简单。孙孝清也好，“钱大钧”也罢，就其实质而言，他们都是“一根藤上的瓜”，只不过是分“大、中、小”号罢了。“瓜”固然可恶，但追本溯源，问题还在“藤”上。国民党的独裁体制，构成了这根“藤”的形体，其贪腐机制和文化，则为这根“藤”注入了丰富的营养，故才“根儿深，叶儿肥，藤儿壮”，上面结满了大大小小的“瓜”。因此，蒋介石最应着力的，是向这根“藤”扇去，以壮士断腕的勇气，进行一场革命性的变法，这样才能釜底抽薪，从根本上遏制贪官污吏的产生。遗憾的是，老蒋对之连抬“巴掌”的勇气都没有了。《建国大业》里的蒋介石叹道：反腐败亡党，不反腐败亡国。不管现实中他说没说过这句话，但却很符合他已被这根“藤”死死缠住了的现实，故于此他再也没有当初扇小排长那样“无所畏惧”的精神了。抗战胜利后国民党很快败退台湾，这根“藤”可谓“功莫大焉”。从这点讲，老蒋真的是只有匹夫之勇。

（原载 2017 年 8 月 22 日《上海法治报》）

蔡元培剪报

卢礼阳

近来读新版《蔡元培全集》（中国蔡元培研究会编）日记卷，得知蔡先生与胡适一样，也有剪贴报章的习惯。从幸存至今、整理入集的日记三卷本看，第一则剪报（1913年3月20日）来源于外文报纸，最后一则剪报贴于他生前所写的末篇日记（1940年2月28日），题为《胡适与“外交战”》（原载《中国晚报》），可以说这一良好习惯他保持到临终之际，贯穿了后半生的日日夜夜。

进行一番统计，蔡先生前后贴附于日记本（有的是记事本）上的剪报至少在164则以上，最多的两年1923（共73则）、1939（共16则）占了半数以上。最集中的一天在1923年的5月4日（与五四运动日恰在同一天），共贴剪报章33则。浙江教育出版社认为，这些剪报资料对了解著者的工作、生活、思想有一定的价值，但全文照录有碍篇幅，姑且只用报题，“冀为读者提供深入研究的线索”。现按全集第十六卷摘出10则题目如下：

《北京医专评议会同人报告笔记风潮之实况》

《亚齐人（苏门答腊）的壮烈》

《议员责问行政官迷信》（杭州）

《王恒之痛言猪议员狗记者》

《蔡孑民来沪将有西湖之行》

《北京政界之污史卖官鬻爵之异闻》

《苏省教育会痛责国会与政府》

《世界各国出版界之统计德国最多英美次之》

《介绍上海交响乐队》

《中国的音阶》（平沙译）

仅从这些题目，也不难领略蔡先生阅读兴趣的广博、关注社会之热切。

然而个别篇章属例外，社方同意编者全文照录：如1935年元旦所剪民国二十三年（1934）十二月二十六日《江南正报》所载的《殷富多国府要人因在本埠不动产及存款无法实行登报公告决议》，此文倒有许多人很感兴趣的内容，不妨抄引一段，并将该组数字排列于后。

急赈灾区普捐会为普遍起见，首先调查本埠（当为上海———引者）富有阶级，决募殷富捐。如殷富吝而不捐，决即登报公告，使社会人士知其为守财奴。据该会职员所谈，该项决议碍难实现。……国府要人之财产多系秘密，而就可调查之范围内调查，则诸要人在本埠所有财产估计如后：

蒋介石房产地产130万元不动产约1000万元
宋美龄 不动产及动产合计3500万元
宋子文 不动产及动产（下同）3500万元
孔祥熙　1800万元
孙　科　4000万元
张静江　3000万元
李石曾　1500万元
张学良　1000万元
王正廷　800万元
吴铁城　500万元
何应钦　不动产及动产合计　300万元
王伯群　200万元

接着文章披露，“其他要人在上海各中外银行存款及不动产，据中国银行调查，约有五万万元。其不动产及公司多用其亲戚名义购置，故实款无法详确，当在五万万元以上云”（第十六卷381页）。

显然，蒋、宋、孔、孙辈在抗战爆发之前就已窃取或囤积了大堆民脂民膏，少则200万，多至4630万（蒋、宋夫妇），而上面的数字局限于上海一市。比马寅初先生大力抨击官僚资本之前三年，已有传媒予以公开曝光，可谓难得果敢。不愧“正报”！

多亏两袖清风的蔡元培留下了这份剪报。

（摘自《此心安处》，文汇出版社2017年6月版）

孙毅将军的“够不着”

郭庆晨

孙毅将军在战争年代是一位功勋卓著的将军，是一个非常有个性、有特点的人。很多熟悉他的人都记住了他那别有特色的胡子，记得出身旧军队的他对革命的忠勇和赤城，记得他万年对儿童教育的倾心和执着，当然，更应该记得他在中华人民共和国成立以后的“够不着”。

那是20世纪50年代，中华人民共和国刚成立不久。一次，朱老总过生日，夫人康克清邀了几位将军来家中做客，其中包括孙毅。结果是孙毅没有到场，而且没有任何解释和说明——不知道出于什么原因。40余年之后，有心者为探究此事，通过孙毅的子女问父亲，孙毅才给出了原因：“我够不着。”那意思是说，朱总司令太高，孙毅太低，所以“够”不着。

是这么回事吗？

在革命战争时期，朱德作为总司令，孙毅作为总司令的部下，没少打交道，甚至应该说是“有着不平凡的交往和接触”。这其中，不要说红军时期破例批准孙毅留胡子的人就是朱德，也不要说1949年3月，中共中央机关、中国人民解放军总部离开西柏坡途经保定，就是时任冀中军区司令员的孙毅与冀中军区党委书记林铁迎候的毛泽东、朱老总、刘少奇、周恩来、任弼时一行，光是解放战争的序幕拉开不久，朱老总从西柏坡来到冀中军区司令部所在地黑马张庄，在这里成功指挥石家庄战役这一件事，就足以说明孙毅与朱老总的关系。在冀中军区，朱老总一连工作生活了一个半月，其间与孙毅这位冀中军区司令员或朝夕相处或频繁接触。这还不算，在离开冀中军区的一年半时间里，朱老总先后给孙毅发来15封亲笔信，信中交工作、谈形势、问家事，几乎是无所不谈。这样的上下级关系，如此的战友情谊，是一句“够不着”能够表达的吗？显然不能。

应该说，朱老总之对于孙毅来说，并非“够不着”，而是不想够、不去够。正所谓“非不能也，是不为也”。

那么，是什么原因使得孙毅将军不想“够”也不去“够”呢？据《长者之风》（记录孙毅将军长者风范和非凡事迹的文章）的作者李卫平分析，孙毅将军没有去总司令家里做客，是“不愿在那种不需要你牺牲，便可以获得荣耀的情况下去‘够总司令’。”这话说得有点简单，简约的文字里包含的内容很多。想想也是，什么是“够”？说得好听一点，是“攀”，说得难听一点，就是“巴结”。总之，有那么一点“上赶着”的意味。“够”得着、“够”上了，“够”上的是什么呢？不外乎荣誉、身份之类，而这些东西的获得，无须努力工作，亦无须做出什么牺牲，只须伸出双手再踮起脚尖来就够了。只是，如此一“够”，可是在人格上、气度上都大有亏损，绝不似孙毅将军之举那么被人看好、那么受人敬重就是了。

远的不说，就说与周永康等“大老虎”的贪腐案有牵连的部下和身边人，有几个不是把周永康等当作大树、靠山，贴上去、靠上去的？为了找到靠山，靠上“大树”，他们有的送钱，有的送礼，有的续情，甚至不惜搭梯子、踩人墙，无论如何都要“够”到才行。终于“够”到了，可“大树”一倒，“猢狲”们难免不跟着遭殃。想想当初他们为了享受“大树”的庇护，不讲原则，不讲人格，只顾一门心思地逢迎和巴结，却落得个受牵连的下场，多么可悲，又多么可笑！

说到这里，我猛然想起了儿时上树摘枣的情景。被打过枣（已采摘过的）的枣树，树尖上还有因竹竿打不着而侥幸留存的一些枣。要想摘到枣，就得爬到树梢。不但要冒掉下树来的风险，还要随时准备被洋剌子咬，要知道，枣树上的洋剌子是很厉害的，被咬了手或脸，疼痛难忍，几天都好不了的。

“够”枣如此，“够”人亦然。“够”了一溜十三遭，“够”成个“同党”“余孽”，就得不偿失了。不过也难怪，谁让你心术不正、心存欲念呢

还是像孙毅将军那样，坚决不“够”，就连朱老总那样行端坐正的伟人也不去“够”，堂堂正正地做人，老老实实地做事。如此，既不给老领导添麻烦，也不让自己失原则，多好！

（原载《杂文月刊》2017 年第 1 期原创版）

作为学者的陈独秀

鲁建文

人生很难一路滔滔，总会有挫折、有失意的时候，面对挫折和失意，有的人从此走向毁灭，有的人却仍可活出自身的价值。陈独秀无疑属于后者。他晚年耕耘于音韵学和文字学这两个领域，并创造出自己的成就！

对于陈独秀，国人并不陌生。他是五四运动的主要领导者，也是中国共产党的创始人之一。他出生于安徽安庆的一个书香世家，祖父和父亲都是当地有名的教书先生。虽不到时两岁父亲就死了，但他所过继的叔父却是举人出身，学富五车，为官多年。他六岁便由严厉的祖父教他读书，逼着他熟读《五书》、《四经》，但据他自己说，真正让他用功读书的却不是祖父的板子，而是母亲的眼泪。他生性不喜欢八股文，讨厌板刻束缚个性发展的东西，无心考科举、求功名。所以，他到南京参加乡试只是为了“以了母亲的心愿”而已。乡试不第，对他来说是“意外有益”，从此与科举彻底决裂。在康、梁思想的影响下，他开始追求新学，投身政治，1901 年首度东渡日本留学，寻求救国维新的真理，结识了不少进步人士。回国后，他先后参与《国民日日报》的编辑、主办《安徽俗话报》、创立岳王会，于 1915 年与胡适一起发起新文化运动，从而开启了他跌宕起伏的人生历程。

综观他的一生，风风火火，奋斗不息，主要从事两个方面的工作：一是投身革命斗争，包括政治斗争和思想文化斗争；二是进行学术研究，主要是音韵学和文字学研究。可以说，在参加革命活动之余，在革命受挫之际，在身陷囹圄之中，特别是在人生进入晚年之后，他把自己主要的精力，都投入了这两项古老而冷僻的学科的研究，辛勤耕耘。他以为，自己始终坚持这样，不仅是为了更好地认识中国的国情，更重要的是继续推进已经开创的民主与科学的新文化事业。他曾在信中这样对台静农说：“中国文化在文史，而文史中所含乌烟瘴气之思想，也最足毒害青年。弟久欲于此二者（即中国史、中国文字）各写一部有系统之著作，以竟《新青年》未竟之功。”可见，他的学术研究并非与所投身的革命斗争毫无关系，而是有着内在的联系，为的是完成未竟的事业。

由于国学功底的深厚，而且通晓日、英、法、德等多国文字，因而，他每当革命处于低潮的时候，或人生遭到挫折的时候，都能很快转身于学术领域。1913 年，“二次革命”失败，他被当局通缉，“亡命上海，闭户过冬”，于是写下了他的第一部文字学专著《字义类例》，后由亚东图书馆出版。1927 年，大革命失败，在“八七会议“上，他成为共产国际的“替罪羊”受到批判，于是又隐居于上海进行汉字拼音研究，为解决汉字难认、难记、难写问题大胆探索，写出了《中国拼音文字方案》。他曾为该书出版问题给胡适去信说：“存尊处拼音文字稿，我想现在商务可以放心出版了。倘商务还不敢出版，能改由孟真先生在研究所出版否？弟颇欲此书早日出版，能引起国人批评和注意。坑人的中国字，实是教育普及的大障碍，注音字母这一工具又不太适用，新制拼音文字，实为当务之急。”“甚望先生拿出当年提倡白话文的勇气，登高一呼。”但他的这一愿望最终未能实现，连手稿也不知所向。

他先后八次遭到通缉，五次被关进监狱。他曾是这样对青年学生说：“世界文明的发源地有二：一是科学研究室，二是监狱。我们青年立志出了研究室就入监狱，出了监狱就入研究室，这才是人生最高尚优美的生活。从两处发生的文明，才是真文明，才是有生命有价值的文明。”1932 年，他在上海被抓，以危害民国罪判刑八年，一连关了五年。他不断向朋友去信，请求帮助寻找有关书籍，而且以朋友的接济大量用来购买资料。通过绝食抗争，他把牢房当书房，在 12 平方的监狱里增设两个大书架，摆满了政治、经济、地理、社会、文字等各方面的书籍。他先后撰写了《中国古代语音有复声母说》《荀子韵表及考释》《广韵东冬钟江中之古韵考》《实庵字说》等四篇论著发表于《东方杂志》上，完成了《古音阴阳入互用例表》《连语类编》《晋吕静韵集目》《表》《干支为字母说》《甲戌随笔》等六篇论著手稿，还有启动《屈宋韵表及考释》《识字初阶》等两部论著的写作。在这里，成为他学术成果的最为丰盛的时期，不能不说是奇迹。

《小学识字教本》是进入晚年后的重要学术成果，也是他研究文字学的集大成之作。1938 年，被释放出狱的他，避居重庆江津。因患有高血压病，身体每况愈下，常常左耳轰鸣，右脑阵痛，“写信较长，都不能耐”，但他仍坚持“日写五六小时”，把主要精力和时间都用于这部著作的写作。他在序言中说：“昔之熟师课童，授徒不释义，盲诵如习符咒，学童苦之。今之学校诵书释义矣，而识字仍如习符咒，且盲记漫无统纪之符咒至二三千字，其戕贼童之脑力为何如耶！即中学初级生，犹以记字之繁难；累及学习国文多耗目力，其他科目，咸受其损，此中小学习国文识国字之法急待改良，不可一日缓矣。本书取习用之字三千余，综以字根及半字根凡五百余，是为一切字之基本形义，熟此五百数十字，其余三千字乃至数万字，皆可迎刃而解，以一切字皆字根所结合而孳乳也。”但由于他的特殊身份，在上篇写出后就遇到出版的困难，为书名问题被一拖再拖，最终在他去逝后才由国立编译馆油印 50 本分送有关专家学者。29 年后，梁实秋才将自己的收藏本拿出来首次在台湾影印出版，让其传世。

作为学者的陈独秀，一生可谓艰苦卓绝、硕果累累。从他身上，让人似乎看到那种“不做官能做教授”政治家形象，更看到了那种始终不渝“以竟《新青年》未竟之功”的信念。不能不令人敬仰。

（原载《湘声报》2017 年 3 月 16 日）

他们非法同居，抓起来

蒲继刚

那是二十世纪八十年代的事情。当时，我在工厂的宣传部做干事。

有一天早上，我上班后到开水房打开水，碰到我在保卫处的一个朋友，他把我拉到一边悄悄地说："昨天晚上我们抓了一对非法同居的，那个女孩说认识你，悄悄给我说，让我找你，让你去求求情，看能不能从轻处罚。"当时是八十年代中期，虽然改革开放已经好几年了，但人们的思想观念还没有开放到今天这样的程度。男女要是没有结婚，住在一起，就叫着"非法同居"，站在道德高地上说此事的人，是不耻这种行为的，"公家"如果管此事，或者还会把它归入到"流氓罪"，那就更严重了。当然，当时的社会越来越开放，这种事似乎也越来越挡不住。但在落后的地方，一个工厂的保卫处就可以把他抓起来，拘留他，严重的还可以把他们上交公安部门，面临牢狱之灾。在我们这内地的国有企业里，这属于挺严重的事，弄不好会引火烧身。我心中有些忐忑。

是谁呢？我在脑子里慌忙地思索着，却想不起是谁。说真的，当时因为年轻，还没有恋爱，让我去与这种事沾边，我心中还是不情愿的。虽然自己看了几本书，知道一点只要是成年人，就可以自由恋爱，自由支配自己的身体，这是人性的解放，是天赋人权。但当时我所处的环境还不允许说这种话，自己也不太敢说这些话，因为自己是在宣传部做干事，宣传部是工厂党委下属的政治部门，是要讲政治正确的，我在心里想的那些话虽然有道理，却不敢说出来，更不敢与别人辩论。

但我年轻时，又是一个比较胆大的人。我在心里想，如果真要是我的朋友，或者是关系比较好的熟人，有了困难，我不去帮助他，那我心里是会不安的。我知道的有道理的话可以暂时不说，但认定的事情就要有勇气去做。我犹豫了半天，最后还是决定去看看。

我放下水瓶后，与那位朋友来到保卫处的拘留室。我进去后，那位姑娘抬起头来，我一看，这不是我父母家以前的邻居小薇吗？她随自己的父母不是搬迁到南方的一个大城市去了吗？她怎么会突然出现在这里，而且是在保卫处的拘留室里。

小薇见到我，既惊喜又痛苦，又还有几分胆怯，眼泪马上流了出来，嘴里还喃喃地说道："继刚哥，救救我，救救我……"我连忙让她不要哭，心里却不是滋味。

小薇是我父母家以前的邻居秦高工的老三，我们两家的关系非常好。小薇人长得水灵灵的，脸蛋和身材都非常漂亮，人也很勤快。但小薇学习却不好。她的两个姐姐都考上了大学，可她却只上了技工学校，虽然人漂亮又勤快，但在家里的地位就一落千丈。

小薇在家中得不到爱，只好到外面去寻找，后来不知道怎么就和一个比她大五六岁的青工谈起恋爱来。小薇是高知家庭，父母的门第观念很强，当然看不上那位青工，千方百计阻挠小薇的爱情，并为此让小薇随他们一起迁到了南方。后来的情况我就不知道了。而现在小薇却出现在这里，我一下明白了，小薇是为了寻找心中的爱，才落到这一步的。但却被他们叫着"非法同居"。

也许这种爱有些盲目，但小薇毕竟是为了爱。再说，就是不为了爱，只要男女双方愿意，住到一起，又算多大的事呢，也不能随便就把别人抓起来呀。我下了决心，去找保卫处处长，向他陈情，要他网开一面。再有，前几天，我还写了一篇新闻报道，表扬他们保卫处神勇，破了一宗盗窃案子，在我们行业的报纸上和省报上都登了，保卫处张处长见了我，笑得眉毛都开了花。但我知道张处长是个有些能力，却又奸诈势力的小人，与他打交道不容易。

果不其然，我来到张处长的办公室，他一见我，热情得不得了。但当我说明了来意，他马上眼睛直盯盯地看着我，仿佛一口要把我吞吃掉。我也不在乎，也直盯盯地看着他，半天，他说道："他们非法同居，我就可以把他们抓起来，这是流氓罪……"见我沉默了一会，他又奸诈地笑一笑，说道："难啊，我的弟兄们白天黑夜，为了工厂的治安拼命，好不容易抓到一对乱搞的，总不能说放就放了吧。"我知道他的意思，要想放人，就要交钱，而且交的数目还不少。小薇与那位青工根本没有钱，而我，就是有钱，怎么会给他们呢？罚款的钱，到了他们手里，就让他们吃喝玩乐消耗掉了。

我说："张处长，现在男女自由恋爱多得很，没结婚住到一起的也多得很。我知道他们是自由恋爱，怎么就是流氓罪呢。"张处长说："他们是在工厂的单身宿舍鬼混被抓到的，你说是不是'非法同居'，是不是流氓罪？"我说："在单身宿舍住在一起就是'非法同居'，就是流氓罪？这有点太牵强了吧。再说，也没有法律规定，'非法同居'就是流氓罪。"张处长一愣，这次他不再用眼睛直盯盯地看着我，眼睛还躲避着我的目光，我知道他心里有些虚弱了。我缓和了一下口气，说道："张处长，党中央现在正在搞第一个'五年普法计划'，让大家学法律，懂法律，用法律。我们大家法律上的知识可能知道得都不多，但我们一定要小心，违法的事情可是不能做呀。"

这话说到了张处长心里的痛处，他沉默了半天，才说道："你来替他们求情，难啊。我也知道，法律现在关于这方面的事情说得比较少，但以前我们一直是这样做的，大家也习惯了，交点'罚款'，或者被关几天，也没有人找我们的事。'非法同居'，是不是流氓罪，我再查查，我再查查……"我心里突然感到好笑，一个大型国有企业的保卫处长，连"非法同居"是不是流氓罪都不知道，他是怎么当的！再说，"非法同居"又算什么罪？什么法律规定，成年男女自由恋爱，不许住到一起？当时有一部《刑法》，还有一部《治安管理条例》，对此都没有什么说法，我是知道的。但在有的地方，"非法同居"就是流氓罪。这完全是"文革"思维，现在必须摒弃。

但我对保卫处处长无法说清这些"前卫"的东西，只好求他网开一面，放了小薇和他的男朋友。见他还在犹豫，我又说道："上次写你们的东西，在省报上都发表了，赵书记（工厂党委书记）看到后，也很高兴，嘱咐我以后多关注你们……"当然，这就是我编的瞎话了，党委赵书记怎么会嘱咐我呢。但当时，为了压住张处长，让他放人，我只好拉大旗作虎皮。相信日后他也不敢去问赵书记是否叮嘱了让我来关注他们。但这话立即起了作用。张处长马上说道："蒲干事笔头子厉害，让赵书记也关注我们啦。谢谢你，谢谢你！我马上放人，放人……"

这事就这样完结了。但它在我心中留下了太多的深思……

三十多年来的改革开放，我们国家的每一点进步，不管是政治的、经济的、社会文明的，都是在有了人性解放的前提下，才有了这些进步。两性关系的解放，更是促进了人性的解放，并对社会的进步，产生了巨大的作用。

（原载香港《文汇报》2017 年 9 月 7 日）

一个好人留下的火焰

高　昌

今年 8 月，20 世纪八九十年代主持《飞天》杂志“大学生诗苑”的老编辑张书绅老师，默默地走了，平静而从容。他生前遗嘱不开追悼会，不惊动别人，丧事办得低调而简单。可是当他逝世的噩耗传出来之后，诗坛上的哀思和追忆浪潮却经久不息，许多当年的大学生诗人，都在不约而同地以各种方式怀念他。张老师逝世的消息，是黑龙江诗人姜红伟先生告诉我的。我怀念张老师，首先想到的是他是一个好编辑。媒体无论大小，毕竟都是由人来办的。编辑的工作作风，代表了媒体的社会形象。一个好编辑或曰一群好编辑，是一家媒体的脸面。比如张书绅老师，尽管他一直低调、恬淡，甚至默默无闻，离开工作岗位后又隐居在西北兰州，可是许多读者和作者，还是把他的名字与《飞天》“大学生诗苑”永远联系在一起。张老师的良好编风，我深有体会。我是 1988 年开始在他主持的《飞天》“大学生诗苑”发表作品的，当时署名是“高新昌”。隔着近 30 年的岁月风烟回望，那段美丽忧伤的难忘青春，还在西北、在兰州、在东岗西路、在那本迷人的杂志上，闪烁着鲜明而温暖的光芒。“《飞天》有位张书绅，育草浇花恁认真……”这是我当年写给张老师的一组七律的开头。想到“大学生诗苑”，首先就想到既遥远又亲近、既陌生又熟悉的张老师。他的眼睛不好，却还是坚持每稿必复。要知道那是 20 世纪的 80 年代啊！没有电脑和互联网，纯用手写回复全国各地雪片一样飞来的投稿，这样的工作负荷，对他这样的视力不好的人来说，仅仅用责任心来形容还是稍显太理性太冷静了，这其实是一种燃烧的生命热情，是一种圣洁的奉献襟怀。我因为工作几经变动，住所也几次迁移，很多资料包括张老师当年的回信都找不到了，现在不能马上回忆起他在信中指导我的更多、更详细的细节，但我很难忘每每收到他回信时的兴奋和欢喜。我不停地给他写信，也不断收到他的鼓励和指点。我向他倾诉，向他抱怨，像是面对远方的一位亲人一样……

一个好编辑首先是一个好人。

一个好人有一颗燃烧的心。他在平凡的岗位上传递温暖，传递梦想，传递光芒，显示出越来越璀璨的生命华彩。记得张老师除了负责“大学生诗苑”的编辑，还负责“诗词之页”这个栏目。我因为张老师的缘故，除了对“大学生诗苑”的喜爱，也很喜欢“诗词之页”。这也影响了我至今与某些同龄诗友迥然不同的创作兴趣和欣赏习惯——写新诗，也写旧体诗。20 世纪八九十年代，诗坛上还有一部分人对旧体诗词的创作不甚了解。当年在《诗刊》杂志组织的研讨会上宣读过一位著名老诗人从病床上写来的信，中心话题就是反对当代人进行旧体诗的创作，可见偏见是如何之深。而在距离兰州千里之外的河北大学，感受着张老师的欣赏和鼓励，我的心里是何其温暖啊。张老师当时在《飞天》发表我的旧体诗，对我来说确实是一种知音般的感觉，更是给我打开了另一个诗歌世界的艺术之窗。他对我的旧体诗写作耐心辅导，甚至细心到指点我投稿的小技巧。记得他在某封回信中告诉我：“旧体诗有人用现代诗韵，也有人用平水韵。如果给别的报刊投稿时投寄的是用现代诗韵的作品，一定在题目旁边注明‘现代诗韵’，这样就可以避免编辑审稿时误以为出韵。”我在中国文化报从事编辑工作多年，张老师是我心目中的好编辑的一个标杆。他的认真负责，他的热情善良，他的才学识力，都给我留下了很美好的记忆，为我划出了人格的底线。因了张老师等等《飞天》编辑们的薪火相传，《飞天》的“大学生诗苑”办得虎虎生风，生气蓬勃。这里不是高帽横飞、党同伐异的小圈子，而是开满各种鲜花的春天的原野。这里不是一条喧哗嘈杂的小溪流，而是各种声音激情碰撞的浩瀚波涛。即使一个编辑的名气再大，个人创作再红火，也没有权把所有的作者和读者都“编辑”成一种腔调、一副面目、一套招数。现在某些诗歌报刊之所以内部花红柳绿、哥们义气，外部却门庭冷落读者稀少，其中一个重要的原因，就是缺少“大学生诗苑”这种和而不同、各美其美、包容兼容的良好编风。1989 年的第一期《飞天》“大学生诗苑”用我的诗歌《现在回答北岛》打头。我在那首诗中说：“告诉你吧，北岛，我要相信……”之所以当年那样一个孤僻、固执、寂寞的我，还愿意呼喊“相信”二字，正是因为像张老师这样的好人、这样的好编辑，让我深切地体味到了人性中的美好和真诚。一个成功的媒体，需要有好编辑来支持。一个好编辑，首先需要做一个好人。一个好人，需要有一颗燃烧的心。当那颗心停止了跳动，那个人无声无息地走了，但是他留下的火焰还在！

（原载《中国文化报》2017 年 9 月 14 日）

从海昏侯墓说到后人与后事

宋志坚

南昌发掘海昏侯墓引发的热议，至今不息。有提出“为何保存完好”的，有提出“为何埋如此多陪葬品”的，有提出“为何摘下中国考古界‘奥斯卡’”的，还有提出“为何研究海昏侯墓”的……这些都是专家们的事，我想说的只是两点，一是人之后人，二是人之后事。大凡有包括财力物力之内的“能力”所及的，例如王侯将相，富豪显贵，在闭上眼睛之前，最难释念的而又最费心力的，就是这两件事，平民百姓也一样，只是他们缺乏相应的“能力”。

先说后人。

汉高祖刘邦临终遗言“非刘氏而王者天下共击之”，他所说的“刘氏”，有其特定之范畴，即仅为刘邦的子孙以及刘邦子孙的子孙。换句话说，只有刘邦的子孙以及刘邦子孙的子孙才能分封为“王”，显然，他在闭上眼睛之前，考虑的就是他的后人之荣华富贵。这个海昏侯墓的墓主，就是汉武帝刘彻的孙子刘贺，也就是刘邦孙子的孙子了。他原先也曾是“王”，叫作昌邑王。不但是“王”，还因尚无子嗣的年仅二十一岁的汉昭帝刘弗陵突然驾崩而被推上帝位，又因其所行骄纵荒淫悖乱，只当二十七天皇帝，就被辅政大臣大将军霍光效伊尹废太甲而安宗庙之典将其“废”了，连“王”都当不成，这遂成了海昏侯。

从刘邦起到汉昭帝“驾崩”这一百几十年间，刘邦后人怕已数以万计，其中封这个“王”封那个“侯”的也不少，要找出一个能够励精图治的后裔继承大统，却成了霍光等人的天大难题，最后还是由丙吉推荐的出生之后几个月就落难进入监狱的“皇曾孙”刘病已被推上皇位，这就是汉宣帝，被称为西汉王朝的中兴之主。比起那些“生于深宫之中，长于妇人之手，未尝知忧，未尝知惧”的其他刘邦后人，刘病已的长处，就在于他未曾养尊处优，经历人生起落世态炎凉，深知社会底层民间疾苦。

“君子之泽，五世而斩”，具有客观必然性。你越是想让你的后人坐享其成，他们也就越是不思进取；你越是想让你的后人养尊处优，他们就越是奢侈糜烂。在刘邦的后人中，还出现过奸污自己女性长辈的人渣，如汉元帝时的梁王刘立就被人“发其与姑园子奸事”的，只是因为事关皇室脸面家丑不可外扬此案方才被压了下来，似乎还有奸污自己娘亲的，我已记不确切具体的人头只能“似乎”，这就是老百姓所说的“三代后，出死狗”了。

再说后事。

汉代风行厚葬，无论是汉初崇尚黄老之术，还是日后“独尊儒术”，除了文帝刘恒比较开明，临终之前专门交代他不喜欢厚葬久丧，东汉光武帝刘秀赞赏并尽力仿文帝的开明而外，就很少有不想厚葬的了。皇帝皇后喜欢厚葬，王侯将相也争相效仿，于是就有《葬律》将其“制度化”。就说南昌发掘的海昏侯刘贺之墓吧，仅是主墓西侧的车马陪葬坑就有八十平方米之大，考古学家们在这个坑里共发现了五辆木质彩绘车和二十四马的痕迹，正好是四匹马一辆车，据说这是汉代王侯出行的最高规格。但这并不意味着海昏侯之墓在汉墓中出类拔萃。正如当年刘向上书成帝论昌陵奢泰厚葬无益时所说：“德弥厚者葬弥薄，知愈深者葬愈微。无德寡知，其葬愈厚，丘垅弥高，宫阙甚丽，发掘必速。”风行厚葬的汉墓，偏偏就是最易被盗之墓。有文章说，“光洛阳周围挖掘的汉墓，到现在，起码超过十万座”，而在中华人民共和国建立之后“经考古挖掘的汉墓虽然数量巨大”，却早已是“十室九空”。

更为不堪的事还有。王莽篡权，赤眉起义，吕后之墓被盗。吕氏遗体保护甚佳，富态高贵的“国母”竟然栩栩如生，因此惹得盗墓贼内心躁动性欲骤起，于是就有了对吕后遗体的“污辱”——至于如何“污辱”，或许有碍于刘汉皇族之脸面，或许不想玷污了自己的史笔，班固未曾细述。刘邦与吕后的后人，包括已经继承与未能继承“王”或“侯”之爵位的，那时恐怕已不仅是数以万计了，吕后可是他们十余代前的祖宗啊，她的遗体惨遭“污辱”，简直就配得上那句流传甚广的粗话了，岂不是他们的奇耻大辱？吕氏厚葬之时，谁能想到这样的结局?!

诸如此类的事情，与其劳心劳力刻意追求，不如听其自然。同样为后人，汉宣帝时的太傅疏广拒绝“以其金为子孙颇立产业”，有多睿智开明；同样为后事，汉光武帝时的名将马援随时准备“以马革裹尸还葬”，有多豁达豪爽！不论是王侯将相富豪显贵还是平民百姓，大凡最为刻意追求的，因为注入了过多的一厢情愿，结果往往最不理想。

可惜很少有人这样去想，于是留下诸多遗憾。

（原载《文汇报》2016 年 12 月 21 日）

为什么清王朝不公布《南京条约》

张宏杰

一

鸦片战争以后，清王朝在炮口下和外国签订了多个条约。

可是令外国人疑惑的是，签约的时候，清朝大臣态度似乎并不是非常认真。在南京条约的谈判中，“中方没有翻译，对约文的英文本全不过问；而对中文本的字句也不做仔细的斟酌”。英国人利洛在《缔约日记》中对这些谈判大吏们做了这样的描述：“在欧洲，外交家们极为重视条约的字句与语法。中国代表们并不细加审查，一览即了。很容易看出他们所焦虑的只是一个问题，就是我们赶紧离开。因此等他承认条约以后，就要求大臣将运河中的船只转移到江中。”在天津条约的谈判中，外国人记载：“全权大臣们没读完条约就签了名，他们已经习惯了不加反驳地就签名，以至于可以让他们签署任何条约。”

更让外国人想不到的是，条约签订之后，朝廷就把它们“藏之金匮”，秘而不宣。

按理来说，一国与外国签订了重要条约，自然应当下发各级官员特别是外交部门了解并且执行。但是我大清独不然。

《南京条约》签订之后，条约文本一直存放在两广总督衙门，并未上缴朝廷供呈御览，也并未向下颁发。很多外交官员也不了解条约的具体内容，“历来办理夷务诸臣，但知有万年和约之名，而未见其文”。很多人将另一个《通商章程》误认为是被称为“万国和约”的《南京条约》。

之所以如此，当然是因为这个条约太丢面子。堂堂天朝在人家的炮口下被逼签了和约，而且和约的内容更是不同寻常。清方在条约中不得不称“英夷”为“大英国”，称夷人头领为“大英国君主”。这在当时的中国人看来，简直是不可想象的。江苏布政使李星沅获悉《南京条约》的内容后，气愤不已，说条约中“夷妇与大皇帝并书”，并且强调中英两国“官员平行”等内容，实在令人无法接受，深忧“千秋万世何以善后”。所以朝廷决定，条约内容能不发就不发，尽量缩小知情人的范围。

与此类似，第二次鸦片战争中签订的《天津条约》，朝廷也未下发，“各处传钞，皆从夷馆中得来，经办夷务各官转未之见”，各地办理洋务的官员反而是从洋人那里得到的条约具体内容。

《北京条约》签订之后，咸丰皇帝虽然降谕“将条约内各事宜，通行各省办理”，但也没有颁发全部条约内容。不过此时，洋人已经了解了北京政府处理条约发布的独特做法，所以他们决定主动替大清朝廷颁发。《北京条约》签订后，英、法两国便自行刊刻《通行各省条约告示》1050张，条约文本1280册，由英法两国外交官“带往各省，交该府尹督抚宣布”。由外国外交官到各省交发布条约，这是人类外交史上的一大奇闻。

然而，我国人这一出奇的举动遭到我爱国官民的顽强抵抗。比如英国驻厦门领事金执尔接到条约告示各件之后，三番五次跑到当地道台衙门，要求道员向百姓公示条约。但是道员拒不同意。这些条约在官僚体系内布层层公布尚可，因为官员觉悟较高，能够体谅朝廷苦心。但内容一旦为普通民众所知，岂不大扫我朝廷的光辉形象。因此“该道总以示否无关紧要”，不予理睬。直到接奉总督之命，才不得已在衙门前面悬挂条约告示，但是在悬挂时故意将条约裁开三四段，以尾为首，以首为尾，“乱行沾（粘）合，使百姓无从阅明”。

二

外国人强迫中国政府公布条约，倒也不是要扫中国朝廷的面子，主要是因为朝廷此举给他们带来了很多烦恼。三口通商大臣崇厚曾说，不公布条约，导致在对外交涉中，极容易发生争执：“惟每遇中外交涉案件，该地方官或有意延阁，或含混了事，甚有任意妄断，因小事而激生他事。推原其故，皆因不明条约，且有未经目见者。洋人执约以争，转得有所借口，其通商各口而外，不特偏僻小县为然，即通都大邑之府厅州县官吏幕友，亦均未明此义。每遇交涉事件，不能持平办理。”

他承认中外争端的产生，在很大程度上是地方官员不明条约，有的甚至没有见过条约。

最容易引发冲突的一项内容，是外国人游历和传教。西方侵略者兴师动众万里征战，好不容易强迫清政府同意外国人到中国各地游历传教，但是因为朝廷不对内公布，不但老百姓不知道这项约定，甚至很多地方官员也不知道，因此引发了很多激烈冲突。最有名的是马嘉理案。

1874 年，英国驻华使馆副领事马嘉理以“游历”为名向总理衙门办理了护照，前往云南，为英国陆军上校柏朗带领的一支探路队做向导。总理衙门将此事通知了云南，要求云南巡抚优加款待，“派委文武员弁护送出境，并饬沿途州县妥为照料”。岂料马嘉理到云南不久，就丧命其地。根据深入调查，这是当地爱国士绅和基层官吏所为：“先行进发的马嘉理一行在中国云南蛮允附近为边吏李珍国率部和当地士绅所阻，双方顿起冲突，马嘉理开枪打伤中方一人，中方随后将马嘉理及与其随行的几名中国人打死。”

英国人正愁找不到扩大在华权益的机会，此事给了他们绝佳口实。英国驻华海军司令赖德率舰队北上，55000 名英军集结仰光待命，英国人向总理衙门发出了最后通牒，提出派员调查、赔款等一系列要求。

清政府又一次慌了神，赶紧派李鸿章前去谈判。在谈判过程中，威妥玛指责中方外交人员视条约为无物，总是进行欺诈外交，“今日骗我，明日敷衍我，以后我再不能受骗了。中国办事那一件是照条约的？如今若没有一个改变的实据，和局就要裂了”。还指责中国“自咸丰十一年到今，中国所办之事，越办越不是，就像一个小孩子，活到十五六岁，倒变成一岁了”。

清方也感觉确实理亏，在随后紧张的谈判中，李鸿章除了在个别问题上有所争辩，基本上满足了威妥玛的全部要求，签订了中国近代史上使国家、民族权益进一步受到严重损害的《烟台条约》。英国借题发挥，让清政府承认英国对缅甸的占有，使清王朝失去了又一个藩属。

办理此案过程中，李鸿章向朝廷指出，滇案之所以发生，一则源于地方群众不懂条约，二是“各省地方官吏，于洋务隔膜既多”。在滇案议结当天，李鸿章上《请出示保护远人折》，提出将条约事宜广为宣布，“于各府厅州县张贴告示，使之家喻户晓”。只有这样，才能真正实现“以后衅端自可不作”。

“马嘉理事件”终于让清政府明白了一条简单的道理，不让各地官民知道条约内容，虽然有利于保住朝廷面子，却肯定会引发新的冲突，导致更多的丧权辱国。所以，清王朝才头一次认真思考要“刊发条约以备地方官咨照”的问题。

（原载《英才》2017 年第 2 期）

薛瑄一身硬骨头（外一题）

马　军

俗话说，官大一级压死人。在官场上，级别高的要见级别低的，那还不是一句话的事儿。要知道在现实中，不要说级别高的明言要见见某位级别低的官员，就是没明说，仅有此意向，相信不少人也会趋之若鹜，闻风而动。但明朝有位官员遇到此事偏偏说“不”。

这位官员就是一代名臣薛瑄。

当时薛瑄身为御史，是个七品小官，而要见他的则是大名鼎鼎的时称“三杨”的杨士奇、杨荣、杨溥。这三位在当时可了不得，官居一品，很多人想巴结还巴结不上呢。不见就不见吧，薛瑄还说出了这样一番义正词严的理由：“职司弹事，岂敢私谒公卿？”意思是说自己是负责弹劾纠察的官员，怎能私下拜会公卿呢。

也许有人可能据此认为薛瑄这么做是在“作秀”，以邀时名。可“作秀”也没这么作的，把朝中炙手可热的一品大员得罪了，这不是拿自己的政治前途开玩笑吗？

其实，薛瑄骨子里就是一个刚正不阿的人。

当时宦官王振颇得明英宗信任，可以说是翻手为云，覆手为雨，权倾天下。一次，王振问三朝元老、大学士杨士奇：“我的同乡谁可以提拔为京官？”杨士奇推荐了薛瑄，薛瑄于是被任命为大理寺少卿。杨士奇认为薛瑄得以重用，是王振的主意，便提醒薛瑄去道谢一番。谁知道热脸贴到冷屁股上，薛瑄不但不领情，还正色道：“拜爵公朝，谢恩私室，吾不为也。”后来在东阁议事，公卿们纷纷上前拜见王振，独独薛瑄屹立不动。王振过来向他行礼，薛瑄也置之不理，这下可把王振彻底得罪了。

也偏偏事有凑巧。当时有一个指挥病死，其小妾颇有姿色，王振的侄儿王山想娶这个妾，无奈指挥的妻子不同意。小妾就诬告妻毒死丈夫，并屈打成招。但案件报到大理寺复核时，薛瑄查出其中的冤情，多次驳回。王振为报复薛瑄，让都御史王文诬陷薛瑄等人犯下“故出人罪”，又让大臣弹劾薛瑄收受贿赂，把薛瑄定为死罪，打入大牢。在狱中，薛瑄仍读《周易》如故。临近行刑时，王振的一个家奴哭泣不止，王振问他为何而哭，家奴说，听说今天是薛夫子行刑的日子，“振大感动”，再加上兵部侍郎王伟等上疏申救，薛瑄最终得以免去一死。

按说经过生死之劫的薛瑄多少该长点记性，骨头变软了吧。可薛瑄依然固我。

公元1454年，苏州闹饥荒，愤怒的饥民纵火烧了富户的房屋，朝廷派王文前往巡查。王文以叛逆的名义，将二百多名饥民处以死罪。薛瑄据理力争，“力辨其诬”。后来，朝廷查实后，将为首闹事的16人法办，其余的全部释放。本想多处理一些，冒功请赏的王文气得不得了，冒出一句：“此老倔强犹昔。”

薛瑄不仅刚正不阿，铁骨铮铮，还是一位大学者，著有《文集》《读书录》《理学粹言》《读书二录》等，开创了河东学派。是明朝获准从祀孔庙的第一人，而在明朝二百七十余年的历史中，也仅有薛瑄、王守仁、陈献章、胡居仁四人获此殊荣。

钟嵘品诗不徇私

南朝人钟嵘一生中最重要的著作为《诗品》，在这部我国最早的一部论诗专著中，钟嵘一共品评了一百二十三位诗人，按诗之优劣，把他们分为上中下三品。

《南史》钟嵘本传记载了这样一件事，钟嵘曾请求沈约为他扩大声誉，但沈约未答应。等到沈约死后，就把沈约列为中品，并评价道：“观休文众制，五言最优。齐永明中，相王爱文，王元长等皆宗附约。于时谢朓未遒，江淹才尽，范云名级又微，故称独步。故当辞密于范，意浅于江。”引用完这段文字，撰写《南史》的李延寿不忘加上一句“盖追宿憾，以此报约也”。这段话的大意是，纵观沈休文（沈约字休文）众多作品，以五言诗最优。齐永明年间，竟陵王萧子良爱好文学，王元长等人也都尊崇依附沈约。沈约之所以能独霸文坛，不过是当时谢朓还没达到最佳境界，写的诗还不够好，而才子江淹偏偏才气已尽，另一诗人范云虽也有才，但当时名声地位又太低微。沈约的文辞虽说比范云周严，但意蕴却浅于江淹。按照《南史》的记载，钟嵘之所以对著作宏富的一代文宗沈约评价不高，不过是二人生前有过节，钟嵘借写《诗品》之际故意报复而已。

事实果真如此吗？

明朝人胡应麟在其著的《诗薮》中说："世以钟氏私憾，抑置'中品'，非也。"清人张锡瑜《诗平》提到此事，也说："嵘之评约，实非有意贬抑。沈诗具在，后世自有公评。……'报憾'之言，所谓以小人之腹，度君子之心耳。延寿载之，为无识矣。"清代《四库全书总目提要》也认为钟嵘把沈约列为中品，并非有意排抑。就诗论诗，钟嵘把沈约列为中品，可说是持论公允，而非有意排抑，这种看法得到当今学界多数学者的认同。

钟嵘一生经历宋、齐、梁三个朝代，进入南齐时代，年轻的钟嵘曾在国家最高学府国子学就读，而拥戴萧道成建立齐国政权（史称南齐）的王俭以卫将军领祭酒，也就是兼任国子学的最高领导人，二人有师生之谊，且王俭对钟嵘"颇赏接之"，厚爱有加。但在钟嵘看来，恩师之诗作水平一般，在《诗品》中，就把王俭列为了下品。留下典故"江郎才尽"的江淹，永明年间，曾以骁骑将军兼尚书左丞领国子博士，也就是说，曾当过国子学的老师，而钟嵘正是其学生。在《诗品》中，江淹也仅位居中品，并不因为二人有师生之情而受到格外照顾。

对自己的老师如此，对自己的亲人，钟嵘一样遵从自己的诗学评判标准，不示人以私。钟宪是钟嵘的从祖父，因诗作一般，在《诗品》中排位次时，享受到与钟嵘恩师王俭同样的待遇。

那些九五之尊的帝王呢，在钟嵘的品诗之眼中如何？抱歉，钟嵘还真是一个认死理的人，并不因为所品的人贵为天子就高看一眼，《诗品》中共品评了五位帝王，除魏文帝曹丕位居中品外，魏武帝曹操、魏明帝曹睿、宋孝武帝刘骏、齐高帝萧道成等均屈居下品。

钟嵘曾给梁武帝上书，自齐永元年间以来，当官靠的是行贿，送点儿钱财就能位居九卿，一封拍马屁的书信就能得到校尉一职。以致骑都塞市，郎将填街。有的虽有官宦的身份，却还在干仆役的杂活，名实混淆，实在是厉害的很呀！建议按门第出身，士族寒门区别对待，不能让出身寒门的人占据了士族的官位。士族出身的钟嵘在此极力维护士族利益，但在品诗时，坚持的则是自己独特的审美标准和艺术准则，并没以诗人的出身高低来判断诗人诗歌水平的优劣。相反，出身寒门的西晋人郭泰机一生虽没做官，却因诗歌出色，被列为中品，而同样出身寒门的西晋诗人左思，因诗作具有"文典以怨，颇为精切，得讽谕之致"的特点，在钟嵘看来，虽然比陆机质朴，却比潘安深沉，偏偏被列为了上品。

写到这里，大家应该知道，钟嵘就是这样一个有个性，有自己审美标准和品评操守的人。

在某些作品研讨会成了表扬会，批评几无处藏身，而表扬无处不在的今天，我们是不是应该向钟嵘学习，坚持自己的审美标准，坚持自己的批评准则？

也许，有人说，《诗品》中品评的都是先于钟嵘故去的人，钟嵘当然敢于坚持自己的标准，敢于直言。但，如上所述，钟嵘不是同样品评了与自己同时代的人，有些还有恩有亲与他。毫无疑问，在"为尊者讳，为亲者讳，为贤者讳"思想大行其道的封建社会，钟嵘的所作所为确实值得称道。

钟嵘于公元518年被西中郎将萧纲任命为记室，负责起草表章等文书工作，不久卒于此职。其生年，学术界大多采用公元468年的说法。如此算来，如今距钟嵘所处的时代已有千年以上，千年之后的今天，如果有一次品评的机会摆在我们的面前，我们是否有钟嵘那样的勇气，做到发自内心，敢于坚守？

这个问题值得扪心自问一回。

（原载2016年12月24日、2017年1月21日《新商报》）

计六奇的胆

朱大路

把历史记录下来，不仅需要勤奋，而且需要胆量。无锡人计六奇，两条都具备了，特别是后面一条——有胆量，给人印象深刻，让我对他平添几分敬意。计六奇生于1622年，年过弱冠，明清替换，山河易帜，风云变色，风啸马嘶，血海尸山。阶级斗争，民族斗争，像走马灯似的，在他面前上演。这叫作：生不逢时，遇上了乱世！他是教书先生，精通教学业务，聘他做塾师的人不少，柴米总算不愁，但他不甘心就此混日子，他要张扬民族意识。他认为，有一代之兴，则必有一代之亡，“独怪世之载笔者，每详于言治，而略于言乱；喜乎言兴，而讳乎言亡”。所以他偏要把明末清初“治乱兴亡”的史实，原原本本记录下来，为历史竖明镜，给后人留鉴戒。计六奇很勤奋。看得出来，太史公司马迁已经成了他心中的偶像，说他是以司马迁精神在运作，并不为过。他亲赴遗址古迹，遍访田夫野老，还原各种战斗场面，追想人物生死行止。据张崟先生统计，计六奇“在江阴曾登君山携笔临摹故邑令郝敬的诗刻，在苏州访五人墓，在扬州谒史可法祠，在镇江问辽人唐奉山以松、杏之战，在六合访马友仁问乃兄马纯仁抗拒薙发投河自杀事，在桐城枞阳镇向陈石舫问张献忠克桐事，在淮上与一父老谈农民军事，在通州向同舟人闵表问辽事等等”。江南江北，印满了他的履痕。这才有可能，让他写下明清交替之际，上到宫廷沦陷、下到庶民涂炭，既含农民起义，又含种族倾轧，洋洋洒洒、闹闹哄哄的巨幅世象图——《明季北略》和《明季南略》。“甚矣，书之不易成也！”——计六奇完工后，掷笔感叹道。为写这两本书，他“晨夕匆辍，寒暑无间。宾朋出入弗知，家乡米盐弗问”。他认为，从前的著书者，一般都有“三资四助”。“三资”，指“才”“学”“识”；“四助”，“一曰势，倚藉圣贤。二曰力，所须随致。三曰友，参订折衷。四曰时，神旺心闲”。可他自己“七者无一，而欲握管缀辞，不几为识者所笑乎”？但没有人笑他，因为，计六奇用行动证明了勤能补拙！在这种年头，干这份活儿，更需要胆量，胆小鬼还是去一边洗洗睡吧！当时清朝，兴“文字狱”，人心惶惶。康熙二年，“庄廷鑨明史案”决谳，牵连致死七十余人，不就是因为该书记录了崇祯年间和南明小朝廷的史实吗？不就是书中尊南明弘光、隆武、永历为正朔吗？而《明季北略》，尊崇明朝的句子，不时可见。写到崇祯皇帝自缢之后，句子是这样组装的——

“是午，共见白光起东北，闪烁久之，盖帝之灵气上达于天也。”

这极有可能被说成是“美化前朝先帝”啊。而《明季南略》写到南明小朝廷时，像“弘光登极诏”“闽中立唐王”“粤中立永历”一类的章节，多的是，也极有可能被指斥为“尊弘光、隆武、永历为正朔”啊。可是计六奇胆大，不害怕，坐直腰板，秉笔直书。

还好，计六奇没遇到告密者。只要有一个坏蛋混杂其间，笑嘻嘻地提供你所需要的轶闻素材，一转身，悄悄去有司密报，计先生就可能身首异处啦。在他生前，两书未能付梓，而且后来《明季南略》被列入《外省移咨应燬书目》，但不知为什么没被毁掉；由于抄本没写作者姓名，计六奇也没遇上麻烦。此公运气，真的不错。

人需要胆量，也需要运气，两者结合，事情就能完满。称得上中国史学基本典籍的《明季南北略》，终于流传至今，施惠于广大读者和史学研究者了。

今天，当我浏览《明季南北略》，读着从明万历二十三年到清康熙四年之间，林林总总的史实，眼界顿时大开！“倪元璐论参荐”“袁崇焕陛见”“王承恩哭梦”“李自成死罗公山”“陈子龙寒心”“史可法请恢复”“金声江天一骂洪承畴”“祁彪佳赴池水”“郑芝龙拜表即行”“张献忠陷蜀”“瞿式耜殉节”“孙可望犯阙败逃本末”等等，将朝廷、草野，忠臣、奸贼，军事、政治，殉节、叛逆，进攻、败退，屠杀、安抚，形形色色，展示无遗。即便是“声色”这一节，也是触目惊心：弘光政权风雨飘摇，阮大铖等人依然责令巡抚、内官去嘉兴挑选美女，供小朝廷淫乐。嘉兴百姓闻知消息之后——

> 合城大惧，昼夜嫁娶，贫富、良贱、妍丑、老少俱错，合城若狂，行路挤塞。苏州闻之亦然，错配不可胜纪，民间编为笑歌。

如此小朝廷，焉能不垮台？说来说去，道理其实很浅显：记录历史，方能牢记历史；牢记历史，方能不重蹈覆辙。而这明摆着，是有风险的。计六奇的胆量，能否在今日，或多或少，给我们一点激励？

（原载《北部湾文学》2017 年第 3 期）

奕劻挨骂

姚　宏

晚清的庆亲王奕劻，是位官场牛人。他之所以牛气冲天，因为戴了一顶“铁帽子”。纵观大清200多年，世袭罔替“铁帽子王”，扒拉来，扒拉去，就那么12位。“铁帽子”，质量好，戴在头上，脖子就硬，底气就足。起码，奕劻戴着“铁帽子”，就扛得住骂。

提起奕劻挨骂，那是常事。大清在，他遭骂；大清亡，还遭骂。骂奕劻的人，形形色色。上有最高领导，下有百姓平民，中间还有文武百官、皇亲国戚。有的指着鼻子骂，有的戳脊梁骨骂，有的直来直去骂，有的拐着弯儿骂，有的痛骂他本人。骂法推陈出新有创意，骂声远近高低各不同。

垂帘听政的慈禧老太后，当面骂他，“汝为财耳，国亡，财于何有”！背后骂他，“借朝廷势，网取金钱，是诚负我”；隆裕太后骂他，贪赃误国，愧对祖宗，收了袁世凯的银子，欺骗威吓小皇帝退位，是断送大清第一罪人；恭亲王奕䜣骂他，表演作秀，言行脱节，貌似清廉，害得自己看走了眼，向朝廷保举他；寻常百姓骂他，此前的亲王、贝勒，入军机当国者，未尝有如此要钱不要脸者；洋人的《泰晤士报》《纽约时报》骂他，将自家当作官场“集市”，连门房都设有“收费站”。总而言之，骂奕劻是晚清第一贪，一点也不骂过其实。

虽被层层骂名围困，但奕劻岿然不动。笑骂任由他人，贪官我自为之。该贪就贪，该腐就腐，钱照收，酒照喝。骂不倒，骂不垮，骂不烂，越挨骂越升官，越挨骂越发财，越挨骂越兴旺发达。儿子官至商部尚书，高升了；财产存进洋人银行，安全了；大清灭亡，他躲在天津养老，逍遥了。虽然死后，退位的废帝溥仪，给了他一个恶谥：密，意为“追补前过”。但奕劻生前不惧骂名滚滚来，死后哪管谥名美与恶。

骂名压顶，奕劻脸色不变，心里不慌，神情不改，手脚不乱。个中缘由，值得说道。关键原因，是有慈禧的庇护。奕劻能力不高，学问不行，虽是皇族，却是旁支，做官却顺风顺水，能当上“铁帽子王”，还是有两把刷子。慈禧太后也清楚，心情不爽，可以痛骂奕劻；治国理政，还得依赖奕劻。御史们轮番弹劾奕劻，要求免去其军机大臣要职，慈禧却说：“今我夺奕劻位以畀他人，他人遂足信哉?”有了慈禧这把大伞，不管风浪多大，风雨多急，奕劻都安然无恙。

文武大臣骂奕劻，贪鄙好货，贪婪无度，台上一套、台下一套。他们自己呢？也好不到哪去。奕劻既是他们痛骂的对象，更是他们崇拜的偶像。奕劻七十诞辰，各方官员攀缘交结，进献者络绎于道，庆王府门前，车水马龙，列起长阵。骂骂奕劻，只是人前的一套，背后的一套，还是贪赃枉法，与奕劻无异。

那些个小老百姓，有的骂奕劻，出于忧国忧民的情怀，有的骂奕劻，纯粹是羡慕嫉妒恨。恨自己不是奕劻亲儿，恨奕劻不是自己亲爹，恨自家没能出一个奕劻，庇护一大家子，过上锦衣玉食的好日子。他们骂起奕劻来，慷慨激昂，一朝权力在手，马上变脸成“奕劻”。

骂人的目的，是过过嘴瘾，出出闷气。骂完之后，气顺了，牢骚没了，该干吗，还得去干吗。至于奕劻为何能大肆搞权钱交易，为何能不断带病提拔，为何御史前赴后继扳不倒他……反思原因的人少，寻找对策的人更少。

（原载 2017 年 3 月 9 日《银川日报》）

辑五

旁观者言

王跃文

一介无用书生，虽曾厕身官场，并未做过官员。一直是个旁观者。拗不过别人的说服，写了如下迂阔文字。不妨随意浏览，尽可付与笑谈。

不可任情使性。人皆有喜怒哀乐，然而倘若入了仕途，自应有别于常人。喜则不知自禁，怒则拍案而起，哀则伤心惨目，乐则不可支颐，通为常人之态，官人不可随之。虽为常情，有伤涵养。御人之人，先行御己。必须沉静，勿躁；口须谨慎，勿聒；身须庄敬，勿慢。居官者宜心井澄明，又不使人一眼见底。城府之说，深浅有度。城府太深，叫人不可向迩；城府洞开，叫人不知敬服。遇人必有好恶，然所好不宜过亲，所恶不可太疏。好恶显形于色，必致无端猜疑。处事定有顺逆，然遇顺当知慎重，遇逆尤须放胆。若顺则轻忽，逆则畏葸，则为不堪其任。人之才能，性情半之。

不可恃才逞能。才而不恃，能而不逞，节制谨度，善守之策。居官者，恃才而政事频出，必招众怨；逞能而包揽巨细，必致错谬。山水不显，为事从容，使人难窥堂奥，反有大家气象。大事有成竹，末节随他去，上下融融乐乐，方显将帅风度。若为下属，举事之轻重，当善为量之。上司能且贤，下属行事可举重若轻，才能自会脱颖于囊；上司庸且愚，下属行事宜举轻若重，不使才能盖于上司。轻重之间，非为机巧，只为策略。居贤能之下，尽其才能而行，必可出人头地；居庸愚之下，则小心慎行，早寻去路为上。

不可埋怨上司无珠。任事用人总有不公，其中曲直不必细说。然而牢骚太甚，于事毫无补益。多有终日浩叹怀才不遇者，倒霉根由正在此处。不如笃实务事，蓄势寻机而起。子曰："不患无位，患所以立。不患莫已知，求为可知也。"凭什么谋取职位，凭什么叫人刮目，这才是最要紧的。上司固然有能庸贤愚之别，却不必寄希望于知遇好上司。凡存此侥幸者，每逢新官到任，必趋身左右，觍颜俯首，媚态毕现。或故作放达，贤隐自居，待沽于夜。若未得逞，则又发不遇之叹，愤言上司有眼无珠。长此以往，俨然清狷高士，实则利蠹小人。

不可责备下属无能。俗话说，五指有长短，缺一难成拳。善使人者，用长而避短，长则愈长，短则愈短。若不善用人之长，则只见人之短处。倘求全责备，则无人可用。为官事必躬亲，绝非勤勉之德，实为琐碎之病。有大格局者，必襟怀宽大，海纳百川。不记下属过违，慎言下属短长。有识谄辨谗之慧眼，有赏贤任直之公心。为官不贪功，居上不诿过。贪功则不得功，诿过则尽是过。倘若吹毛求疵，自命高明，鄙薄下属，必致上下怨怼。上司怒：目无官长！下属怨：长官无目！

不可志得意满。人生之险，尤在春风得意。月盈则亏，水满则溢；天数如此，人亦然之。谤随名高，古之信诫；荣者多辱，世之常理。人于顺境之中，需持临深履薄之心，切勿稍有懈怠，以至忘乎所以。权柄在握，恭维者众，日久易骄。骄则不能自明，日久易昏。昏则不能辨事，日久易庸。聪慧卓越之人，久居高位而致昏庸，覆车之鉴多矣！人颂："大哉孔子！"孔子却说："吾所执，执御乎？执射乎？吾执御也！"孔圣人谦称自己不过是个好司机。天下凡愚，当效圣人之襟怀。

不可怨天尤人。肩负重任，朝乾夕惕，劳心劳力，理所应当。此为任劳，无悔也易。倘若备尝艰辛，显有功果，却招众怨，则于心难平。众怨不可逆遏，若以怨对怨，则怨上生怨。是谓任劳者易，任怨者难。居官者意气用事，则不但关乎心性，实是才具不逮。遇此境地，必须虚怀若谷，坦然淡定，静以制动。风过双肩，无使挂碍，假以时日，是非自明。纵有途径可为沟通，亦须戒急戒躁，缓为图之为善。

不可钻营投靠。世如棋局，时有变数。今日若有投靠，明朝必定背叛。投靠是背叛的开始，背叛是投靠的终结。不要投靠任何人，也不要相信任何人的投靠。因投靠发迹者固然有之，实则是场赌博，输赢难逃天算。靠搜罗投靠者而乌合营垒的亦有之，实则也是赌博，未必胜券在握。君子不党，实非迂腐之论。鼠目寸光者，只图眼前小利，自可不断投靠，大不了不断背叛。然而欲成大器者，必不朝秦暮楚。当今之世，发誓臣服于人者，不顾脸面和尊严，所言必是假话无疑。这种人最靠不住。

不可流于饶舌之弊。言多必失，似乎世故之诫。逢人只说三分话，不可全抛一片心。这便是庸俗了。但话多终是毛病，招祸在所难免。子曰："君子欲讷于言而敏于行。"又云："先行其言，而后从之。"孔子这些话，说的都是行动比说话重要。言多易生浮相，沉默方为金玉。当言则言，适可而止；不当言则不言，袖手旁观为上。却又无须做老好人，凡事唯唯，呆若木鸡。长此以往，人以为无用。与朋友相处，调笑无忌，全由性情，亦无大碍；与同事相处，插科打诨，油滑轻薄，终非得体；与上司相处，但观眼色，曲意奉迎，弄臣嘴脸，人所不齿。不必在口舌伶俐上下工夫，而应在腹中经纶上多用心。巧言令色幸得一时之利，沉默讷言可为长久之用。

不可跟同事太密。同事以公谊为妥，唯谨慎于私交。同事亦多称兄道弟者，不过逢场作戏，切勿当真去了。哪怕此刻倾心相谈，难保明日不为路人。利害攸关，友情自在云泥。王维有诗云："白首相知犹按剑，朱门先达笑弹冠。"说的便是出入公门的达官贵人，相交白头都在相互提防。世人世事，徒叹奈何。于公而论，同事过从太密，难免蝇营狗苟，沆瀣一气。此风轻则拉帮结派，排除异己，互植私党；重则朋比为奸，窃权谋利，误公害民。同事亦确有肝胆相照者，仍需君子之交淡如水。淡则长久，过密易疏。《论语》有载：澹台明灭非公事不访上司于私室，此为 古君子之风，大可引为典范。

不可盛气凌人。居上宜宽，宽则得众。苛刻暴戾，必成独夫。虽可强权压人，终不使人久服。人在屋檐下，低头不得已。他日得意时，视你为仇雠。酷虐必养谄佞，贤能敬而远之。子曰："君子不重则不威。"重为庄重，不是自命贵重；威乃威严，绝非八面威风。然多有人寸权在握，即大耍派头，威风凛凛，招人惧恨。倘为高官，则装点敦厚假门面，盛气凌人于无形。一旦人去，必致骂声塞巷；倘若落井，定会下石如雨。盛气凌人者，未必全为官员，平常之公职，亦有不可一世之流。上司面前装孙子，百姓面前充老爷。成日耀武扬威，嘴脸形同恶奴。这种人，通常充为临阵赤膊，绝不会委以大用。

不可钩心斗角。权利场上，常有争斗。或明或暗，风波不止。得胜者扬眉吐气，失意者切齿生恨。然而，争斗得胜必结仇怨，难保他日不为人算。今日占了上风得意扬扬，说不定明日乾坤颠倒。更何况，权力场上的争斗，未必都有胜负之决，极有可能两败俱伤。世事本难公允，不可较之锱铢。每逢任事用人，总有埋怨人不如己者。子曰："不患人之不己知，患不知人也。"人多看不见别人的长处，也难看见自己的短处。哪怕自己真的才能过人，也未必命该担当大任。不如君子成人之美。和则利公利己，乱则公私俱损。与人厚道相处，不唯在升迁任用之关口，亦在乎平素过从之点滴。人前不必阿谀，人后切勿诋毁。抬人实是抬己，损人自会损己。多扬人善，多积口德，自有福报。然亦不必流于圆滑，逢人只一个好字。遇着可与诤言者，则当面畅怀直言。但劝诫只在私室，不宜宣于人前。若遇上司做纳谏状，则须慎之又慎。引蛇之鉴未远，对上不可轻言批评。

不可轻慢傲岸。人须有诚恳虔敬之心，常人当如此，官人更当如此。古人讲究官仪官威，为使百姓怕惧。今天仍想吓唬百姓，实是不识时务。有的人，花纳税人的钱，充纳税人的爷。百姓若有抗拒，竟以刁民辱之。倘若诉之法律，则被侮为喜讼。抱怨百姓不服管束，既是庸碌无能之论调，又是居高临下之狂语。倘若不以牧民者自居，不以公民为子民，境界必为之一新。古时民智愚钝，遇官战栗。今天再要官派，民众视之不屑。为官者给别人以尊严，实是给自己以尊严。

不可荒疏本业。读书之人，多有本业。一旦从政为官，多同本业无缘。旷日持久，便把本业丢尽。是为大忌！人无远虑，必有近忧。做官罢官，无非一纸。今日裘马洋洋，明日栖栖惶惶。倘若手头有真功夫，不怕流落到没饭吃。人最靠得住的本事，也许就是童子功。哪怕顺水顺风，不荒本业也大有益处。人有专业背景，且能日新其学，又能推及其余，不成饱学博闻之士，亦会有逾越他人之处。若有福气擢为专业对口之官员，则成专家型领导，上下青眼相看。于公于己，善莫大矣。

不可轻易写书。庙堂之上皆书生，善舞文弄墨者众。但真写得好文章的，实则凤毛麟角。能写几句文章，又卓有创见者，则更是寥若晨星。倘偶有片言付梓，好事者阿言几句，立即云里雾里，俨然文曲下世，实是轻浮。哪怕真是文章锦绣，亦须抱朴守拙。眼红者有之，嫉妒者有之，寻事挑刺者有之。好好做事才是正经，纵然文比司马，亦须存乎于心。文章自有人写，且由他人写去。况且有人不写文章倒罢了，写了文章反知腹内草莽。这种人若有权在手，身边必有点头哈腰的崇拜者，越发让人看笑话。子曰："行有余力，则以学文。"孔子是说为君子者，做好了分内的事，倘有多余的能力，才可以在文字上用些心。千古圣训，应当铭记。且如今时世大变，哪怕做好了分内的事，也不必急急地写文章去。

不可不思退路。勇者善进，智者知退。然天下谋进者多，愿退者少。贪位恋栈，已为常病。须知福祚无边，人有竟年。全福之人少有，好处不可占尽。叫人搬掉椅子，不如自己腾出椅子。风光处谢幕最是明智，黯然时离身难免凄凉。为官艰辛，善始不易，善终尤难。若有隐衷在迩，必埋远因于前。萍末微澜，大风豫焉。身退须先心退，智莫大于止足。未能止足，心不退而身必不欲退；倘不得已而退，或心有不甘，或不得全身。万花丛中过，一叶不沾身。唯有止足，进亦不险，退亦无忧。

（摘自《王跃文文学回忆录》，广东人民出版社2017年8月出版）

清廷坐稳天下有“两手”（外一题）

苏露锋

1644年，即大明崇祯十七年三月，农民军攻破北京城，崇祯帝自缢于煤山，按理说李自成应该坐定了江山。谁料半路杀出程咬金，紫禁城的皇帝宝座竟让“第三者”——清人莫名其妙给夺了过去。长熟的“桃子”被人摘了，李闯王成了最窝囊的起义军领袖。而“第三者”占据紫禁城竟长达两个多世纪，其中玄机何在？

清人在入关前后，对汉族王朝政治体制和意识形态等“合法性资源”一直在努力学习、认真钻研，很重视发挥汉族知识分子的作用，洪承畴、范文程等汉人为清人入主中原立下汗马功劳。每次机会到来时，清人能充分运用汉族意识形态资源，收拢人心。在这方面，清廷比蒙元做得高明。轻视汉文化的蒙元统治中原还不到百年。古代汉人相信天命，于是，清人在农民军攻破北京后，马上打着替明朝报仇的旗号进入山海关。占领北京后，清廷便以帝王之礼隆重改葬已入田贵妃墓的崇祯帝，令臣民服丧。自己俨然就是明朝的继承者。清人还紧紧抓住“救民”“安民”这两条汉族统治的“祖训”不松口。入关前，即宣称“此行除暴救民，灭贼安天下，勿杀无辜，勿掠财物，勿焚庐舍”。多尔衮采取洪承畴的建议，严令申明军纪，改变清军以往抢掠财帛所造成的令人恐怖的形象，以新的面目出现，扭转“顺民心，招百姓，我不如贼”的不利清军状况，同农民军在政治与思想上“角逐”。随军大学士范文程在代表多尔衮接受吴三桂投降时，特别强调此次“兵以义动”，是为你们报君父之仇，“国家欲统一区夏，非又安百姓不可”。入京后，立即宣布废除明末苛捐杂税，减轻民众负担；下令“故明内阁部院诸臣，以原官同满洲官一体办理”，对在京明官一揽子包下，概不追究他们“从逆”大顺的“政治问题”；发现强迫剃发感情上有大阻力，从策略考虑，果断暂缓剃发，能进又能退。因此清兵在华北、西北的军事行动，几乎通行无阻，颇得汉人的协助。清史学家孟森在《明清史讲义》里评论这段历史时说："世祖开国之制度，除兵制自有八旗根本外，余皆沿袭明制……顺治三年三月，翻译《明洪武宝训》成，世祖制序颁行天下，直自认继明统治，与天下共遵明之祖训。此古来易代所未有。清以为明复仇号召天下，不以因袭前代为嫌，反有收拾人心之用。"可谓点到了要害。

清廷一方面充分"肯定"明朝，把自己说成是它的衣钵传人；另一方面却宣称明朝已经灭亡，完全"否定"它的实际继承者——南明朝廷，不予以承认，加以征伐。

清军南进还未到扬子江，清廷就迫不及待地开"明史馆"修"前朝"之史。后代王朝修前代史，是历代中国王朝相沿已久的政治传统，清廷在正式与南明兵戈相向前，先用修史的方式宣布它的灭亡，为其征讨正名。对于明朝灭亡的时间，清朝官方的话语，前后完全一致，并通过撰写史书、"文字狱"等形式，不断加以强化。明朝灭亡时间如何定，关系到清朝的正统地位，清廷坚定的史观是：明亡于崇祯帝煤山自吊，灭明者为"贼"（李自成），大清是从"贼"的手中夺的天下。乾隆四年（1739 年）定稿颁行的《明史》，就在崇祯帝死后称"明亡"。整部《明史》，对隆、永等南明之君都无一个字的记载；"一年皇帝"朱由崧则收在《诸王传》里，且云"自立于南京，伪号弘光"。将爝火不息，奋战不休，一直到康熙元年（1662 年）才最后扑灭的南明事迹一概抹杀。

《明史》的修撰，明确把握并坚持的一个重大核心理念，即正统观，它以崇祯殉国为线，之前承认明朝居"天命"与"正统"，明亡后就由清朝继承其中国王朝的地位，而其他皆为残渣余孽与僭伪。以此来强调大清统治的合法性。

清廷对明朝采用肯定和否定的"两手"策略，其统治技巧可谓精巧圆熟。孟森称赞满族为"善接受他人知识之灵敏种类，其知识随势力而进"，前期诸帝比明中后期都强，可惜末代子孙"死于安乐，以致亡国"。

胜利者的伪饰

读史书须提高警惕。过去的历史记载、历史书籍不全是历史真实。成王败寇。古代政治斗争中的获胜者，往往会对不利于自己的历史记载进行大肆篡改、毁灭，以便掩盖劣迹，朝自己脸上贴金。

唐以前，史书大多为私家编撰，统治者篡改或毁掉的多是私家史书。南北朝时期的梁武帝萧衍曾是南齐权臣，他逼迫和帝萧宝融禅位，自己坐上了龙椅，改国号为梁。文官吴均私撰《齐春秋》，把萧衍称帝的不光彩历史如实写出。萧衍下令罢去吴均官职，并将《齐春秋》付之以炬。

从唐开始，多由政府出面组织修史，从而使篡改历史不仅成为可能，还成为必然。史学的官方化，使国史撰著成为官府的一项政治文化活动，篡改历史也成了政府集体行为。

唐太宗李世民称得上是“明君”，但是他“修改”过史书。李世民晚年，曾几次提出要看“起居注”。贞观十三年（公元639年），褚遂良为谏议大夫，兼记“起居注”。李世民提出想看褚遂良所记的内容。古代有一个规定，帝王是不能看史官所记的关于他自己的实录的。这是为了保证史官能真正秉笔直书国君功过善恶的一个制度。开始褚遂良还能拒绝李世民，后来终于拗不过，将“起居注”删为“实录”给他看。

正如后人在史书上看到的，唐太宗“如实”写下玄武门之变，记载他杀兄逼父的史实，他怎么会去篡改历史呢？因为历史是隔不断的，他不记载“玄武门之变”，后人的演义和夸张就不可想象。血腥夺权的方式毕竟不地道，李世民害怕别人说三道四。他不可能完全歪曲玄武门之变的基本史实，只能将这一事变解释得圆满一些，以“正”视听。所以，他既“如实”写下了玄武门之变，但也花了大量的篇幅来粉饰杀兄逼父的原因。比如史书说，李渊多么无能，他多次想立李世民为太子，太子李建成和齐王李元吉如何恶劣，如何嫉妒李世民，等等，这些说法，如今史学界均认为是不实的。

到了封建专制最严酷的明清时代，对记载皇帝的“实录”及史书的篡改达到了空前的程度。帝王总是千方百计地把自己的见不得人的言行从史书中抹杀掉，一是以防它们传到国人和后人的耳目中，引起骚动；二是进行一种宣传，让后人永记自己的“文治武功”。这其中最突出的，莫过于明成祖朱棣和清朝的文字狱。

朱棣是带兵打进京师才做成皇帝，为摆脱篡夺之嫌疑，堵天下人之口，首先是否定前朝的合法性。朱棣不承认建文帝的年号，把建文四年改称洪武（朱元璋年号）三十五年，表示他这个帝位不是从建文帝那里继承来的，而是直接继承自太祖高皇帝朱元璋。其次是改出身。皇位继承，讲究嫡长之分，为了让自己的得位显得合法，他将建文帝时代所修的《太祖实录》修改了两次，称自己是朱元璋的原配马皇后所生，与懿文太子朱标及秦、晋二王同母，因他的这几个兄长已经亡故，诸王中自己居长，所以从伦序上说，入续大统是理所当然。事实上，朱棣乃朱元璋妃子所生。

朱棣要让人们的大脑彻底洗去建文朝的一切记忆，于是建文帝时期的政府档案被大量销毁，宫廷档案和皇帝起居录等被涂写和修改，一切记载这一政变的私家记述和文献都被禁止。因为篡改得太厉害，致使漏洞百出，于是有“有明一代，国史失诬，家史失谀，野史失臆。故二百八十年，总成一诬妄世界”（黄宗羲语）之说。

清朝的开创者努尔哈赤本是明朝的地方官，趁中原内乱乘虚而入。他们确立全国统治后，不遗余力地搜书、焚书，删除、篡改史书，竭尽全力消灭自己杀人起家的罪证。尤其在编纂“明史”上花费了不少心思，把有关其祖先建洲女真的史料刻意隐瞒、歪曲、删除、篡改，努力证明其祖先在历史上一直是自主的，从未臣属过明廷，建洲女真也从来没受到明朝政府管辖。企图瞒天过海。

历史的粉脂抹得再厚实，终究会有开裂剥落的一天。古代统治者虽极尽篡改之能事，但大多会留下蛛丝马迹。关键是我们是否有探究真相的精神，和发现真相的慧眼。

（原载《华声观察》2017 年第 5 期、第 8 期）

请将伦理留在家庭，把社会还给契约

理　钊

前一段时间有两个社会新闻引起了评论，一则是德云社的师徒纠纷，一则是内蒙古林西县一对公职夫妻殴打老人。如果要从热度上看，当然是德云社受到的关注度更高一些，因为“名人效应”在其中起着酵母的作用；而殴打老人之所以能受到关注，则是因为打老人者的身份，即公职。这也反映出了眼下中国社会上的一种现象，就是如果不是有“特殊因子”在其中的作用，很多事情，即便发生了，也如同没有发生一样，寂寂无闻地自生自灭了，比如德云社的师徒纠纷，社会上每天不知会有多少起“师徒”，或者“类师徒”在“分久必合，合久必分”地闹着，至于漫待、殴打、“抛荒”老人，可能更是多得难以胜数。

我这样说，是基于这样一个最基本的判断，即中国是一个极其重视伦理的国家，或者说是一个伦理文化渗透到整个社会的角角落落的国家。在讨论问题之前，我想应该确定一下伦理的概念。伦理，英国《韦氏大辞典》的定义是：一门探讨什么是好什么是坏，以及讨论道德责任与义务的学科。除此之外，对于“伦理”还有其他的定义，意思与此相差不多，但这些都是西方学术上的概念。我在这里使用的“伦理”，则是纯粹的“中国概念”，“伦，次序之谓也”。“伦理”即长幼尊卑的道理，比如“天地君师亲”之类。

弄清了概念，就会发现，我们这个社会差不多就是由这个“中国特色的伦理”（以下均称“特色伦理”）在维系着。家庭是这个伦理的发源地、修炼所，“修身、齐家、治国、平天下”。一个大丈夫“治国平天下”的秩序观念、行为习惯和雄韬伟略，都在家庭或家族之中修炼而成。而修炼的内容，就是“特色伦理”中的长幼有序、上下尊卑。每一个人在家庭或家族中，皆有一个与生俱来的名分，即人父、人子、人夫，而这个名分只要确定下来，就基本把这个人的“人生格式化”了，父为子纲、夫为妇纲，唯一的变化是由自然规律来推动的，起始为孙子，到老成祖宗。这一个伦理，一言一蔽之，即家长制。

人，在家如此，走出家门也是如此，即要找到一个符合“特色伦理”的，自己应该在的一个位置，而这时候的“家长”是君主，君为臣纲，人尽为臣子。这样的社会，家庭是小社会，社会是大家庭，“特色伦理”依然是构成社会的经纬。从这一次两则新闻引出的议论看，依然如此，比如对于公职人员殴打老人，议论最多的是违孝的逆子，公职人员更应该为“孝道”做楷模等；而对于德云社的师徒纠纷，师父要讲“一日为师，终生为父”的旧训，试图紧紧抓住“特色伦理”这根稻草，把德云社这个大家庭维系下去；而弟子则觉得你既为师为父，当尽为师为父之道，不可一味地奴役弟子。总之，仍然是在“特色伦理”里面打滚周旋。

“特色伦理”的特点，在人与人之间的关系上，一是讲人情而不讲原则，社会上流行的“熟人好办事”即是这一“伦理”的反映。二是顾面子而不讲求真知，师父说了，便一锤定音，稍有违拗，就是不孝；王者发话，便成为真理，谁要质疑，就是不忠。三是要仁义而不要正义，事情一旦到了“为朋友两肋插刀”的地步时，公平正义往往不复存在，只有仁义冲天、豪气干云的英雄气概了。四是重等级而无平等可言，这一点无须多言，“家长制”的根本就是一言九鼎，不但“官大一级压死人”，而且辈大一级也可增加说话的本钱。五是重约束而憎恨人的自由。“不打不成人，不严难成器”是这一伦理对于人的基本认识和做法，把这一认识放到社会上，就是看管万民的意识，用现在的话讲，把社会上的所有人，都看成是权力的敌人，所以要严防重罚，管控得如铁筒一般才可放心。因此，平等自由是“家长制”的天敌，“特色伦理”对此有着天然的憎恨，可说是它的本能。

有着这样特点的“特色伦理”，放在家庭之中，对事理可能无伤大雅，对于家庭和睦可能也无大碍，况且这一伦理中还有对父母要孝、对长辈要尊，对幼子要爱、要教的好的一面，再加上因血缘而具有的天然亲情，实行起来，也会化解其中的一些“毒素”。可把这个“特色伦理”施之于社会，便问题百出、破绽尽显了。在家庭之中，因为血缘的存在，不论是尊长爱幼，还是管束责罚，都出于一种真情，出于一种不可推掉的责任。可把这个“伦理”施之于社会，除了君王对待自己的天下，或者是对掌控天下的权力有一种真情真爱之外，其他的人，看上去也在忠君尽责，看上去也是年兄年弟，看上去也是拜了把子、不求同生但求同死，可往极深处去看，不过是虚与委蛇，维持一种表面的存在罢了，因为它毕竟缺少这个“伦理”在家庭中施行时，那种因血缘带来的真情和不容辞掉的责任而有的“真行真做”。

这个“特色伦理”看上去在社会上施行着，但背后的支撑却是利益。王家如此，王家以下的万家也是如此。古代的臣子在皇家的殿堂上，大讲“为人臣者怀仁义以事其君”，可下得堂来，就把本该收上来交到君王“圣库”的银子拿到自己家里去了。在“特色伦理”之下，贪官不但有罪，而更违“伦理”。至于普通民众一层，经年流传的“买卖好做，兄弟难久”俗语，一语道尽“特色伦理”在社会上的破产。因为其中没有真情充填，没有必须履行的责任支撑，而在明面上却还要大讲“特色伦理”，所以，假道德、假仁义、假诚信大行其道，实在是这种社会的必然。现在很多人大叹“人心不古，仁义流失，道德沦丧”，其根本，还是因为“社会人”各逐其利，却在拿这个“特色伦理”要求社会、评价社会。中国的传统文化为什么崇古，觉得古代比现在好，原因也在这里。

时移势易，“特色伦理”过去未能维系好旧的社会，现在更难以复兴出一个新文明。首先，以现在中国之大，难以用“特色伦理”维系。我们知道，“富贵之家，三世而斩”，一个家庭发展壮大之后，都难以用这个伦理来维系不倒，何况一个有着十三亿多人口、五十多个民族的大国，再明里暗里，希望用尊君勤王、等级有序的“特色伦理”来维系得好呢？其次是现今的中国，已经不是“老死不相往来”，自给自足的农耕时代，而是人口流动频繁，工商业文明兴起，再幻想着用“兄弟斧们”式的“特色伦理”来构建社会关系，岂不是刻舟求剑？再就是随着社会变革的深入，人的自主意识、独立意识、平等观念迅速觉醒，而各级权力者仍以家长自居，以威严行使权力，实在是缘木求鱼了。

所以，就当下的社会而言，急需的是舍弃“特色伦理”，以契约精神来塑造全新的社会关系。一是契约是协调利益的最好方式。现在，我们不能再无视人“各有自利、各求自利”这个现实，更不能再以“特色伦理”中为家族无私奉献的要求来要求社会人，为社会这个“大家庭”奉献自己的利益。面对这一现实，通过契约，明确、划定各个“社会人”的利益，是最好的方式。二是契约的本质是订约者地位平等。在契约面前，人无上下卑贱之分，人格与尊严都是平等的。一个人可以在家庭中为爷爷、为父亲、为儿子，可走出家庭之后，虽有年龄大小、男妇性别之分，但不应再有上下高低之别，均应以平等心对待对方，相互之间，凡有往来，无论立字为据，还是口说为凭，都以契约或契约意识来相互明确、互相约束。三是契约以协商妥协为成立的途径，锻炼的是人互相之间的尊重。立约的双方都可以为自己的利益而争，但最终达成一致，无不是协商共议、妥协退让的结果。在这个过程中，双方都会明白，这个社会上并不是只有自己最有权威，更不是只有自己的利益最重要，就会明白要想自己得利，也要让对方得到好处，要想达到自己的目的，就要相互尊重。四是契约以守诺言、讲诚信为立身的根基。契约精神使立约的双方明白，只有重诺守信才能使契约得以兑现，才能实现立约的目的。五是契约精神中最重要的，是整个社会有一个共守的评判规则，即法律。当然，法律本身也是一种契约，但它一旦确立，就会成为日常契约活动共守的最低规则。因为一旦契约不被遵守，立约的双方会信服一种裁判，就是法律的裁判。没有这一条共识为底托，契约社会也难以形成。

宪法学专家张千帆先生前一段时间著有一文《中国需自己的契约伦理》。张先生在文章中也用了“伦理”这个词，但这个“伦理”是前文讲过的西方学术意义上的概念，与“特色伦理”有很大的相异之处。张先生在文中说：“对于一个国家来说，欠缺契约是一种麻烦事……契约精神是‘法治’文明的基础，宪法就是国家契约的集中体现。”他还举1780年约翰·亚当斯为麻省起草的州宪法为例：“政体是个人自愿结社形成的，它是全体人民与每个公民，每个公民和全体人民立约而产生的社会契约。”文章中，张先生还讲了大量的史实，用来说明契约精神的重要，以及西方民众是如何把契约意识落实到自己的日常生活之中的。

张先生作为著名的宪法学专家，于上无所用力，只好退而求其下，在文章的最后，提出了一个意味深长的愿望。他说：“中国要走向文明，契约伦理是绕不过去的关口。与其抱怨政府爽约，不如从我们自己的‘五月花号’开始，在日常生活中一步一个脚印地建构我们的契约文明。”他希望每一个普通的“社会人”，从自己的实际生活中，先行养育出契约精神，应用起契约伦理。我想，这里面有两个问题非常值得人们思考，一个是在眼下的社会，除了那个自信而又任性的社会管理者所约束下的社会空间外，是否还有一个普通的“社会人”能够自我控制的空间；另一个是在这个空间内普通人可否以契约精神来构建人与人之间的关系。我觉得这个“空间”还是存在的，即公民与公民之间的，不涉及社会管理者的关系空间，这里面是纯公民的个人事务，比如个人财产的转移、个人与个人之间的商贸往来，以及类似于德云社里的劳动、用工关系等，在这个空间之内，存在着可以不受社会管理者操纵的关系，而这个关系则给我们实践契约伦理，提供了小小的天地。当然，即使如此，也还有一个十分重要的问题，那就是，如何处理涉及的，与社会管理者控制下的社会空间里的不讲契约、只求任性的一些事务时的关系。

显然，要想我们这个社会维新为契约社会，还有一个首选的问题，那就是要与“特色伦理”所经纬的社会进行决裂。当我们明白了这一点，就会发现，我们如果真的用契约精神来构建自己的社会空间，需要有多么大的理性力量，多么坚定的不为外界所扰、所动的意志力量，同时还要有促动社会管理者从“家长制”思维中觉醒过来的耐心与毅力。由此也可以看出，生为一个“传统帝国”的后人，想要有一种现代文明的社会，过上与世界潮流同步的日子，又是多么地艰难，要付出多大的力量！

而当前最重要的，还是请把“特色伦理”留在家庭，把社会还给契约。因为对我们这个有着几千传统的“帝国”来说，这是走向新的文明的起点！

（原载《民主与科学》2017年第1期）

“逼上梁山”考

黄　波

一部《水浒》让“逼上梁山”成为流行词语，在中国人的观念中，起而与一种固有秩序对抗的英雄几乎无一例外都是被“逼上梁山”的。这种观念是从哪里来的呢？据专家考证，在关于《水浒》的各种戏曲中，“林冲雪夜上梁山”一出最为人们所乐见，在“大雪正下得紧”的舞台背景中，林冲握着枪，背着酒葫芦，义无反顾地走上了一条他原本做梦都没有想过的道路，真是悲歌慷慨，催人泣下。可以说，正是林冲逼上梁山这一幕在读者和观众心目中印象太深，早已积淀为一种集体无意识，乃使人们将其对林冲的经验放大了，扩展到了每一个梁山好汉的身上，以致以为他们都和林冲一样，是被“逼上梁山”的。

其实，这种原本只针对一个人的经验，硬将其扩大化，是非常荒谬的。具体到梁山，那些啸聚一方、杀人越货的豪杰，真的是被一种不可抗的外力硬逼到了这一地步吗？那就让我们较真一回吧。

什么才能叫“逼上梁山”？

讨论一个概念，先得规定其内涵和外延。

“逼上梁山”，关键字眼唯在一个“逼”字。“逼”者，迫不得已也，即除了上梁山，自己就没有更好的选择，意味着没有栖身之处。一个“逼”字，它还同时说明当事人原本是排斥梁山的，原来压根儿就没有想到会以梁山为栖身地，是一种他自身无法抗拒的力量，推着他走上了这唯一的道路。

对照这一内涵，我们且将一百单八将细细数来：

晁盖吴用阮氏三雄白胜等人，是因为劫了生辰纲，躲避追捕来到梁山的。如果不犯下大案，晁盖和吴用的日子应该说都过得相当不错，晁盖甚至还是一方富豪。当然阮氏三雄以打鱼为生，家境差一点，但也绝非不上梁山就活不下去的地步。而且阮氏三雄原来是很羡慕梁山好汉大块吃肉大碗喝酒之生活的，哪里还用得着“逼”呢？

宋江，原在衙门里当差，在那一县也是个有头有脸的人物，我们没有看到，有什么人什么力量在硬逼着他上山落草。诚然，在他“通寇”，继而杀了阎婆惜，又在浔阳楼写“反诗”后，的确是只有梁山这一枝可栖了。不过，他的“通寇”、杀人等等，那可是他的主动选择，没有什么人威胁他非如此不可的。

将官群体中，花荣肯定不能算“逼上梁山”，因为他早就因受文官刘高压制，对梁山充满了欣羡之意；土豪群体中，李应是在梁山与祝家庄的恶战中，就开始和梁山暗通款曲；鲁达、武松、杨志、李忠、燕顺、王矮虎等人，在上梁山之前就已另占山头，称雄一方；至于张青和水上的张横张顺兄弟、揭阳镇上的穆弘穆春兄弟，要么早就在做杀人越货的勾当，要么本来就是地方恶霸，都是“逼”别人的角色，以致宋江和负责押解的朝廷公差在穆氏兄弟“关照”之下，连一个歇脚的地方都没有，这样的人物哪里还会被人“逼”呢？

……

细数一百单八将，解珍解宝兄弟，虽然从他们和土豪毛太公一言不合，就“打碎了厅前椅桌”的表现，同时考虑其与提辖孙立的亲戚关系，基本可以认定他俩在地方上也是极为厉害的角色，但到底是被陷害，可以勉强把他们的劫狱入伙视为“逼上梁山”，除此之外，整个梁山，真正够格能称“逼上梁山”的，其实只有一个林冲。他是在固守一个良民行为规范的情况下，被人屡次欺凌，几乎殒命，乃不得不拔刀而起，寻一安身立命之处。而在那个时候，能够满足这一条件的只有梁山。

有人会说，卢俊义，还有那一群因与梁山作战不利被擒的将官们，他们的入伙何尝不是被逼的无奈之举呢？按我理解，他们也是不能算的。“逼上梁山”，在人们约定俗成的理解中，实施“逼”这一动作的人应该原属于社会的主流势力，比如朝廷、官吏、乡绅等本应代表主流价值的一股力量，而只有当这样一股力量突然扭曲变态，不仅不维护善良、恭谨等主流价值，反倒剿灭之、压迫之的时候，遭受逼迫一方的反抗才特别具有悲剧意味，才更能震撼人心。而卢俊义、秦明、呼延灼等人，充其量只能算“诱上梁山”，而且实施“诱”这一动作的人还并非原来社会的主流势力，而实际是梁山，宋江他们或以计诱，或以言语诱，于是悉入梁山彀中。

林冲“逼上梁山”，让人掩卷泪下，为之悲愤，这符合“逼”的特征；而卢俊义、关胜等人在梁山的诱导下上梁山，却颇具喜剧色彩。同为上梁山，其中差别实不可以道里计。

为什么会有“逼上梁山”神话？

虽然在梁山这个江湖组织中，真正被逼得走上反抗旧秩序这条路的，实在微乎其微。但这并不妨碍这群豪杰欣然打出“逼上梁山”这面旗帜。“奸臣当道，官逼民反”，这是宋江和众好汉们随时随地都要挂在嘴上的一句口头禅。还不仅仅是梁山，只要考察中国历史上任何一个反抗旧秩序旧伦理的组织，就会发现，这都是一个屡试不爽的金字招牌。于是，中国历史上诞生了一个“逼上梁山”的神话，人们也渐渐认可了这个神话。

在中国历史上，虽然没有成熟的政治学，虽然老百姓身受物质和精神的双重奴役，但老百姓并非就全然没有认识到，面对苛政，他们有反抗的权利，因为这本来就是人生而为人的一种本能。尽管如此，面对苛政和恶人，中国底层百姓中真正起而反抗的，却始终是极少数，大概正是看到这一点，也才有一些人士感叹“中国的老百姓太好了”吧？现在讨论这一问题，我尽管是个憎厌无秩序的人，但仍然坚定承认，“官逼民反”有合理性，也并不违背现代政治学原理，然而窃以为，必须提醒人们深加注意的是，在中国历史上，“官逼民反”的逻辑落到现实中，起来反抗的却往往并不是遭受凌逼的人。

“官逼民反”，实际上登高一呼的人很可能在官逼之前就已经有了反的思想和行动了，梁山好汉们大多如此。但他们仍然要打出“逼上梁山”这块抬牌。

有没有这样一块招牌当然是大不一样的。

第一是可以制造悲情。林冲雪夜上梁山，之所以让旁观者悲愤难抑，是因为被碾压的人在林冲身上看到了自己，感同身受，产生了共鸣。而一旦一个组织也以被压迫者的形象在公众心目中定格，那它定能获得深广的同情，用现代语言，也就有了群众基础。

第二是可以装扮自己。梁山好汉上梁山的动机不一，有的为名，如宋江就是因为感叹功不成名不就，才一步步走上了梁山，有的为财，如晁盖、吴用、阮氏三雄，有的为色，如王矮虎，有的可能干脆想名、财、色兼收。然而这样的底色毕竟并不光鲜，只好留给自己人看的，现在用“逼上梁山”这一床上好的锦被遮盖，端的是花团锦簇了。

第三是可以树立合法性。一个王朝建立统治需要合法性，即使这个王朝怎么看也不具备什么合法性，但它也要死活找一种理论来证明之。反抗这个王朝的人也需要一种合法性，而在中国历史上，因为缺乏成熟的政治学，没有什么理论资源，这种合法性却并不容易找到。“逼上梁山”恰恰就是最容易想到的，在底层民众中也最易收到奇效，因为它并不依靠什么深奥学理的解说，诉诸的不过是人的本能：蚊子咬你几口，你不也要拍他一下吗？这样一问，还会有多少百姓不理解不支持这种反抗的行动呢？

……

于是，一个“逼上梁山”的神话，就这样催生了。而从另一方面看，虽然有人催生了神话，但要让这个神话具备信仰似的力量，却还离不开公众的传播，和对它的坚定的信念。中国历史上，底层百姓为什么会乐于传播“逼上梁山”这样一个神话呢？其实也不难理解。第一个原因，他们认为对主流势力，这是一种很好的警示，就像兔子逼急了也要做出咬人的动作一样，以此希望换来主流势力一定的妥协，让自己能够稍稍像样的生活；第二个原因，熟悉中国历史的人就都知道，虽然最先想到利用“逼上梁山”这块招牌以号召民众的人并不多，但一旦形成气候，特别是在一个秩序失范的时代，就可能会有越来越多的人被裹挟进去，他们在跟着走的同时，不会不知道这是一条充满凶险的道路，而这时他们就需要有一种东西支撑着自己继续往下走，就好比人在暗路中常要以吹口哨解除恐惧感似的，“逼上梁山”一说，正好让他们找到了继续往下走的正当性，他们终于说服了自己。

“逼上梁山”之所以和“劫富济贫”一样，成为历史上传唱不衰的经典神话，从某种程度上讲，这是因为英雄和群氓们形成了合谋。

（摘自《逞什么英雄：水浒的隐秘世界》，东方出版社2017年8月版）

中日同题《劝学篇》

沈　栖

福泽渝吉和张之洞，一位是日本平民知识分子，一位是位极人臣的清廷大官。19 世纪后叶，两人不约而同地写下了同题著作：《劝学篇》。前者由 1872—1876 年间发表的 17 篇文章汇集而成，1880 年出版；后者写于 1898 年，24 篇，凡 4 万字，分“内篇”“外篇”两卷。

单看书名，就能体认其极具功利性。既然如此，自然产生一些问题，诸如：“劝”的是谁？“学”哪些东西？为何要“学”？福泽渝吉自称，他的《劝学篇》“本来是以提供民众读本和小学课本为目的而写的”，据说，当年出版 70 万册，日本国民 160 人中就有一人读过此书。而张之洞的《劝学篇》初版只印了 300 册，专差送往北京，除进呈皇上外，部分送给了京中大臣，民间几无影响。

史书素有定论，说福泽渝吉的《劝学篇》“代表了明治时期维新思想的主流”。此言不虚。当时，日本受西方文明的冲击，力求自立，痛下决心，在政治、经济、文化诸领域展开全面深刻的学习和革新。他感慨于一方面列强欺压，主权可危，一方面旧习陈积，国人志短，遂成此书，鼓励国民，尤其是知识分子，立志向学，自强不息，响应时代的号召，承担起独立文明之精神，兴办实业，下启民智，上兴国力，以维护人民之自由，民族之独立，促进日本早日现代化。此书至少包含了以下四方面的内容：一、提倡实学。把早已在日本浸淫的儒学斥为“华而不实的文学”，四书五经“不切实际”，劝国民学物理、历史、经济、地理及修身。二、提倡民权。呼吁废除幕藩体制下的等级制度，主张四民平等、男女平等。三、提倡“国民的文明精神”。他认为，物器发达只是文明的外表，普遍存在于国民中的“一种极其伟大而又重要的东西”乃是“人民的文明精神”，倘无这种精神，“哪里谈得到在文明上和外国竞争呢？”四、提倡国家独立。他既抨击中国式的妄自尊大的排外行为，又自省国人妄自菲薄的卑微心理，主张要“懂得国家的本分”。——这些内容直斥那个年代日本的沉疴顽疾，彰显出福泽渝吉强烈的变法思想。

要说“变法”，张之洞的洋务运动和“中体西用”理论多少抹上了变法的色彩，他自诩：《劝学篇》就是为了申明自己与康有为变法思想的区别，它是对洋务派和早期改良派基本纲领的一个总结和概括。《抱冰堂弟子记》这样追述自己写作《劝学篇》的原委：“自乙未后，外患日亟，而士大夫顽固益深。戊戌春，佥壬伺隙，邪说遂张，乃著《劝学篇》以辟之。大抵会通中西，权衡新旧。”按理说，同题《劝学篇》都是旨在促进维新，可内蕴的变法思想却大相异趣，堪称“同轨殊途”。不是吗？张之洞力倡的“宗经”，固守的“三纲五常”和“中体西用”，正是福泽渝吉批判的迂腐谬论；而福泽渝吉力主的“平等”“民权”“独立”“文明”之论，又是张之洞批判的异端邪说。张之洞完全是站在皇帝的立场上，从维护皇权的视角来实施“变法”，接受西方资本主义的技术，即想通过变法，用金钱购买西方先进的物器，打造“文明的外表”，而把长期奴役国民的纲常礼教和专制政体更完美地保留下来，故深得慈禧太后和光绪帝的赏识，得以“挟朝廷之力以行之”。诚如鲁迅所说，这是一种“打补丁”式的变法，不足取矣！

同题写下《劝学篇》，意涵却是如此高下，这与两人的视野不无关系。福泽渝吉曾在19世纪70年代三度出洋考察，对欧美诸多国家的政治、经济、教育、军事、社会生活等都有全面的实地了解，进而对自己那个“半开化的国家”有着深刻的反思，加上他立志“在远东建立一个新文明国家”的雄心大志，所“劝”有诚意，所“学”有目标，《劝学篇》一时洛阳纸贵也是必然的。而张之洞呢，不出国门，视域狭窄，仅浅识西方的皮相，便侈谈变法维新，岂能不归于末路？其《劝学篇》仅以完整的形态构筑了洋务运动的乌托邦式的思想蓝图。

反观历史切忌以现今眼光权衡且妄定轩轾。今天我们当不能机械地视张之洞为“反面人物”，他上呈《劝学篇》，保卫而不是改造原有的社会和传统，力图维护国家的主权和尊严，还是一种爱国主义的表现。但它与福泽渝吉那种“致力于除旧布新、改造原有的社会运行机制、从困境中挽救国家”的爱国主义相比，似乎完全不在同一个精神层面上。后者更值得赞誉和光大。

（原载《中老年时报》2017年3月28日）

扶桑读史三题

马国川

罗森：挤进大历史的小人物

1854年，佩里率领美国舰队第二次进入东京湾，在一个叫横滨的小渔村登陆。仅仅三四十年后，当年荒凉的小渔村就奇迹般地变成了一座繁华的城市。“横滨开港资料馆”以大量资料生动地讲述了一个城市的成长史，其中的一张《美利坚人应接之图》吸引了我。

这是日本著名画师锹形赤子的作品，当年他受命为“黑船”上的来访者一一画像。我在画中惊奇地发现，在一群美国人之中，竟然有一个戴着瓜皮帽、拖着长辫子者。是中国人吗？仔细看，此人长着一个圆脸，矮矮胖胖，手持折扇，画像旁边写着“清国人罗森”。果然是中国人！我还发现，另外还有几幅他打伞、摇扇和写字姿态的画像。在当时参加接待美方代表的日方人员的笔记、日记和双方会谈记录上也常常可以看到罗森的名字。这就是说，有一位中国人见证日本开国的历史场景。

这个中国人到底有什么传奇经历，竟然参与了日本的历史进程，见证了日本的历史性时刻？

查阅史料才知道，罗森是广东南海县的一个文人，后来经商。他在香港居住时曾与英美传教士有来往，会说一点英语，但是不懂日语。匪夷所思的是，他竟然是以翻译的身份跟随美国舰队来到日本。

佩里首次日本之行时，由著名的美国传教士卫三畏做翻译。卫三畏感到与日本人打交道、订协议都离不开汉文，于是在佩里舰队再次前往日本时，便邀请友人罗森同行，一起作为美国舰队的翻译。

当时的日本人基本不懂英语，美国也鲜有人精通日语。罗森不懂日语，也不懂荷兰语，但是可以用汉字和日本人在纸上“笔谈”，因为当时日本的官员和读书人都熟悉汉字。几乎所有的翻译都倚赖于罗森和卫三畏。于是出现了奇怪的谈判场面：美国谈判官员说英语，卫三畏口译为中文，罗森写下来给日本官员看；日本官员写下汉文，罗森念出来，卫三畏再翻译成英文给美国官员听。在外交史上这都是少有的奇闻。

美国与日本的谈判持续了将近一个月，谈判期间双方戒备森严。罗森在日记里这样写道：“初事，两国未曾相交，各有猜疑。日本官艇亦有百数泊于远岸，皆是布帆，而军营器械各亦准备，以防人之不仁。”最后日本不得不接受美国的条件。1854 年 3 月 31 日，日本与美国正式签订了《日本国米利坚合众国和亲条约》。这是日本与西方国家签订的第一个国际条约，也标志着日本锁国体制正式解体。本来可能发生的日本的“鸦片战争”就这样结束了。

在日本期间，许多日本人士主动与罗森交往、笔谈，因为中国在鸦片战争中的惨败让他们感到震惊，急于了解中国到底发生了什么。罗森向日本人士介绍了中国当时的政治形势，还把自己写的关于太平天国的小册子《南京记事》借给日本官员阅读。这部著作很快就被翻译成日文，改书名为《清国咸丰乱记》，在日本广泛流传。

当时，许多日本精英对于现代世界也缺乏了解。一位保守的日本官员专门用汉文给罗森写了一封信，认国家应该与外国断绝交往，因为外来者往往欺骗愚蠢的国民，他们唯利是图，没有礼让信义。这位官员还提出，要乘坐外国人的“火船”周游四海，向全世界的人宣传孔孟之道。虽然想法天真可笑，但是日本人愿意了解外面世界、敢于面对外部世界的精神，正是当时的中国人所缺乏的。

罗森本人就是如此。他对日美谈判本身着墨不多，而是以猎奇的眼光打量日本。在他后来撰写的《日本日记》一书中，大量描写的是日本社会的“怪异”之处。罗森处处将日本与中国进行比较，对于日本的种种“落后”之处很是不屑。例如，他以“男女授受不亲”的儒家伦理道德来描写日本的男女共浴，“竟有洗身屋，男女同浴于一室之中，而不嫌避者”，将淳朴自然的男女关系丑化成了一个男女关系淫乱的社会。

罗森虽然对日本也有赞赏之处，但是在他的笔下，流露出更多的是天朝上国俯视东方蛮夷的优越心态，很有以“文明人”自居的意味。鸦片战争已经发生十几年，中国已经被推进世界的大门，罗森还有这种心态，殊为可笑。更悲哀的是，他没有意识到，正在他身边发生的事件即将改变日本的历史，也将改变中国的命运。

要求罗森有敏锐的历史眼光，对中国提出预警，确实有些苛求。但是，一个国家在历史转折时刻，毕竟需要一批有眼光的人。19 世纪中期日本令人吃惊的现象之一，是受过教育的日本人观察外部世界的强烈愿望。反观当时的中国，尽管鸦片战争之后锁国政策不能坚持，但是仍然不肯主动地走向世界。无数读书人沉迷于古老的文明不能自拔，自认为是东方的文明大国，浑然不觉世界在发生巨变。直到 40 年后的甲午海战才猛然醒来，发现日本已经将中国远远抛在后面，追赶不及。

谈判结束后，罗森搭乘美国军舰返回中国。据说，途经镇海时，他在当地收购了一批生丝，运回广东后赚了一笔。翻译是临时的，历史对他来说也没有那么重要，他只是一个小商人。

无数普通人活在历史的夹缝里，悄然地生，无声地死，在这个世界上留不下一点痕迹。罗森是幸运的，偶然的机会让他挤进了大历史，虽然他不知道自己曾经见证了一个伟大的历史时刻，更理解不了日本开国的意义。

即使挤进大历史，小人物也还是小人物。

为什么给侵略者树碑立像？

横须贺市位于东京湾入海口，是首都东京的门户，也是日本近代史上著名的“黑船事件”发生地。这里的一个著名景点，就是佩里公园。公园面朝大海，占地并不大，最显眼的是一座巍然矗立的石碑，上面是伊藤博文手书的汉字“北米合众国水师提督伯理上陆纪念碑”。纪念碑基座上分别用英文和日文镌刻着说明——

1853 年 7 月 8 日，来到浦贺海面的美利坚合众国东印度舰队司令佩里在此地的久里滨海岸登陆，将总统菲尔摩尔的亲笔信递交给江户幕府，翌年在神奈川缔结了日美两国之间的友好条约。这一系列的事件成了将幕府统治下的锁国状态的日本拉回到了世界的原动力。

公园里还有佩里纪念馆，门前竖立着佩里的雕像。同样的雕塑在日本还有两尊，一个在东京，一个在北海道。和中国一样，日本也曾经长期实行“锁国政策”，直到佩里率领美国军舰进入东京湾，才被迫开国。佩里毫无疑问是一个侵略者，可为什么日本要为一个侵略者树碑立像呢？答案或许在历史里面。

锁国政策严格执行了 200 多年，但是日本并不像大清王朝那样闭目塞听，而是一直保留着观察外部世界的信息通道。幕府允许荷兰和中国的船只在长崎入港进行贸易，但是荷兰每年都要报告简海外信息，中国商船则要报告中国的情况。

鸦片战争爆发不久，消息几乎第一时间就传到了日本。中国幅员辽阔，国力强大，竟然惨败于西方“蛮夷”之手。日本震惊之余，对锁国政策也悄悄进行了软化。此前幕府曾下达命令，不分情况，只要有外国船（中、荷除外）驶近日本沿海，立刻开炮驱逐。但是 1842 年，鸦片战争的战火刚刚熄灭，幕府就发布了“薪水令”，可以给外国船提供燃料、食品和水，但之后要命其尽快离开日本，以防无端挑起战争。

“地球上各个国家间的交往正变得日益密切。一股不可抗拒的力量正把她们凝聚在一起。汽船的发明使得相互之间的距离变得更小”，1844 年荷兰国王致信幕府，要求以更自由的方式解决外国贸易问题，警告日本有可能遭受中国已然遭受的命运，“在这一关系迅速发展的时期，倾向于保持孤立的国家将不可避免地与许多其他国家为敌”。

德川幕府回应说，锁国令不可能被抛弃，“既然祖先的法律已经被制定，子孙后代必须遵守”。这种论调与清政府“祖宗之法不可变”的主张何其相似！但是日本并不闭目塞听，而是密切关注外界变化，捕捉各种信息。

在佩里来航的前一年，1852 年荷兰人提交的报告就准确地报道，美国将派出佩里舰队到日本，要求日本开国，甚至连舰队的船名、吨位、炮数、乘员人数等信息都一一载明。所以，幕府早已知道佩里来航的信息，而不像清王朝的统治者那样，对外界消息一无所知。

面对美国舰队，日本自知国力不足，如果抵抗必然重蹈中国覆辙。所以，它没有采取激烈对抗措施，而是冷静避战，虚与委蛇，将佩里打发走了。

1854 年 2 月 13 日，佩里再次来到日本。这次他率领的舰队比上次多了 3 艘舰艇，而且没有在横须贺停留，而是深入东京湾里，在横滨水域下锚，要求对他去年带来的美国总统书信给予明确的答复。

这次给幕府的震动似乎比上次更大，因为局势很明显，不可能再像上次那样找借口将不速之客打发走。《现代日本政治史》里这样描述当时执政者的惊恐——

美国军舰在 1 月 28 日（日本旧历）从浦贺开船，停泊在神奈川湾，幕府见状惊恐万状，认为美国军舰将绕过羽田滩而进入到品川，如果谈判一旦破裂，江户将在美国人的大炮之下，化为云烟。从神奈川到江户之间，瞭望锁比比皆是，告急的书信如雪花飞来。在将军所驻城堡，忽然得知夷船向江户驶来，大恐，忽然又得知夷船向浦贺驶去，又放宽了一下心。就这样忽惊忽安，日达数次。后经详细调查夷船转舵原委，据说，因为潮汐涨落以及风向的变化，夷船便在停泊的原地改变方向。哨所据此上报，才引起一场虚惊等等。

无奈之下，幕府不得不做坐下来正式谈判，最后正式签订了《日本米利坚合众国和亲条约》，同意开放下田、箱馆等港口，美国可以派领事驻下田，等等。这是日本与西方国家签订的第一个国际条约，也标志着日本锁国体制正式解体。佩里在提交美国国会的报告里这样写道——

> 日本已经向西方国家开放——向日本说明她的利益将随着与他们的交往而扩大则是西方各国的分内之事，并且随着偏见的逐渐消失，我们可以期待看到未来越来越自由的商业条约的谈判，这不仅仅对于我们自己，对于欧洲所有海洋强国，对于日本的进步，以及对于我们全人类的发展进程都是有利的。

没有开一枪一炮，日本的国门就打开了，而且正当其时。那时正是 19 世纪中叶，先进国家虽然完成了产业革命，但是它们的技术水平仍然处于提高熟练程度和积累经验的阶段。近代的钢铁工业才开始起步，铁路兴建的热潮也刚刚开始，而帆船还没有被轮船取代。因此，日本的技术水平并没有远远落后于西方先进国家，通过明治维新完成政治体制改革之后，日本人通过努力追赶，仅仅用三十多年时间就成为亚洲第一强国，将中国远远抛在后面。

如果没有佩里，日本可能继续闭关自守，最终沦为殖民地。佩里来航确实“成了将幕府统治下的锁国状态的日本拉回到了世界的原动力”。如此高的评价给予一个侵略者，在中国人看来匪夷所思。可是，如果剥离道德的评判，以历史的尺度去丈量，这种评价并无不妥。日本近代思想家福泽谕吉就曾这样写道：“美国人跨海而来，仿佛在我国人民的心头上燃起一把烈火，这把烈火一经燃烧起来便永不熄灭。”

假如中国与日本互换位置，中国能够像日本那样吸取教训，面对现实，放弃锁国政策，融入现代化的世界潮流吗？显然不可能。历史不是没有给过中国机会。“黑船事件”50 年前，英国派使团到北京要求通商，被乾隆皇帝断然拒绝了。假如中国当时开放国门，就能够赶上工业革命的第一班车，避免后来的许多历史弯路。

历史当然不可假设，但是它可以启发我们的思考。在面对历史的时候，我们是不是可以多一些冷静思考？一百多年来，除了明火执仗的侵略者外，也有很多外国人对中国的文明进步做出了贡献，我们是不是应该给予他们起码的尊重？像创办燕京大学、培养无数人才的司徒雷登，似乎也应该给他在北大校园里树一尊雕像。

“爱国贼”耽搁了改正不平等条约的机会

1886年10月24日发生的一起海难事件，将日本政府推入窘境。

当天，英国籍货船“诺曼顿号”在和歌山县海上触礁沉没。英国船长和外国船员为了保命抢上了一艘救生艇，留下的所有25名日本乘客全部溺毙。然而，根据日本与英国的条约，日本法院无权审理此案。英国驻神户领事依据领事裁判权，对诺曼顿号船长进行了审判，船长最终只是服刑三个月，死难者也没有任何赔偿。消息迅速在日本国内传播开来，无论是政府官员，还是普通民众，所有国民都愤慨至极，报纸上充满义愤的评论文章连篇累牍。

“诺曼顿号事件”彻底激怒了日本人，他们强烈要求废除治外法权，愤怒的公众舆论也转向了日本正在进行的“鹿鸣馆外交”。

鹿鸣馆是3年前建造完成的一个政府级外交俱乐部，耗资甚巨，前后历时数载。时任外务卿的井上馨在开业典礼上说，“友谊无国境，为加深感情而设本场……吾辈借《诗经》之句名（“呦呦鹿鸣，食野之苹；我有嘉宾，鼓瑟吹笙”）为鹿鸣馆，意即彰显各国人之调和交际，本馆若亦同样能成调和交际之事，乃吾辈所期所望。”为了招待欧美高级官员，外务省经常在这里举行有首相、大臣和他们的夫人小姐们参加的晚会、舞会。井上馨要以此向西洋外交官证明，日本已经是一个“文明国家”，与世界先进国家立于同等地位，希望借此达到修改不平等条约的目的。

可是，外国人讽刺“鹿鸣馆外交”是“公开的大闹剧”，国人也批评其为骄奢淫逸的国家颓废行为。媒体人陆羯南尖锐地批评说，这种欧化做法不过是“尽力讨外国人之欢心，博取其同情，以此来使其应诺条约之改正”，实际上与国力不相匹配，毫无效用。

“诺曼顿号事件”后，鹿鸣馆外交在彻底破产，井上馨也黯然下台，大隈重信继任外务卿，承担起修改不平等条约的重任。大隈年青时学习西方文化，维新初期参与外交谈判，成功处理过棘手的外交问题，但是此时的外交形势远为复杂。

“诺曼顿号事件”和条约改正不利，导致群议汹汹，此时不管谁接任外务大臣，都很难有所作为。因为日本没有可以和列强平等对话的实力，不可能一举推翻旧约，而民众要求一步到位地废除治外法权，因此改约谈判几无胜算。外务大臣稍有不慎，就会被国人骂为“卖国贼”。但是，大隈仍然毫不畏惧地开始了新的谈判。

大隈采取了与井上馨完全不同的谈判策略：日本只和列强进行一对一的

谈判，绝不与“列国会议”对话。这样就改变了日本的谈判地位，而且通过分化瓦解的办法削弱了对手的谈判价码，谈判取得了相当大的进展。

1889 年，日本分别与美国、德国、俄国签订新条约。与英国的新条约签订前夕，却突然横生波澜。英国《泰晤士报》率先曝光了大限改约方案，日媒随之广泛转载。根据这份方案，治外法权将于 5 年后完全终止，日本本土向外国人开放，给其旅行、居住、营业和取得财产的权利；日本获得了部分关税自主权，并定下 12 年后完全自主关税的约定，从而打开了日后日本关税自主化的大门。在司法权方面，仅在大审院（最高法院）聘用外籍法官，并仅在被告为外国人时才令其担当审判，且其任用期限为 12 年；新条约实施后两年内，日本完备民法、商法和诉讼法等法典，法典的颁行也只用知会列强，不必取得其同意。

新条约对日本相当有利，尽管其中仍然包含相当多的“不平等”成分，当时日本实力处于劣势的情况下，大限能够争取到如此地步，已是当时所能达成的最好结果了。可是，消息传到日本国内后，举国哗然。

国民认为，日本明明已经是一个先进的“文明国家”，为什么治外法权仍将存续 5 年，关税不能完全自主，洋法官竟然还要入主大审院？这岂不仍是损害国家利益的不平等条约吗?！转眼之间，大限重信成为一个“卖国贼”。各地展开声势浩大的反对运动，要求停止改约谈判的建议书达 185 件。那些爱国愤青们更是磨刀霍霍，决心跟卖国贼斗到底。

1889 年 10 月 18 日，大限参加完内阁会议后，坐马车经过外务省大门口。一位名叫来岛恒喜的爱国愤青突然投掷炸弹，大限倒在血泊中。56 岁的大限右下腿却被炸，一度生命垂危。虽然最后幸免一死，却不得不截去右脚，晚年只能扶仗而行。来岛恒喜则跑到皇宫前剖腹自裁。吊诡的是，行凶者非但未被谴责，反而被社会舆论誉为“英雄”。

在这种情况下，大限不得不辞职，条约改正再次搁浅。在死亡的威胁下，没有人再敢轻易启动改约谈判。最终，废除外国人治外法权比大限方案晚了 5 年，实现关税自主晚了近 10 年，直到 1911 年才完全恢复关税自主权。

一百多年后，日本青年评论家加藤嘉一在一篇文章里说，“爱国贼”虽然口口声声地说自己是“爱国者”，实际上却做着和“卖国贼”相同的事情——损害国家利益，“在一个国家里面，绝大多数人不是‘卖国贼’……自以为是个爱国主义者，却成为实际客观上的卖国主义者的人——‘爱国贼’的数量不少，规模不小”。他指出，“在信息化和全球化日益深化而容易造成排他、狭隘、极端的民族主义重新崛起的今天，我们有必要深刻认识、认真思考：‘爱国贼’的无形蔓延，比‘卖国贼’的有形泛滥，更有可能，更加危险，更为绝望”。

这是历史教训的总结，也是对那些被民族主义情绪笼罩的人的提醒。

（原载《湘声报》2016 年 11 月 25 日、12 月 12 日，2017 年 5 月 20 日）

捣鬼术的破产

叶匡政

不久前去了趟安徽凤阳，凤阳果然保留了一些古风，谈得最多的竟然是朱元璋那个朝代的事。一说起明太祖来，人人都能说出几个活灵活现的段子，把我听得一愣一愣的，硬是给我补了几天明朝的历史课。

有一次吃饭，不知道怎么说到了孟子。立刻有朋友绘声绘色地讲起了历代君王对《孟子》不喜欢之处，当然这其中，朱元璋表现得最为激烈。这位朋友是研究朱元璋的专家，听他讲完了故事我仍觉得不过瘾，又跟着他回家看了许多资料，果然眼界大开。

朱元璋是真正的流氓无产者出身，早年书读得少，当了皇帝才开始自己的读书生涯。谁知道他才读到《孟子》便龙颜大怒，诏告天下，说孟子的很多话“非臣子所宜言”。更由此下旨，拿掉了孟子在孔庙里的“亚圣”牌位。后来在大臣钱唐的抗谏下，才恢复了孟子在孔庙的配享。虽然如此，朱元璋却亲自做起了新闻检查员，授权搞了一本《孟子节文》，删去了《孟子》的八十五章，并明令“自今八十五章之内，课试不以命题，科举不以取士”。朱元璋删节内容竟然有全书的三分之一之多。有学者作过归纳，内容大致分为尊民抑君、民众批判执政者与政治、民众要求生存、民众反对苛敛、谴责官僚政治、风俗善恶当由执政者负责等九大类文字。

研究这些被删节的文字很有意思，我们由此能看清一个专制的君王究竟怕什么、忌讳什么。直到今天，讲孟子的人依然很少，与此不无关联。孟子说：“不仁而得国者，有之矣；不仁而得天下者，未之有也。”这句话无疑在朱元璋删除之列。但我们从孟子这句话可以看出，在儒家思想中，国与天下是有差别的。儒家说“天下为公”“天下归仁”“天下大同”等等，秉持的都是以天下为本位的思想。

究竟什么是“天下”呢？今天的人大多认为指的是普天之下，或者地理意义上的天下，其实这种理解并不全面。在儒家典籍中，“得天下”“有天下”等，更多地是指人民和民心。顾炎武曾对“亡国”与“亡天下”作过阐发：“有亡国，有亡天下。亡国与亡天下岂辩？曰，易姓改号，谓之亡国，仁义充塞，而至于率兽食人，谓之亡天下”。由此可见，“天下”在儒家思想中，除了它的地理意义之外，还包括了“民众”“民心”“道德”等一些含义。

至于不以天下为本位的执政者会如何做，鲁迅曾有过精彩的议论。鲁迅把朱元璋删节《孟子》的这种政治行为称为“捣鬼”，并认为虽然捣鬼有术，也有效，然而因为力量有限，所以能真正成就大事的，从古至今就没有过。为什么会如此呢？鲁迅的话虽说得隐晦，但还是说明白了。

他认为捣鬼者虽然知道有“治国平天下之法”，然而因为捣鬼，又“不可明白切实地说出何法来。因为一说出，即有言，一有言，便可与行相对照，所以不如示之以不测”。而捣鬼者，即使像朱元璋那样发表了“声罪致讨的明文，那力量往往远不如交头接耳的密语，因为一是分明，一是莫测的”。所以，捣鬼者最终往往以失败收场。

比如凤阳出来的皇帝朱元璋亲手策划的这个“孟子节文”事件，也只延续到永乐九年。此后，《孟子》又恢复了原先完整的面貌。一个著名的捣鬼术，从开始到破产，前后不过四十年时间。

（原载《黄河晨报》2017年7月20日）

顾颉刚质疑禅让制引发的风波

韩三洲

90 多年前的 1923 年 5 月，初出茅庐的历史学者顾颉刚（1892—1980）公开发表了给钱玄同的一封信和按语，明确提出他的“层累地造成中国古史”的理论。这个理论的基本内容，是认为先秦的历史记载是一层一层累积起来的，后人不断添加新的材料，使它越来越丰富；而随着时间不断向后发展，历史记载却不断地向前延伸：“时代愈后，传说的古史期愈长；时代愈后，传说中的中心人物愈放愈大”，如“禹是西周时就有的，尧、舜是到春秋末年才起来的。越是起得后，越是排在前面。等到有了伏羲、神农之后，尧舜又成了晚辈，更不必说禹了。我就建立了一个假设：古史是层累地造成的，发生的次序和排列的系统恰是一个反背”。顾颉刚的理论用一句通俗的话来解释，也就是说历史越悠久，人物的光环越是无限放大，传说中假的东西也就越多。他在为商务印书馆编写的《中学用本国史教科书》中，按照自己的研究，把“三皇五帝”列为传说时代。当年，顾颉刚的这种反传统的理论曾在全国引发了了巨大的反响，加之正逢五四新文化运动的风云激荡和一些学者的推波助澜，各种质疑与交锋你往我来，长达数年之久，造成“古史辨学派”运动的蓬勃兴起。此后，顾颉刚把各种研讨争论的文章汇编成为《古史辨》，竟煌煌七大册几百万字，1926 年北平朴社印行出版第 1 册后，挟疑古运动的风起云涌，一年之内就再版了十次。

当此之际，顾颉刚自称是“公认的妄人”，他的这个疑古理论甫一问世，就像一块巨石投进史学界的静水之中，成为“轰炸中国古史的一个原子弹”，引发轩然大波。自古以来，中国人引以为无比自豪的就是历史悠久、源远流长，打小就背诵和熟知的就是“自从盘古开天地，三皇五帝到如今！”可怎么到了顾颉刚那里，这些辉煌的历史就统统成了后人假造的子虚乌有？不但为人类开辟鸿蒙的盘古此人没有，我们尊崇的三皇五帝也没有，更不存在所谓的尧让位于舜、舜又让位于大禹的禅让传说，因为大禹很可能是一个动物的化身，“禹是动物，出于九鼎”；就连我们天天顶礼膜拜的老祖先炎黄二帝，顾颉刚都说是后人有意添加的虚幻神像，这还了得？于是，全国上下，一片哗然，多数人如丧考妣地诅咒他，只有少数学者起而附合他的观点，还有人说他着了魔障，竟敢把几千年的圣庙一下子打成了一堆烂泥！那时，有不少名流学者拍案而起，引经据典地与顾颉刚打起了笔墨官司，而顾颉刚也不甘示弱，用自己的疑古观点来反驳古书记载上难以解释的种种矛盾。后来，另一个文化学者曹聚仁还把这些论辩文章汇编成《古史讨论集》一书出版。

当年，顾颉刚在上海商务印书馆当编辑员，他一面在《读书杂志》上大写推翻古史神话传说的文章来展开论战，一方面编辑《中学用本国史教科书》。他曾向商务编译所史地部主任朱经农征求过意见，自己的疑古见解该不该收入到历史课本中去？朱回答说“现在政府大概还管不到这些事罢，你只要写得隐晦些就是了”。所以顾颉刚在课本上不仅不提“盘古”，对历代所推崇的“三皇五帝”，也只是略叙其事，并加上了“所谓”两字，以表示这些几千年来就具有高大形象的人物，其实并不可靠。孰料，这本中学教科书出版后，曾任山东教育厅长的参议员王鸿一大为不满，遂提出弹劾商务印书馆的议案，说此书公然蔑视“三皇五帝”的说法是“非圣无法”，主张政府加以查禁。这时，国民党元老戴季陶也拿这个议案来大做文章，说什么“中国之所以能团结为一体，全由于人共信自己为出于一个祖先；如今说没有了三皇五帝，就是把全国人民团结为一体的要求解散了，这还了得？”这个一贯以进步面目出现的国民党理论家还耸人听闻地说：“民族问题是一个大问题，学者们随意讨论是许可的，至于书店出版教科书，大量发行，那就是犯罪，应该严办！”

事情到了这种地步，商务印书馆也不得不认真对待了，于是，商务印书馆的监理张元济匆匆由上海赶到南京，与“党国元勋”吴稚晖接洽，商量解决办法。当时，国务会议所提出的处罚条件极为严酷，指出“这部教科书前后共印了160万部，该罚商务160万元。”由于商务印书馆出不起这笔罚款，就请吴稚晖出面转圜求情，最后免去了罚款，以禁止发行了结此案。顾颉刚没有想到，他的一次疑古行为，险些毁掉了声名显赫的商务印书馆，认为“这是我专为讨论古史在商务所闯出的祸，也是中华民国的一件文字狱。”

对顾颉刚“古史辨学派”如何定位，史学界至今还是存有很大争议，很难盖棺论定。就连当年的鲁迅，在自己的小说中也写过讽刺顾颉刚的“其实并没有所谓禹，禹是一条虫，虫虫会治水的吗”。多年之后的1952年，当中央政府讨论筹办中国科学院、有人提起顾颉刚时，毛泽东也马上讲到了“大禹是一条虫”的这桩公案，都对顾颉刚的疑古理论，平添了稍许的讽刺意味。

其实，现在看来，顾颉刚用疑古思想推倒封建史学的偶像，并成为当时新文化运动的一条重要战线，在中国当代思想史上无疑具有相当大的进步意义。据新出版的《毛泽东晚年读书纪实》一书（中央文献出版社2012年版）介绍，1975年毛泽东在与芦荻老师关于读二十四史的谈话中说过“一部二十四史大半是假的，所谓实录之类，也大半是假的”。所以，在《贺新郎·读史》中，毛泽东激昂地吟唱出了“五帝三皇神圣事，骗了无涯过客”。其实也正是在疑古。可以说，不知道历史上该有多少动人的故事与伟大的传说，真如顾颉刚的疑古之说那样，都是后人为了“圣王之道”而添油加料，甚至是无中生有制造出来的传说罢了。

（原载《海内与海外》2017年第8期）

讲道德与讲道理

丁　辉

中国人喜讲道德，不喜也不善讲道理。或误认道德为道理，以讲道德代替讲道理。懂得了这个，也就懂得中国问题的一多半。

然而，若不以讲道理为前提，再“正经”的道德也会讲歪了。王小波20世纪在云南插队。有一次发大水，洪水冲走了生产队的一根电线杆，一个知青跳下去捞，结果被洪水卷走。包括王小波在内的知青们为此很困惑——我们的一条生命跟电线杆比起来，孰轻孰重？当地大队书记却说，保护国家财产是大义所在，不要说一根电线杆，就是一根稻草，也要毫不犹豫地跳下去。大队书记讲的是道德，而王小波们则试图讲道理，或最起码试图弄清一个道理：知青的一条命即使不比电线杆金贵，也应比一根稻草金贵。

我也许还算个实诚人吧，所以才会把自己受过的教育身体力行。我很长时间在澡堂洗澡无法接受搓澡的服务，情愿步行也不坐人力蹬的三轮车。我觉得这即使不能算“阶级剥削”，也有违自己一直服膺的“平等”之教。后来读了点经济学，方知我的“讲道德”讲到天上去，于搓背工与三轮车夫的生活也无丝毫补益，我的行为实际上反使他们的利益受损。解放初，讲平等，禁止干部坐人力车，甚至提出口号“革命不坐车，坐车不革命”，广大市民也视此为新风尚，争相效法。谁知车夫们并不领情，因为他们要吃饭——“平等”显然是不能当饭吃的。上海的人力车夫甚至吵到市政府，于是方有市长陈毅带头坐黄包车兜上海的不得已之举。

我们讲的是道德，而我们讲的道德让车夫们没饭吃，于是车夫们才反过来给我们讲道理。

还有比攻击第三世界的所谓“血汗工厂”更能引致铺天盖地的“讲道德”的吗？然而事实却是，因为有这些工厂，当地人的生活质量改善了，进这些工厂做工已经是可供他们选择的“生路”中“最不坏”的了。谴责资本家的利欲熏心、刻薄残忍是容易的，谁都可以晃进游行队伍喊一嗓子，谁都可以敲几下键盘在网上开喷，只是，这样做于当地人的生活毫无补益。设若没有这些工厂，他们中的很多人将陷于更为不堪的境地——贫困、饥饿和死亡，而道德的同情对于贫困者、饥饿者和死亡者有多大的价值？

时下被讲得最多的道德当推“爱国主义”。说到“爱国主义”似乎就不好再讲什么道理，因为“大义所在”。如果你要说“爱国主义”也须以讲道理为前提，很多人便会不答应，因为在他们看来，“爱国主义”本身就是最大的“道理”。所以，中国女排1988年汉城奥运会卫冕失败，收到义愤填膺的爱国者寄来的破鞋与上吊用的绳子，而日系车车主双膝下跪也未能感动某些“爱国义士”放下愤怒的铁锤。资中筠先生慨叹我们很多民众的思想还停留在义和团阶段，岂虚言哉！

相信很少有人微信上没有收到过“抵制某国货”的信息，并加威胁“不转发不是中国人”，且下断语“只需坚持一星期，某国就会玩儿完”。我既不相信我不转发这个信息就不是中国人了，也不相信抵制某国货一星期，某国就会完蛋。从粗浅的经济学的角度讲，交易能够使双方受益，而不是单方受益。我国民众购买外国货，绝不仅仅是外方受益，我们作为购买者也受益了，否则交易根本就不会发生。抵制外国货，固然会伤害外方，也伤害了我们自己。可供选择的范围变窄，交易成本增加倒在其次，从长远来看，本土企业的竞争力也会大受影响。即使外人抵制中国货，我们也不必非得学样，按照经济学家薛兆丰先生的说法，“你毁你的独木桥，我照修我的阳关道”。

我觉得，近几年，胡适诸多名言中被引用最多的是下面这句：“一个肮脏的国家，如果人人讲规则而不是谈道德，最终会变成一个有人味儿的正常国家，道德自然会逐渐回归；一个干净的国家，如果人人都不讲规则却大谈道德，谈高尚，天天没事儿就谈道德规范，人人大公无私，最终这个国家会堕落成为一个伪君子遍布的肮脏国家。”

说这番话的胡适离开这个世界也有五十五年了。从惯于讲道德，到乐于并善于讲规则、讲道理，我们还有多少路要走？

（原载《今晚报》2017年9月24日）

马克思的国籍问题

安立志

1818 年，马克思出生于普鲁士莱茵省的特利尔城。1806 年，德意志民族神圣罗马帝国被拿破仑灭亡后，并不存在统一的德国，普鲁士则是拿破仑铁蹄之下，侥幸存活的一个比较小的独立王国。直到 1871 年普鲁士统一了大部分德语地区后，才建立了统一的德意志帝国。因此，在当时，关于马克思的出生地或曰国籍，说德国者有之，说普鲁士者亦有之。前者大抵是民族或文化习惯（神圣罗马帝国的全称里毕竟有“德意志”这几个字），后者则较为确切——马克思出生后拥有的其实是普鲁士国籍。

1841 年，年仅 23 岁的马克思获得柏林大学哲学博士学位。翌年 4 月给《莱茵报》撰稿，后又担任该报编辑。年轻的马克思初出茅庐，就体现了社会批评的本色与天赋。《马克思恩格斯全集》第 1 版第 1 卷开始的几篇文章，集中体现了他的公共批判精神，其思想之深刻、文笔之优美，至今为人们所称道。但正是这些文章，激怒了普鲁士当局。在马克思看来，一个年轻学人监督权力，警惕权力的滥用，防止权力的腐败，这是“爱国”的题中应有之义。但在当权者眼里，他的所为就是不爱国。1843 年 3 月底，普鲁士当局下令关闭《莱茵报》，马克思只好辞去主编职务。此事让马克思失望之极，心灰意冷，他记道：“在德国，我不可能再干什么事情。在这里，人们自己作贱自己。”

马克思与燕妮于 1843 年 6 月登记结婚，当年 10 月末即去国离乡，移居法国。马克思选择离开祖国，似乎坐实了当局对他的指控。

已经移居法国的马克思，仍处处受到来自祖国的压力。普鲁士政府对在巴黎出版的《德法年鉴》和《前进报》忍无可忍，指控这些报刊预谋叛乱与侮辱圣上，要求法国王室“必须对德国哲学家的巴黎进行清肃”（《卡尔·马克思传》，中国人民大学出版社 2005 年版）。1845 年 1 月 25 日，法国内务大臣基佐奉命查禁带有革命倾向的《前进报》，包括马克思在内的报纸编辑与撰稿人，被法国政府一并驱逐出境。

来到布鲁塞尔的马克思，无法接受该国限制言论的要求，当年 10 月，他向故乡的特利尔市长提出申请，要求移居美国。普鲁士当局非但拒绝了他的赴美申请，而且要求比利时方面引渡其回国；这项要求交涉未果，又要对方将其驱逐出境。

一气之下，马克思致信普鲁士内政大臣，他在信中叙述了自己从普鲁士到法国再到比利时的流亡经历，并宣布脱离普鲁士国籍："1843 年，我离开祖国——莱茵普鲁士——暂时居住巴黎。1844 年，我获悉，由于我的一些著述，王国驻科布伦茨总督指令有关的边防警察当局逮捕我……从那时起，我便把自己看作是一个政治流亡者。后来，1845 年 1 月，由于当时的普鲁士政府的坚决要求，我被驱逐出法国，移居比利时。但是普鲁士政府又要求比利时内阁驱逐我，这时我无可奈何，只得请求退出普鲁士国籍。"从此，马克思成为一个"没有祖国的人"，一个真正的"世界公民"——他的遗骨叶落归根亦不可能，至今仍在伦敦的海格特公墓里。

从能够查到的材料看，马克思至少有一次机会可以拥有法国国籍，有两次机会希望恢复普鲁士国籍，甚至曾经提出过加入英国国籍的申请。

1848 年 2 月，法国王室在革命风暴中垮台，建立起临时共和政体。3 月 3 日，在马克思接到比利时当局驱逐令的当天，却意外接到了法国临时政府的邀请信："法兰西共和国大地是一切朋友自由的避风港。施行暴政的国家驱逐了您，自由的法兰西对您以及那些所有为这个神圣事业，为这个所有人的兄弟般的事业奋斗的人们敞开了她的大门。"（《卡尔·马克思传》）不过，马克思始终没有做出加入法国国籍的决定。

1848 年 3 月，柏林也爆发了革命，腓特烈·威廉四世意识到，必须进行某些改革，以满足人民的某些要求，于是联邦议会做出决议："凡回到德国并要求重新加入德国国籍的政治流亡者，也享有国民议会的选举权和被选举权。"革命爆发不久，马克思即返回祖国参加斗争，并寄居科伦。4 月间，他向科伦地方当局申请公民权获准。但因此事批准权限在王国行政机关，8 月份马克思即收到警察厅长的公函，结论是他不符合恢复国籍并取得公民权的条件，"您今后仍然应当算作外国人"。不仅如此，由于马克思主编的《新莱茵报》在国内卷起的政治波澜，马克思不仅因侮辱当局和"煽动叛乱"的罪名遭到审判，而且，马克思于当年 5 月 16 日又被自己的祖国驱逐出境。无家可归、有国难投的马克思，只好再度流亡法国。没成想在法国立足未稳，7 月份又被法国政府驱逐出境。是年 8 月，马克思只得西渡海峡，流亡英伦。被挡在国门外的马克思，徘徊、踟蹰，几多悲苦……

马克思第二次申请恢复国籍，已经是12年以后的事情了。1861年3月，普鲁士国王颁布大赦令，对于非由军事法庭判决的所有政治流亡者，准许其“不受阻碍地返回普鲁士”。马克思认为这是重返祖国的天赐良机，于是启程回国，并向当局郑重提出承认恢复其普鲁士国籍的申请。然而，当局对马克思的答复与1849年如出一辙，您“这几项呈文所举的种种理由，也决驳不倒下述信念，即您应当算作外国人”。尽管愤怒的马克思对此强力反驳，又是发表声明又是进行申诉，可一切都无济于事。

从1849年夏天就流亡伦敦，寄寓英国的马克思，原以为伦敦只是人生驿站之一，没想到英国竟然是他的最后归宿。迭遭祖国拒绝与驱逐的马克思，在欧洲各国也不断有类似遭遇，甚至有人与马克思通信，都会受到法律追究，在当时的欧洲大陆，马克思成了一个名副其实的“不受（各国政府）欢迎的人”。

1874年8月，马克思流亡伦敦已25年，被祖国最后一次拒绝也已13年。此时的马克思已是一个多病的老人，他当然不知道，自己的生命会在9年后终止。对于英国这个资本主义的发源地，马克思尽管从理论上敲响了它的丧钟，然而在现实和心理上，他对英国法律的自由宽容仍然感同身受，正是在这一情况下，他竟然做出了一个石破天惊的重大决定，正式发表了“卡尔·马克思加入英国国籍的声明”。然而，伦敦警察局就“卡尔·马克思加入国籍案”向当局提交特别报告，拒绝了他的入籍申请：“该人系一恶名昭著之德国鼓动家，国际协会首领与共产主义理论捍卫者。该人对其君其国不忠。”

据该卷注释，1874年8月，马克思准备到卡尔斯巴德（时属奥匈帝国的波希米亚，今属捷克）疗养。马克思之所以打算取得英国国籍，目的是防止奥地利当局的迫害。马克思并未等到对他声明的答复，即于8月15日前往卡尔斯巴德。显然，英国当局拒绝的理由并未告诉马克思。尽管这个报告的用语十分刻薄与恶毒，毕竟英国这个开放与宽容的国度，容留了马克思一家及其思想。

在马克思逝世100多年后，英国剑桥大学与英国BBC于世纪之交的1999年评选“千年思想家”，马克思两次名列榜首——这说明英伦文化的确是一个包容度较高的文化体系。

（原载《同舟共进》2016年第12期）

浅议文史研究中的假设

柳士同

本世纪初，周海婴出版了《我与鲁迅七十年》一书，书中记述了1957年7月7日罗稷南与毛泽东的一段对话。罗稷南问道："要是鲁迅还活着，他可能会怎样？"毛泽东回答说："以我估计，要么是关在牢里还是要写，要么他识大体不作声。"之后，黄宗英又撰文详细回忆了她当时亲身经历的那场与领袖的见面会，以证明这一对话的真实性。其实，自1957年之后，人们几乎都考虑和议论过这个问题，即假如鲁迅活到1957年会怎样？答案几乎一致，认为鲁迅肯定会被打成右派。

无论毛泽东对罗稷南的回话，还是人们多年来的猜测，都是基于一个假设——"要是鲁迅还活着"。正由于这一假设的存在，人们便不由对鲁迅要是还活着的后半生，做出了种种可能的推论。前些日子曾与一些朋友（其中不乏研究鲁迅的学者）闲聊，有人就说，鲁迅年轻时颇受尼采的影响，而毛泽东年轻时也挺看重尼采，后来还说过他和鲁迅的心是"相通"的话。由此可见，假如鲁迅活到1949年之后，很可能跟郭沫若一样成为毛泽东的座上客呢！此言似乎不无道理，因为鲁迅在世时曾被当作左翼作家的领袖，并且一度热情称颂过苏联；毛泽东在上海讲那番话之前的3月8日，在一次讲话中也说过鲁迅要是活着的话"大概是文联主席"。有人甚至还揣测说，鲁迅逝世于1936年，假如他活到七七事变之后呢，说不定会跟他二弟周作人一样成为汉奸。理由是鲁迅是在日本留的学，日本朋友颇多，晚年又跟内山完造过从甚密，经常出入内山完造的书店。这一推论还算客气的，因为近年来已有人怀疑鲁迅本人就是汉奸，因为内山完造的真实身份是"日本间谍"。按照这些假设，如此这般地推演下去，鲁迅先生还是我们心目中的先生，还是我们阅读先生的著作所了解到的那个鲁迅吗？

不仅对于鲁迅，对于许多历史人物，我们的学者往往喜欢故作惊人之语，而许多令人惊讶的判断和结论则往往是通过假设推演出来的。比如对于慈禧，有些人就对她的“新政”推崇备至，认为她于1908年“首次推出君主立宪制”，并“列出了一个为期九年的时间表：1909年进行各省咨议局选举，1910年资政院开院，1917年召开国会实行宪政”。遗憾的是，老佛爷公布时间表的当年便溘然长逝，否则，“也许今天的中国很有可能不是如今的政治体制”，而是像“日本、英国那样的君主立宪国家”了。瞧瞧，假设慈禧晚死九年，中国早就实现宪政了！再比如对于袁世凯，近年来学界也对其颇多赞誉。说实话，老袁在称帝之前，所作所为还是有不少可圈可点之处的：他创建与训练了新军，武昌起义之后奉旨却拒不进剿，之后又以非武力致使清帝逊位，等等，这些历史功绩都是不可抹杀的。但若假设他不“驾崩”，中国说不定也会实现“君主立宪”，而不会有国民党的“一个政党一个领袖一个主义”了。这一推论怕是站不住脚，只能算是某些人的臆测了。

窃以为，在文史研究中，研究者的思维难免天马行空，对历史及其人物的命运做点假设，实乃无可厚非，且可以提供一个别样的思路。但却不可当真，不可以把假设的前提当作真实的前提来推演，并得出自以为是的结论。实际上，那些假设的前提往往是经不起推敲的。比如，由于信息的不对称，鲁迅一开始确实偏信了某些宣传而对苏联抱有好感。相比之下，曾经去过苏联有过亲历的胡适和徐志摩就不同了，他俩对苏联的极权专制就有着比较清醒的认识（相比之下，徐比胡更清醒觉悟得也更早），再加上二人接受的是英美自由主义的教育，其思想观念比起接受的德日威权主义教育的鲁迅来说，的确是要胜出一筹。但鲁迅骨子里毕竟是反专制反独裁的，他疾恶如仇的性格，他的人道主义精神，决定了他决不会认同任何形式的压迫与奴役。所以，尽管他受过尼采的影响，可这影响实在有限，一旦认识清楚了就会反省。他曾直言不讳地批评尼采“自诩过他是太阳”，“他发了疯”。当他从一些渠道了解到斯大林肃反的真实情况，尤其是读了纪德的《访苏归来》之后，他对苏维埃的认识就彻底改变了。1936年，萧三曾三次代表苏联政府邀请鲁迅到莫斯科访问，均被鲁迅拒绝。这还不足以说明问题么？鲁迅虽然在名义上被推为左联的鲁迅，但他心里很清楚“他们实际上把我也关在门外了”。我们在假设“要是鲁迅还活着”时，前面提到过三种可能，却忘了1934年他对冯雪峰说的话，“你们来到时，我要逃亡，因首先要杀的恐怕是我”。这样一来，鲁迅若活到1949年之后，恐怕是既当不了文联主席，也不会被关进牢里，他很可能和胡适一样，早就“逃亡”了。同样，前面提及的对慈禧和袁世凯的假设，也多出于对中国政治及其文化传统的无知。一个乾纲独断、嗜权如命的老太太，怎么可能“立宪”而甘当一个不把持实权的“虚君”呢？一纸毫无实质性内容的“时间表”根本说明不了什么问题。有人说，袁世凯称帝后取年号为“洪宪元年”，说明他是一心一意想“君主立宪”的，用他本人的话说“洪宪”就是“伟大的宪政时代”嘛！可据顾维钧回忆，老袁根本“不懂得共和国是个什么样子”。若说袁世凯称帝是被他儿子袁克定单独为他而出版的一份《顺天时报》给骗了，以为天下人都拥戴他老袁称帝，这一依据未免有些小儿科。试问，堂堂一个大“总统”，平时就不看其他的报纸，就再无他人给他提供外界的信息？倘若对他“总统府”门外的事情一无所知，他如何带领一个国家走向民主宪政呢？中国数千年皇权专制的宗法制度和等级森严的礼教文化，早已把帝王思想渗透了国人的骨髓。袁世凯及其身边的幕僚（诸如陈焕章、杨度之流）概莫能外。再说了，中国的皇帝与欧洲的国王根本不能同日而语，此“君主”非彼“君主”也，完全不是一码事；以为慈禧或袁世凯假如不死，中国就可能实现“君主立宪”，实在是异想天开！

其实，生活中并不乏假设，比如普希金说的“假如生活欺骗了你”。可诗人的这一假设是可能存在的或者今后会遭遇到的，当然值得考虑。但对于历史，已然存在和经历过了还有什么可能？人不在了却偏要假设他“要是活着”，这有实际意义吗？然而，在近些年来的文史研究中，这种以“假设”的前提来进行推理和判断的现象并不鲜见。正如前面谈到的，作为一种思路，研究者如此假设倒也未尝不可，但以此形成一个实然判断或结论则未免太轻率了，因为一个无法确定为真的前提，是不可能推演出正确的结论的。胡适先生说，“有几分证据说几分话”，我们理应根据已经掌握的真实史料来对历史事件和历史人物做出评价，即使做翻案文章也只能以史实为依据，而不能以假设为前提。就本人有限的文化记忆，人们最多的假设莫过于“要是鲁迅还活着”了。无论敬仰的还是贬损的，都少不了如此假设一番。说说倒也罢了，因为你心中毕竟这样想过嘛！但倘若以此妄加揣测随意臧否的话，则未免太不严肃也太不负责任了。我们只能根据先生的生平事迹和他留下的全部著作，来进行分析、考证和研究，从而做出公正的历史评价。

（原载《粤海风》2017 年第 3 期）

生活中的反例（外二题）

汪　强

我曾写过《以史为镜之反例》，本文再说一说日常生活中的反例。

反例一：因为没有戴头盔，所以没有被撞死。

几年前，我的两个同事在朋友家做客，最后就带着浓浓的酒意跨上了同一辆摩托。朋友再三挽留，他们还是执意走了。半路上，摩托撞到沙土堆上。摩托撞成了什么样子，不说它了，只说人。两个人都有半个头钻进了沙土堆。当有人将他们拉起来时，见到他们身上的衣服被泥土磨破了多处，脸上腿上多处流血，眼眶里耳朵中鼻孔中嘴里都填满了沙土。在场的人既为他们害怕，又为他们庆幸，说他们大难不死，必有后福。他们中的一个摸了摸头，说："幸好今天没有戴头盔，要不然就完了。"这是什么话？怎么戴了头盔反而就完了？被撞糊涂了吧？而他接着说："要是戴了头盔，我可能胆子更大，骑得更快，摔得更重，一下子就将我们摔死了。"原来是这样。

通常的虽不戴头盔摔得更重，可以举出很多的例子，不戴头盔反而摔得轻点，应该是一个反例。

反例二：因为戒烟，弄垮了身体。

我可以举出大量例子说明对于吸烟者来说，戒烟是有益的，不戒烟是有害的。我父亲年轻时抽烟，患上了肺结核。后来遵照医生的吩咐戒了烟，结核没有了。我岳父年轻时抽烟，且抽得较多，染上了肺气肿。后来，在积极治疗的同时戒了烟身体好得多了。而我的姐夫抽烟多，经常吐痰咳嗽，我们劝他把或了，他就是不肯听，后来因食道癌去世。医生明确地说，他患病并迅速恶化是不肯戒烟导致的。可最近来我却听到了一个反例：我的一个好友因为戒烟导致内分泌失调，免疫力低下，害了一场大病，经受了生死考验。

我们知道，只要认真地思考，就能从正例中得到有益的启发。那么，反例可不可以给我们以教益呢？回答是肯定的，关键在于我们怎样去思考。

对反例做思考，首先要将事例本身弄清楚。从表面上看，反例一说的是戴不戴头盔，是戴头盔安全还是不戴头盔安全，但仔细想一下，就知道我的两个同事没有被摔死，不是因为没有戴头盔，而是因为速度问题，因为速度不太快而没有毙命。明白了这一点，得到的启发就是骑摩托不可速度太快，太快了即使戴头盔也不能保证安全。

对反例思考，不可将偶然当必然，将个别当普遍。像朋友这样戒烟戒出了病是极其少见的。也许是我孤陋寡闻吧，这样的例子我还是第一次听到。然而，有些人却以此为依据反对戒烟：“戒什么戒？某某戒烟有好处的吗？”好像戒烟的人十有八九要生病似的。还有人内心里不反对戒烟，但也不敢劝人戒烟了，想的是万一人家听他的话戒了烟，也像某某生一场大病怎么办？算了嗓，多一事不如少一事吧。

当然，也有人对反例根本不做思考，更谈不上认真。听到这类事情只是付之一笑，不把这些事当回事。甚至根本不承认这些事会发生：“谁能说明某某生病是戒烟惹的祸？也许是其他原因吧。”还可能加上一句：“反正我只认死理，吸烟有害健康。”世界上的事是复杂的，你怎么保证没有这类事呢？事关生命，怎么可以武断地下结论呢？听说此例，我就想到一个问题：既然戒烟可能导致内分泌失调，并可危及生命，那戒烟就应该在医生指导下进行，戒烟也就可以列入医保范畴。戒烟者更应该吸取教训，在戒烟过程中随时注意身体的变化，有了异常反应就要找医生。至于相关的专家学者，那就更不用说了。

（原载《杂文月刊》2017 年第 5 期）

瞎　　说

我告诉娘，在上学的路上，刘成被狗咬了一口。娘说，你别瞎说。刘成的娘说了，刘成没有被狗咬。他是自己不小心跌倒的。我说，不信你问林强，刘成被狗咬他也看见的。娘说，不管是谁看见的，反正你不要瞎说。瞎说是要惹祸的。你爷爷就吃了瞎说的亏。我说，我不明白，说狗咬了刘成有什么祸。娘说，你今天说咬了一个学生，明天就会有人说 10 个学生被狗咬了。后天呢？那说不准会有人说狗咬了成百上千的人。这样，就会人心惶惶，该上学的不敢上学，该上班的不敢上班，企业家被吓得不敢来投资了，游客被吓得不敢来旅游了，这怎么得了？我说，娘，你也太夸张了吧？娘说，有些人就是喜欢这么夸张。即使这样的情形没有发生，他们也会说你希望发生这样的情形，只是你的目的没有达到。

我告诉娘，今天的班会上，班主任说了刘成被狗咬的事。娘说，班主任说了，你也不要瞎说。我不服，说，班主任已经说了，怎么还是瞎说？娘说，瞎说不等于说假话，说真话不等于不是瞎说。瞎说是要惹祸的。你大伯伯也以为说真话没有事，在会上瞎说，结果吃了亏。我说，娘，你把我说糊涂了，说真话怎么可能是瞎说？娘说，李主任今天专门开会谈养狗的好处，说有了狗，老年人就能摆脱孤独，子女就可以安心上班安心学习，说有了狗小偷就不敢上门，社会就能安定。你知道这意味着什么？意味着谁说狗咬了人，谁就是别有用心，就是反对养狗，就是与老年人过不去，谁就是在帮小偷的忙。主任说养狗好，你说狗咬了人，那就是瞎说。那我们的班主任说了，算不算瞎说？娘说，李主任管不到你们的老师，你们的老师说了不算瞎说。还有，如果谁家的狗挨打了，如果有不养狗的人家失窃了，养狗的人家与不养狗的人家吵架了，就有人会说，要不是有人说狗咬了人，这些事情就不会发生。甚至可能有人说，说狗咬了人的人，比小偷还要可恨。

我告诉娘，咬刘成的狗是陆镇长家的。娘说，你不要瞎说，瞎说要惹祸的。你二舅舅就是因为瞎说被拘留了3个月。我说，我不是瞎说，那狗我认识。现在那狗寄在我的同学家。娘，你想呀，陆镇长为什么要将狗寄到人家？娘说，刘成娘说了，刘成是被狗咬了，但与别人无关，是自家的狗咬的。我说，刘成的娘真好笑，先是说刘成没有被狗咬，现在又说是自家的狗咬的。一个做娘的怎么专门说假话？娘说，这也不能怪她。一定是有人对她说过，要怎么说怎么说，她不能瞎说，她不敢瞎说。我说，其实，她已经瞎说了。娘说，我刚才瞎说了，你到外边千万不要瞎说。瞎说了，要惹大祸的。娘又说，李主任开了广播会。会上，他说狗可以养，但不一定要管。他说，陆镇长养狗能做到三不四要五个不一定，就很好，值得大家学习。接着，他很气愤地说，可是，还有人造谣，说我们镇长家的狗咬了人，真是荒唐透顶。你想想，李主任这么说了，你能瞎说吗？

我告诉娘，陆镇长家的狗咬人的事已经在报纸上登了，是李主任让刘成的娘说假话的。也是李主任将狗寄到我同学家的。李主任还向记者说，他做的这一切，都是自己主动做的，没有人要他这么做。直到现在，这一切陆镇长都不知道。他太忙，我不因为这点事情影响他的工作。娘说，你说你不懂得怎样才是不瞎说，那我告诉你，李主任就是明白人，懂得说什么不说什么，不瞎说。以后你会看到他不瞎说是有好处的。

（原载《杂文月刊》2017年第1期）

防止副作用的副作用

由于肾衰竭，目前父亲一星期要做两次血透。家里家外都有人说，父亲肾上的毛病，是吃药过多引起的。还有人说，我早就对他说过，药物有副作用，他不相信。嗨，要是……

以上说法对了一半；这些年来，父亲吃药确实比较多，同时吃三四种药是常有的事，同时吃七八种药也并非是偶然为之。这么多药吃下去，怎么能不增加肾脏的负担？以上说法也错了一半：父亲看过不少医药方面的书，并非不知道药物有副作用，自然也知道他肾上出毛病极可能是吃药过多的缘故，但是，他并不后悔。他问我，他的血压高，经常处于高危状态，你说不吃降压药行吗？不等我回答，他就告诉我如不服降压药可能会引起哪些严重后果。他又问我，他前列腺肿大，小便排不出来，不服药行吗？不等我回答，他就告诉我如果不服药可能产生什么后果。他再问我，他胆管与胆囊里都有结石，每隔几天就发作一次，每发作一次都是要命的，能不吃药吗？同样不等我回答，他就告诉我，如果不服药就会有什么后果。他又说，他患了这些大病，还活到了 90 多岁，靠的就是这些药。如果没有这些药，我难活到 90 岁。我要是不念药对我的好处，只记药对我的坏处，就是没有良心。

我明白父亲的意思。他就是要告诉我，这几年吃药多了，确实产生了副作用，但如果不吃药，后果可能更严重。想想也是。有一次我看他的住院记录，小病不说，仅是大病就有 8 种。假如怕药物的副作用不吃药，其中的任意一种病都有可能将他带到了另一个世界或者让他饱尝痛不欲生的滋味。这么说来，不仅药物有副作用，防止药物副作用的心理也会产生副作用，其主要表现是为避免药物的副作用，该吃的药不吃或少吃，结果导致病情恶化。

吃药有副作用，防止吃药的副作用也会产生副作用。而在两者之中，人们往往注意前者而忽略后者。此外，说到药物的副作用，人们通常强调的是西药的副作用，甚至有人以为只是西药有副作用，中药是没有副作用的，不知道“是药三分毒”中的“药”也包括中药。由于有这个误解，他们去看病时，常常不管自己的病情，也不管这种病吃中药行不行，就要求医生给他开中药。比如，有些人患了帕金森病，医生要他吃美多芭，他不敢吃。医生要他吃森福罗，他不敢吃。医生要他吃泰舒达，他也不敢吃。为何不敢吃？说明书上写得明明白白，这些药的副作用都比较大呀。吃西药不行，他们就去找中医。有的中医肯说实话，告诉他们目前中医没有对付帕金森病的有效手段。有的中医像自己有灵丹妙药似的，拿起笔来就开药方，一边开药方，一边还叽叽咕咕地数说西药的副作用。结果他们吃了一服又一服中药，病情却越来越重。等到他们再找西医时，已经丧失了治病的最好时机。这就是他们防止西医的副作用所产生的副作用。

不仅防止药物的副作用会产生副作用，防止其他事物的副作用也会产生副作用。比如，进行某种改革会产生副作用。防止这种改革的副作用也可能产生副作用。我们既要防止改革的副作用，又要警惕防止副作用所产生的副作用。不防止改革的副作用，会导致改革变味儿。不警惕防止改革的副作用产生的副作用，则可能导致改革半途而废。在历史上，这两种改革的失败都是常见的。

（原载《乡土·汉风》2017 年第 4 期）

短札一束

周　实

两个朋友

我有两个报社的朋友，一个是总编，一个是记者。

只要听到不幸的人事，我的这位记者朋友，必定迈开双腿出发。每逢这时，我都能够想象他是如何匆匆，顶着骄阳，冒着风雨，以他不修边幅的姿态，善良地激动地精力充沛地奔波在这个城市的街道上，或者所辖的乡村里。这样一位敬业的记者，理当得到领导欣赏，总编却是不太喜欢，不爱他的负面报道，甚至嫌弃他的报道。总编嫌弃多愁善感。总编认为多愁善感不但是记者朋友的敌人，也是我们社会的敌人。对于总编的这种嫌弃，记者朋友不敢苟同，他说他的负面报道未必一定产生负面效果，就像有些正面报道未必一定有正面效果。“负负得正，知道吗？这才是真正的正能量！”他骄傲地一甩头发，好像要把他的头颅甩到好远好远的地方。

“事情如果真是这样，真像他所说的这样，能够负负得正的话，那当然是我错了，我就当个坏人算了！”我的总编朋友说。我的总编朋友感叹我的这位记者朋友太想做个好人了。“好人就一定会做好事吗？好心也可能办坏事呀！发了他的负面报道，问题也就解决了？不幸就真消除了？可能吗？不可能！不但不可能，反倒更严重，反倒惹来更多的麻烦，使得问题难以解决！这是以往的许多经验反反复复证明了的！他难道就不知道吗？他也看到过很多呀！他也经历过很多！他为什么还要坚持写那些不能解决问题效果不好的负面报道？”于是，我的总编朋友认为我的记者朋友在那深深的内心深处一定是非常感谢他的，感谢他嫌弃他的报道。因为只要他嫌弃，只要他这个坏人嫌弃，我的这位记者朋友就会感觉他自己一定是个好人了，一定是这世界上最完美的好人。“他只是为了表现自己，证明自己是个好人，并不是为了解决问题!”我的这位总编朋友对我的这位记者朋友下了个如此鲜明的结论。

面对他们两位的矛盾，作为他们共同的朋友，我真不知如何说好。支持这个吧，没有错。反对那个吧，未必对。奈何?

病

以前看过一本书，书名叫作《英国病人》。报刊上曾炒作过，市面上也流行过。当时，看了就看了，印象不太深，后来还看过碟片，印象还是不太深，也就未往心里去。奇怪的是激动时，总会突然想起它，总觉得它与自己好像是有点关系：《英国病人》《英国病人》……只要念到病人两字，心就慢慢平静下来，也就能够克制自己。

我想，相对于有些人，我真的是一个病人。很多事情，他们看来，不算什么，无动于衷，至少表面看来如此，我却总是激动万分。我也从中看到自己竟是何等幼稚可笑。我为什么会这样呢?为何想改又改不掉?我意识到这个毛病却又拿它无可奈何。我曾写有一段文字表述自己的这种心情。现在看来，这段文字，同样非常幼稚可笑：“希腊的神话和传说/阿喀琉斯是位天神/其致命处仅在那——/支撑躯体的脚跟//而——我的脚跟是我心//我的心常激动莫名//每次激动的结果都是/受伤很深，无论输赢//输了，对自己不满意/赢了，必然伤害他人//也曾反复试过逃避/逃来避去，无路可寻//因为我是一个病人/一个普通的中国病人。”幸亏还知自己有病，而且病得还不算轻。

也曾有人这样看我，背后说我是个病人。说这话的是位领导，身体当然非常健康，至少在他自己看来，他无疑是非常健康，就像他的手中权力那样稳固巨大一样：无论什么人，若和他交手，肯定只能输。他要谁站着，谁就要站着；他要谁跪下，谁就要跪下；他要谁发抖，谁就要发抖。总之，他要谁怎样，谁就必须怎么样。无论谁在他面前，都必须是奴颜婢膝。谁能把他怎么样?

他可不是阿喀琉斯，只要权力还在手。他可没有致命点，只要还在权位上。为了保住权力权位，无论什么正当要求，无论什么合理建议，无论什么爱，无论什么情，无论什么众生苦难，都可扔进垃圾桶中，而且绝对无动于衷。能做到这样，不健康不行。能做到这样，不强壮不行。没有一个好的身体，似我这样容易心动，定会心力交瘁的。

不过，有时我也想，我想他也很清楚：任何人都会死的。他的身体再健康，最终也会朽烂的。他的权力再稳固，也会被人取代的。就连给他权的领导以及给他权的世界也会转换变化的。而他正因这一点，所以才会抓紧使用他手中的这点权力。“有权不用，过期作废”就是对他这种心态较为准确的表述吧。

而我，作为一个病人，他眼中的可怜病人，我只希望到那一天，他从高位坠落之时，能够感到或者领会：他扔掉的有些东西，会比他所拥有的权力以及他曾拥有的世界活得更加长久一些。

“人有病，天知否？”这是一位伟人的问话。后来出过一本书，也借用了这句话。

人有病，深知者，莫过于这个人自己吧。

我是知道自己身心都有很多毛病的。现在我写这篇文章是否也是病的表现？

应该平静……应该平静……只有心平才能气和……应该立即停下笔来……再不要往下面写了……好了……好了……这就对了……你会慢慢好起来的……你的病还可以治的……

我的病真还能治吗？治好了是什么样呢？我想即使我不说，读者也可想象的。

不

你这人很会说话
就是不会说——“不！”

无论什么场合
你都不会说——“不！”

“不！”在你的心里
虽然未判死刑
却被终生监禁
永无释放之日

我不记得什么时候写下这么几句的。写这几句，为了什么，那就更是记不得了。不过，不是指责别人，而是自己嘲笑自己，却是可以肯定的。说自己，不用“我”，而用“你”，为什么？不知道。当时，就是这样写的。

人称也可随便调换。譬如“我这人很会说话/就是不会说‘不’……”“他这人很会说话/就是不会说‘不’……”都没有什么问题的，都不会削弱这几句所要表达的意思。

熟悉我的人，读了这几句，看了前面的这点解释，肯定会好笑：这家伙还不敢说“不”？这家伙“不”字说少了？这家伙胆量够大了！是啊，日常生活中，比起某些朋友来，我可能是多说过一些不大不小的“不”。可是，他们哪里知道，我心里还有很多“不”根本没有说出来呀！

有时，也曾试想过：如果我把心里的所有的“不”说出来，一个一个大声地扯着喉咙说出来，全都那么一口气地连珠炮般说出来，情形又会怎么样呢？

半天，气都没喘过来！

我把自己吓坏啦！

好在我还有理智！

幸亏我的这点理智还能控制我的情感：

你虽不能认真说“不”，但也不必随便说“是”。

很正常

一个有权有势的富人雇凶杀人败露了，引起社会一阵哗然，有人感觉不可思议，我却以为很正常：有权的人，有钱的人，当然不需要为糊口杀人，尤其不需要亲自去杀人，只需要指使他人去干，他们自己不用干，他们自己不作恶，却付钱让他人作恶，这是他们所有的特权，这当然是正常的。他人为了那些黑钱为了讨得他们的欢心也是什么都愿干的。干成了，没出事，自然也就皆大欢喜。

还有人议论，有权人的妻，有钱人的妻，大多也是好看的，我也认为很正常，只是在这里，讲得准确点，应是官二代，或者富二代，或者官三代，或者富三代。第一代是白手起家，难保娶得一定漂亮，只能考虑是否贤惠，但三代之后也就难说了，因为在这里，有一句俗话：富不过三代。这是这里的地方特色，有史以来，莫不如此。

其实，无论在哪里，很多人，再努力，也白搭，也难得出人头地（当然这是说一般，少数个别特殊的除外）。他们滑倒，出岔子，醉生梦死，一事无成，大多数都是破罐子破摔，这也是被证实了的。有史以来眼看着那么多人出生，挣扎，然后就是照例死亡，人们也不认为稀奇，认为这些都很正常。

岁月就这样在人们的眼前无声无息地流逝了。

人们感叹岁月蹉跎，于世无益，无能为力，而这种感叹却是起始于如今这些岁月的源头，一代一代，世世代代，前浪后浪，你推我涌，流到至今，人们还是依旧抱着于世有益的所有希望，甚至对灭亡想都不肯想。

而我，作为一个人，一个普普通通的人，为了能够生活下去，或者活得更好一点，一般奉行两条准则：一是在外头，绝对不与组织对抗；二是在家里，绝对不与老婆对抗。有了这个两不对抗，内外也就和谐了，我也自然成了一个温良的恭俭的能够事事放让的人。

关于背叛

有个朋友背叛了我，我很伤心很难过。

另一个朋友安慰我，说我真是个迂夫。

我问为什么？他笑了一笑说：背叛还要什么理由？如果非要什么理由，那就真的多的是，多得就像地上的石头，随意弯腰，就能捡到，想都不用想一下。

比如一：生命好似一抹光辉，闪一下就没有了，消失在那黑暗之中，想要找也找不到，永远都是莫名其妙，临了就是死亡了，为什么要坚贞呢？

比如二：从上面到下面，从嘴巴到屁眼，那么多人凑在一起形成无数的乌合之众，吹牛皮，说大话，放冷风，编假话，还有空话和瞎话，又有什么不同呢？你跟这个走，或跟那个跑，都是一个样，有什么背叛不背叛的？

比如三：瘫在床上的重危病人都有权利左右翻身，他也有权见风使舵，朝三暮四，改弦易辙，为何要一条道走到黑？

比如四：对于所谓的普通人，不背叛能做什么？只有背叛他才能多多少少地改变命运，才有可能改变命运，背叛是他唯一的对抗命运的有力手段。

比如五：你以为背叛容易吗？背叛也不容易的！背叛要善于抓住时机！背叛就像监狱里突然打开了一扇窗，突然推倒了一面墙，人们每天都这样企盼，却少有人能够如愿。

还要吗？还要什么理由吗？若是还不够，只要弯弯腰，就能捡到好多石头，地上多的就是石头。

然而，即便就是如此，我的心里依旧难过，难过得懒得弯弯腰去捡地上的石头。

（原载《随笔》2016 年 10 月第 5 期）